dtv

Reihe Hanser

W. Brüggemann

Schüchternheit, Sprachlosigkeit und andere Peinlichkeiten hielt Ismael eigentlich für überwunden. Seit er mit Überflieger Scobie, Draufgänger Razza, dem Faktenfreak Ignatius und dem Science-Fiction-Fan Bill den Debattierclub gegründet hat, übt er sich im selbstbewussten Redenschwingen und bietet sogar Schulrowdy Barry die Stirn. Nur seiner Herzensdame Kelly ist Ismael noch nicht nähergekommen. Als er sie auf einer Geburtstagsparty endlich wiedersieht, versinkt er abwechselnd in wirre Stotterei und qualvolles Schweigen. Kein Wunder, dass sie lieber mit dem schönen Brad Händchen hält. In dieser verfahrenen Situation kann nur noch Razza helfen. Der selbst ernannte Master of Love hat sofort einen genialen Plan: Mit einer Mischung aus Dichtkunst und Musik soll Ismael Kellys Herz erobern. Was könnte da wohl noch schiefgehen ...?

Michael Gerard Bauer, geboren 1955, lebt mit seiner Familie in der australischen Stadt Brisbane. Er arbeitete als Englischlehrer, bevor er sich ganz dem Schreiben widmete. In der *Reihe Hanser* sind von ihm bereits sein mit dem Katholischen Kinder- und Jugendbuchpreis ausgezeichneter Roman »Running Man« (dtv 62407) und der erste Band »Nennt mich nicht Ismael!« (dtv 62435) erschienen.

Michael Gerard Bauer

Ismael und der Auftritt der Seekühe

Aus dem Englischen von
Ute Mihr

Deutscher Taschenbuch Verlag

Für meinen Schwiegervater
L. P. J. »Ben« van Schyndel (1925–2006)
Handwerksmeister, Künstler, Philosoph, Ritter in schimmernden weißen Overalls und unermüdlicher Förderer meiner Bücher
In Liebe und Dankbarkeit

Das gesamte lieferbare Programm
der *Reihe Hanser* und viele andere Informationen
finden Sie unter
www.reihehanser.de

FSC
www.fsc.org
MIX
Papier aus verantwortungsvollen Quellen
FSC® C019821

2011 Deutscher Taschenbuch Verlag GmbH & Co. KG,
München

Originaltitel: ›Ishmael and the return of the Dugongs‹
(Omnibus Books, an imprint of Scholastic Australia)
Umschlagillustration: Peter Schössow
Satz: Satz für Satz. Barbara Reischmann, Leutkirch
Druck und Bindung: Druckerei C. H. Beck, Nördlingen
Gedruckt auf säurefreiem, chlorfrei gebleichtem Papier
Printed in Germany · ISBN 978-3-423-62469-5

Inhalt

Erster Song:
Kollisionskurs

1 Willkommen in meinem Albtraum 13
2 Schlüsselwörter 18
3 Es entspannt angehen 23
4 Fisch-Wal und die Debatten-Junkies 28
5 Das Wort mit »S« 35
6 Ein Geschöpf des Universums 39

Zweiter Song:
Gesellschaftsblues vom toten Frosch

7 Voll leer 45
8 Der Mistkäfer im Ökosystem der Liebe 53
9 Iiiiiiiiiiiiiiiigggiiiiiiitttttttttttttttt! 60
10 Die menschliche Brandungswelle 64
11 Ich und du und William S. 70

Dritter Song:
Mit jedem Ton und jedem Wort

12 Die Crème de la Scheiße 81
13 Die Verlockungen der Liebe 89
14 Nyuk! Nyuk! Nyuk! 96
15 Schiiiiiieeeeeeß! 103
16 Die Männer mit den Zwangsjacken 110
17 Irre 116

Vierter Song:
Schmerz

18 Der Freak von Alcatraz 129
19 Ein großer pinkfarbener Komet 134
20 Das Spiel ist aus, Mann! 138
21 Zum Kotzen schön 143
22 Gut zu wissen 148

Fünfter Song:
Erinnerungsketten

23 Nostalgie 155
24 Wie Prue den Namen Prue bekam 159
25 Das Comeback der Seekühe 161
26 Der Überraschungselefant 166
27 Winzige pinkfarbene Kornkreise 177

Sechster Song:
Immerzu

28 Hirn-Sex ... 189
29 Ein Örtchen fürs Flirtchen ... 193
30 Carpet dinkum – Quetsch den Tag aus ... 197
31 Das Mädel, das in das Haus einbricht ... 205
32 Etwas absolut Verrücktes und Seltsames ... 212

Siebter Song:
Ein schlechter Tag für Engel

33 Eine Win-Win-Win-Win-Situation ... 219
34 Ein am Boden lebender Dreckfresser ... 226
35 Auweia! ... 229
36 Das flammende Inferno ... 233
37 Beliebt wie eine verwesende Leiche ... 238
38 Es kommt! ... 244

Achter Song:
Die Zeit ist gekommen

39 Kronprinzessin unter den Mädchen für alles ... 251
40 Überlass das mir (zweimal) ... 255
41 Eins und eins ... 262
42 Die Schnauze voll von Sicherheit ... 270
43 Wie eine sezierte Kröte ... 280

44 Seit zwanzig Jahren in Vorbereitung 290
45 Die zehn Besten 293

Neunter Song:

Das Beste von allem

46 Die Tochter des Wettermanns 299
47 Verrückt genug, um wahr zu sein 305
48 PS 311

Dank 313

Erster Song:

Kollisionskurs

Ich spüre dich auf
Ich bin dir auf den Fersen
Mädchen, ich hab es auf dich abgesehen
Ich erkenne das Ziel
Du leuchtest auf meinem Radar
Und blinkst wie ein Warnlicht

Chor:
Kollisionskurs
Wir steuern auf den Showdown zu
Nichts kann uns noch trennen
Kollisionskurs
Kein Weg führt mehr daran vorbei
Du wirst mir ins Herz hineinrennen

Aus *Die Seekühe: Wiedervereint & Neu aufgelegt*
Musik & Text: W. Mangan und R. Leseur

1
Willkommen in meinem Albtraum

Das Telefon brummte in mein Ohr wie ein wütender Bär. Ich knallte es zurück auf die Station. Dann nahm ich es wieder hoch. *Grrrrrrrrrrrrrrrrrrrr!* Ich knallte es zurück.

Willkommen in meinem Albtraum.

Zum hundertsten Mal ging ich die drei Punkte auf meiner Liste durch.

1. Kelly Faulkner

Dieser Eintrag sollte mich daran erinnern, mit wem ich telefonierte, falls mein Gehirn sich plötzlich in Knete verwandelte. Lacht nicht. Das konnte durchaus passieren. Schließlich wollte ich Kelly Faulkner anrufen – nicht irgendeine Kelly Faulkner, sondern die Kelly Faulkner mit den eisblauen Augen und den süßen weißen Zähnen, die Kelly Faulkner mit dem Körper meiner Träume und dem Lächeln, das meinen Herzschlag aussetzen ließ. Genau – *die* Kelly Faulkner, die so perfekt war, dass einem der Atem stockte, das Hirn weich wurde, der Mund offen stehen blieb, das Blut im Kopf blubberte, der Magen in Wallung geriet und das Herz hämmerte.

Nur keinen Stress.

Ich ging weiter in meiner Liste.

2. Ismael Leseur

Das bin ich. Und es ist zugleich der Name einer beängstigenden, aber bislang praktisch unbekannten Krankheit. Und wenn ihr es bescheuert findet, den eigenen Namen aufzuschreiben, damit man ihn nicht vergisst, dann wart ihr offenbar noch nie am Ismael-Leseur-Syndrom erkrankt. (Was kaum verwunderlich ist, denn ich bin weltweit der einzig bekannte Fall). Aber ihr müsst wissen, dass ein Telefonat mit Kelly Faulkner exakt die Art von Situation ist, in der sich das schlimmste Symptom des Ismael-Leseur-Syndroms – gewaltige, grenzenlose Blödheit – mit sehr hoher Wahrscheinlichkeit zeigt. Und aufgrund meiner weitreichenden Erfahrung kann ich euch versichern: Ihr möchtet nicht dabei sein, wenn es passiert.

Im vergangenen Jahr erlitt ich ein paar wirklich schreckliche Anfälle. Ich schrieb sogar eine wissenschaftliche Arbeit darüber und dokumentierte jede einzelne demütigende Sekunde. Aber am Ende des Schuljahres glaubte ich eigentlich, ich hätte die schlimmsten Auswirkungen des Ismael-Leseur-Syndroms im Griff. Schließlich hatte ich sogar einen Grundschüler praktisch aus den Fängen des schulbekannten Tyrannen Barry Bagsley befreit! Und hatte sich nicht herausgestellt, dass dieser Grundschüler der kleine Bruder von Kelly Faulkner (ja genau, *die* Kelly Faulkner) war? Und hatte Kelly Faulkner, das Mädchen meiner Träume, mich und meinen Kumpel Razza nicht genau deshalb zur Geburtstagsparty ihrer Freundin eingeladen, sodass ich sie jetzt nur anrufen und zusagen musste und dann wäre mein Leben perfekt? Genauso ist es.

Damit bin ich beim letzten Punkt meiner Liste angelangt.

3. Die Party
Meine außergewöhnlichen Planungsfähigkeiten und meine Konzentration auf Details waren sagenhaft. Ich durfte jederzeit mit einem Jobangebot der Mission Impossible Force rechnen. Bei mir blieb nichts dem Zufall überlassen. Ich kannte den Ablauf auswendig. Ich musste nur die Nummer eintippen, und wenn jemand abnahm, würde ich sagen: »Hallo, könnte ich bitte mit (Blick auf die Liste) ... *Kelly* sprechen?« Falls Kelly selbst am Telefon war, würde ich sagen: »Hallo, Kelly, hier ist (wieder ein Blick auf die Liste) ... *Ismael Leseur.* Ich rufe an wegen der (und noch ein Blick auf die Liste) ... *Party.*«

Ja, die Liste war vollkommen. Ein Gegenstand der Bewunderung, überwältigend in ihrer Einfachheit. Und nicht nur das. Sie war auch absolut narrensicher. Eine quälende Frage blieb jedoch unbeantwortet: War sie Ismael-Leseur-Syndrom-sicher?

Das war wirklich schwer zu sagen. Um das ganze Ausmaß der schrecklichen Bürde, die das Ismael-Leseur-Syndrom darstellt, würdigen zu können, müsstet ihr meinen ausführlichen Bericht vom letzten Jahr gelesen haben. Wahrscheinlich war euch das aber nicht möglich, denn es gibt nur ein Exemplar, und das liegt begraben unter einem Stapel Schuhe ganz unten in meinem Kleiderschrank – zumindest befand es sich dort, als ich es versehentlich gegenüber meiner Englischlehrerin Miss Tarango erwähnte. Bevor ich mich versah, fragt sie mich, ob sie meinen Bericht lesen dürfe. Natürlich wollte ich sagen: »Auf keinen Fall!« Aber – es war Miss Tarango. Und sie ist die beste Lehrerin, die ich je gehabt habe, und sie hat so eine Art, einen anzusehen, und dann diese netten kleinen Bäckchen und die Grübchen ... tja ... Ich habe ihr den Bericht gegeben.

Natürlich nicht den ganzen, nur einen Auszug. (Es gab da eine detaillierte wissenschaftliche Analyse, die Kelly Faulkner und Miss Tarango selbst betraf, die als »streng vertraulich« eingestuft war.) Merkwürdigerweise fand Miss Tarango großen Gefallen an dem Teil, den sie zu lesen bekam. Wer hätte gedacht, dass sich Englischlehrer für wissenschaftliche Untersuchungen interessieren? Sie redete sogar davon, dass sie es Leuten zeigen wollte, die sie kannte – Ärzten, vermutlich. Vielleicht würde meine Studie ja in einer großen medizinischen Fachzeitschrift veröffentlicht, sodass das Ismael-Leseur-Syndrom endlich die Anerkennung fände, die es unbedingt verdiente.

Außerdem bat Miss Tarango mich, auch über dieses Jahr einen Bericht zu schreiben. Und das tue ich gerade, weil – siehe oben unter »Bäckchen« und »Grübchen« (übrigens machen sich Worte wie »siehe unter« ausgezeichnet in wissenschaftlichen Studien, genauso wie »vorgenannte«).

Um die Wahrheit zu sagen, hoffte ich, dass es in diesem Jahr gar nicht viel zu schreiben gebe. Wie gesagt: Als Kelly Faulkner mich zur Party ihrer Freundin einlud, dachte ich, ich hätte das Ismael-Leseur-Syndrom vielleicht endlich überwunden, und hoffte, dass dieses Jahr ein Spaziergang werden würde.

Aber da lag ich total daneben.

Der »Spaziergang«, den ich mir erhoffte, stellte sich als eine Achterbahnfahrt heraus – und zwar auf einer Achterbahn, die Wachstumshormone genommen hatte. Ihr wisst schon, so ein riesengroßes wildes, magenumdrehendes Teil, das einen bis zur völligen Vernichtung herumschleudert, während man das Gefühl hat, als würde ein Wahnsinniger einem die inneren Organe mit einer Schaufel neu sortieren. Und das Ende der Fahrt besteht normalerweise darin, dass die Verdauung volle Kanne den Rückwärtsgang reinhaut.

Aber ich greife weit vor. Dabei hat uns Miss Tarango immer wieder die Bedeutung von Organisation und Planung eingebläut. Alles, was man schreibt, sagt sie, muss einen Anfang, einen Hauptteil und einen Schluss haben.

Hier also meine Teile:

Anfang: Der Beginn des Schuljahrs, Klasse zehn im St Daniel's Boys College
Hauptteil: Die vorgenannte Achterbahn aus Wachstumshormonen
Schluss: Der Abend, an dem die Seekühe ihr Comeback feierten

Das klingt eigentlich gar nicht so schrecklich, oder? Und es fängt auch sehr unschuldig an. Mensch, ich musste doch nur ein einfaches Telefonat führen.

2
Schlüsselwörter

Es klingelte. Ich hörte meinen Atem in der Ohrmuschel. Warum hatte sie mir nicht ihre E-Mail-Adresse gegeben oder ihre Handynummer? Dann könnte ich einfach schreiben. Vielleicht war ja niemand zu Hause. Noch einmal würde ich es klingeln lassen und dann auflegen.

Da klickte und knisterte es in der Leitung, und eine männliche Stimme meldete sich. »Hallo. Hier Faulkners Sterbe- und Werbe-Service. *Sie sterben – wir werben.* Was kann ich für Sie tun?«

»Wie bitte? Ich … äh … ich dachte … Verzeihung … ich … äh … Das muss … Ich wollte … äh … ich glaube, ich habe mich verwählt.«

»Sie sind nicht Macca, oder? Oh, Entschuldigung! Es war nur ein Scherz. Ich hatte jemand anderes erwartet. Hier ist Dave Faulkner. Wen möchten Sie sprechen?«

»Ich … äh … ich.« Die Liste! Ich grapschte nach ihr. »Äh … *Kelly* … Kann ich bitte mit Kelly sprechen?«

»Mit Kelly? Einen Augenblick, ich schau nach. Ich glaube, sie steht gerade unter der Dusche.«

Unter der *Dusche?* Kelly Faulkner? *(Achtung! Potenzielle sensorische Überlastung!)* Kelly Faulkner … unter der *Dusche* … mit *Seifenschaum.* Das waren Schlüsselwörter. Ich musste mich wieder auf meine Aufgabe konzentrieren. Verzweifelt überflog ich meine Checkliste. *Kelly – Ismael – Party.* Vergiss die Sache mit der Dusche. *Kelly – Ismael – Party.* Denk nicht an die Sache mit der Dusche. *Kelly – Ismael – Party.* Denk nicht daran, dass Kelly Faulkner nur von Seifenschaum bedeckt ist wie in den Werbespots für Shampoo, dass sie lächelnd die Augen schließt und den Schaum aus ihren Haaren spült, während das Wasser über ihr Gesicht und ihre Schultern perlt und sprudelt und die Kamera gaaaanz langsam nach unten schwenkt ... *(Achtung! Überhitzungsgefahr!)* Die Liste! Konzentrier dich auf die Liste! *Kelly – Ismael – Party.* Okay. *Kelly – Ismael – Party.* Gut. *Kelly – Ismael – Party.* Schon besser. *Kelly – Ismael ...*

Klick. Knister. »Sie kommt gleich. Wer spricht da bitte?«

»*... Party.*«

»Paddy? Bleib dran, Paddy, sie kommt gleich.«

»Nein ... nein, warten Sie ... Hier ist Ismael ... Ismael Leseur ...«

Aber zu spät – die Stimme im Hörer rief: »Kel, ein Paddy ist dran ... Ja, das hat er gesagt, da bin ich mir sicher.«

Großartig. Jetzt denkt sie, ich wäre ein irischer Stalker. Ich versuchte, mich zu beruhigen. Keine leichte Aufgabe, denn mein Herz veranstaltete in meiner Brust eine ausgesprochen einfallsreiche Beatbox-Vorstellung.

Gedämpfte Geräusche drangen durch die Leitung.

Ich versuchte, mir die Szene am anderen Ende vorzustellen. Wie sah ihr Haus aus? Wo stand das Telefon? In der Küche? Im Wohnzimmer? Vielleicht hatten sie ja auch ein schnurloses Telefon. Vielleicht nahm Kelly es mit in ihr Zimmer ... nachdem sie, in ein Handtuch gewickelt, der Dusche entstiegen war. Stellt euch das vor, nur ein dünnes Frottierhandtuch zwischen Kelly Faulkners nackter Haut und mir ... das und höchstens sechs oder sieben Kilometer Telefonkabel. Kelly Faulkner ... in ihrem *Schlafzimmer* ... mit einem *Handtuch* ... *nur* mit einem Handtuch.

»Hallo?«

»Kelly? Hallo, äh ... ich bin's ... *(Blick auf die Liste)* Ismael ... Ismael Leseur.« Gut. Ich würde es schaffen. Die Kunst bestand darin, sich zu konzentrieren. »Ich rufe an wegen des Handtuchs.«

»Ismael? Ich versteh nicht ganz ... was ... was ist mit dem Handtuch?«

»Nein ... ich ... äh ... ich ... Die Verbindung ist wirklich schlecht ... Ich meine nicht *Handtuch* ... nein ... ich wollte sagen ... *Besuch* ... ich meine ... *Party* ... dass ich deinen Brief bekommen habe ... und dass Razza und ich zu Sallys Party kommen können.« Toll!

»Oh ... ja ... Das ist gut, das ist großartig.«

Puh. Alles klar, ich war in Sicherheit.

»Aber ... warum hast du zu meinem Vater gesagt, dass du Paddy heißt?«

Schon wieder. »Ich ... äh ... ich ... das ist ... das ist nur ... das ist ein Spitzname.«

»Dein Spitzname ist *Paddy*?«

»Ja ... nein ... nicht direkt. Ich ... irgendwie ... ich probier ihn aus, weißt du, um herauszufinden, ob er funktioniert.«

»Und warum gerade Paddy?«

»Ach ... das ist eine lange Geschichte.« (Ja, und zwar beginnt sie weit in der Vergangenheit, als ich mit einer hyperaktiven Blödheitsdrüse geboren wurde.)

»Stammt deine Familie aus Irland?«

»Also ... na ja, indirekt ja.«

»*Leseur* klingt nicht sehr irisch.«

»Nein ... das ist ... wahrscheinlich eher mütterlicherseits.«

»Ach so ... und wie heißt deine Mutter?«

Also, wenn mir hier jemand helfen könnte, wäre das großartig. Es ist nämlich ganz schön anstrengend, sich das eigene Grab zu schaufeln.

»Ähm ... so *ganz* sicher bin ich mir da nicht.«

»Du weißt nicht, wie deine Mutter hieß, bevor sie geheiratet hat?«

»Doch ... schon ... mir fällt's bloß gerade nicht ein. Ihr Name klang ziemlich irisch, so viel weiß ich ... So ähnlich wie ... ähm ... Bono ... aber ich könnte mich auch irren.«

»Bono? Etwa wie Bono von U2?«

»Ja, so *ähnlich*, aber nicht *genau* so. Egal, ich finde sowieso, dass *Paddy* nicht zu mir passt. Vergessen wir's.«

»Guter Schachzug«, meinte Kelly und lachte ein bisschen.

Dann wurde es still in der Leitung. Ich musste etwas sagen, um die Stille zu füllen – etwas Schlaues, etwas Witziges, etwas Geistvolles.

»Tja«, sagte ich. Nun, was erwartet ihr von jemandem, der ein Hirn aus Knete hat?

»Na ja, jedenfalls ist es toll, dass ihr beide zur Party kommen könnt. Wenn du mir deine Adresse gibst, dann schickt Sally dir eine Einladung mit allen Einzelheiten. Nichts Besonderes, wir grillen bei Sally zusammen mit ihrer Familie, aber es wird bestimmt lustig. Aus unserer Schule kommen sechs oder sieben Mädchen und mit euch beiden ungefähr genauso viele Jungs. Ach ja, Sally sagt, wegen Geschenken sollt ihr euch keine Gedanken machen. Aber bringt eure Badehosen mit. Es gibt einen Pool.«

»Großartig.« Ja, ich war begeistert. Ich in der Badehose. Endlich würden sich die Steroide und die vielen Stunden auszahlen, die ich gewichtehebend im Fitnessstudio verbracht hatte. Ich konnte nur hoffen, dass Kelly und die anderen Mädchen vom Anblick meines geschwellten Bizeps nicht zu überwältigt waren und vergaßen, dass ein empfindsames, schmächtiges Strichmännchen von einem Jungen unter dieser beeindruckenden Muskelmasse steckte.

»Tut mir leid, wenn ich jetzt so einfach Schluss mache, aber ich muss auflegen. Ich komme direkt aus der Dusche und tropfe hier den ganzen Boden voll.« *(Fehlermeldung: Diese Anwendung wird aufgrund eines ungültigen Vorgangs geschlossen.)*

»Ismael? Bist du noch dran, Ismael?«

»Was? O ja, ja ... ich bin noch da.« Obwohl das eigentlich nicht stimmte. Eigentlich war ich weit weg in Fantasien und spielte mit Schlüsselwörtern.

»Na, dann sehen wir uns bei Sally. Tschüs, Ismael ... oder soll ich lieber Paddy sagen?«

»Nein ... nein, nenn mich Ismael.«

»Klar«, sagte Kelly Faulkner kichernd, bevor sie hinzufügte, »bis bald.«

»Tschüs ...«

Ich legte auf und betrachtete meine Checkliste. *Kelly – Ismael – Party*. Ja, es hatte geklappt wie am Schnürchen. Hoffentlich hatten die Leute von *Mission Impossible* mitgehört. Wahrscheinlich würden sie mich als Chef für ihr Büro in Australien anheuern. Na ja, vielleicht auch nicht, aber juckte mich das? *Kelly – Ismael – Party*. Damit war alles gesagt. Alles. In ungefähr drei Wochen würde ich auf eine Party gehen, und Kelly Faulkner würde auch dort sein. Alles würde wunderbar laufen, sagte ich mir.

Dies war wohl der Augenblick, in dem ich mich bei den Anonymen Optimisten hätte anmelden sollen. Ich hätte mich mit Leuten treffen können wie diesem Typen aus *King Kong,* der sagte: »Klar bringen wir den riesigen Killeraffen nach New York – was kann da schon schiefgehen?«

3
Es entspannt angehen

»Sie hat dir gesagt, dass sie nur mit einem Handtuch bekleidet ist?«

Wir waren in unserem Klassenzimmer. Es war Montagmorgen, der erste Schultag der zehnten Klasse am St Daniel's Boys College, und einer nach dem anderen trudelten die Schüler langsam ein.

Ich unterbrach das Auspacken meiner Tasche und betrachtete die beiden Augen und den großen Mund, die vor mir schwebten wie drei Fünftel der olympischen Ringe.

Sie gehörten Orazio Zorzotto alias Razz, Razza oder Razzman (nur ein armer, irregeleiteter Narr benutzte jemals den Namen *Big Z*).

»Direkt *gesagt* hat sie es nicht. Sie hat nur gesagt, dass sie den ganzen Boden volltropft.«

»Mann, wenn sie gerade aus der Dusche kam und den Boden volltropfte, dann hatte sie entweder nur ein Handtuch an, oder sie war ... *Maannnnnnn!* Du bist dabei! Du spielst mit. Mach die Klappe zu, Alter – du hast es geschafft. Du bist angekommen!«

»Razz, wovon redest du?«

»Glaubst du etwa, sie stand *zufällig* unter der Dusche, als du angerufen hast?«

»Ja.«

»Na ja, kann schon sein. Aber glaubst du, sie hat nur zufällig erwähnt, dass sie halb nackt ist?«

»Aber das hat sie doch gar nicht gesagt.«

»Hör zu, Ismael. Du redest hier mit dem Razzman – mit Big Z, und ich kenn mich aus mit Frauen, klar?«

Doch genau darüber ließ sich streiten. In der Tat *redete* Razza viel über »Frauen«, und er *dachte* offensichtlich oft an »Frauen«, aber ob er sie wirklich »kannte«, etwas über sie »wusste«, darüber war das letzte Wort noch nicht gesprochen. Diese stichhaltigen Einwände wollte ich gerade vorbringen, als er fortfuhr.

»... und ich sage dir, Frauen tun das. Sie senden dir eine subtile Botschaft. Da musst du deinen Radar ausfahren. Du musst diese Dinge aufgreifen. Meinst du, wenn sie ihren Gemeindepfarrer an der Strippe gehabt hätte, dann hätte sie gesagt: ›Hallo, Herr Pfarrer, nett mit Ihnen zu plaudern. Ist Ihnen übrigens klar, dass ich splitternackt hier stehe?‹ Nie im Leben! Mensch, sie fährt total auf dich ab. Du bist echt dran, Alter!«

»Razz, ich habe den Eindruck, dass du ein bisschen übertreibst.«

Was sagte ich da? »Übertreiben« war Razzas Normalzustand. Das war so, als wollte ich einem Hurrikan erklären, dass er ein bisschen zu stürmisch ist.

»Du wirst es erleben, Mann. Warte bis zur Party. Du und Kelly Faulkner – geil!«

Auf dem Stuhl neben mir trommelte Orazio Zorzotto einen Wahnsinnsrhythmus auf den Deckel seines Pultes, während sein Kopf ruckartig vor und zurück wackelte und seine Beine wie ein Zwillingspresslufthammer auf und nieder hüpften.

»Hör mal, Razza ... wegen der Party ... dreh nicht so auf ... verstehst du ... dreh einfach nicht so auf mit dieser Du-und-Kelly-Faulkner-Geschichte. Okay? Ich meine, mach nicht so eine große Sache draus, ja? Ich möchte nur, dass sie ausnahmsweise mal denkt, ich wäre *normal*. Also ... führ dich nicht auf wie ein ... na, du weißt schon ... Verrückter oder so.«

Razza hörte auf zu trommeln und fuhr sich mit den Fingern durch seinen wirren schwarzen Filz, sodass die Haare nach allen Richtungen abstanden. »Schon verstanden. Du möchtest, dass ich eher zurückhaltend bin ... ein bisschen ... unauffällig ... es eher entspannt angehen lasse.«

»Ja ... entspannt. Das wäre gut.«

Razza zog die Augenbrauen hoch, schob die Unterlippe vor und nickte nachdenklich. »Ja ... klar ... Keine Sorge. Ich seh das ganz gelassen.«

»Danke«, sagte ich, und die Anspannung wegen der Party ließ langsam nach, und zwar ungefähr fünfzehn Sekunden lang. Als ich mich hinüberbeugte und die restlichen Bücher aus meiner Schultasche nehmen wollte, traf mich ein heftiger Schlag in die Rippen. Ich wirbelte herum und schaute direkt in Razzas grinsendes Gesicht.

»Ey ... Kelly Faulkner«, sagte er, streckte die Zunge heraus und hechelte. »Was meinst du?« Meine Rippen erlitten einen weiteren Anschlag. »Du und Kelly Faulkner? Kel-ly Faulk-ner«, wiederholte er wie ein geisteskranker Hypnotiseur, während seine Augen groß wurden wie zwei Satellitenschüsseln. »Du bist der Hammer, Ismael«, sagte er und boxte mich gegen die Schulter. »Stell dir vor, du und Kelly Faulkner ... du und die Kel-ster ... die Kel-meister ... die Kel-enheimer!«

Razza schrie diese letzten Worte heraus, als würde er einen Boxkampf ankündigen, begleitet von einem so gewaltigen Trommelwirbel auf sein Pult, dass alle in der Klasse innehielten und auf seine Hände starrten, deren Konturen durch die raschen Bewegungen verschwammen. Es war nur eine Frage der Zeit, bis entweder Razza oder das Pult zerbarsten und in Flammen aufgingen. Aber dann ...

»Mr Zorzotto! Schluss damit!«

Augenblicklich verwandelte sich der Raum in eine lebende Ausstellung von Wachsfiguren, die Madame Tussaud vor Neid das Wasser in die Augen getrieben hätte. Jeder Laut, jede Bewegung, jeder Atemzug, jeder Lebensfunke war von einem schwarzen Loch aufgesogen worden, das drohend in der Tür aufragte: Mr Barker, der stellvertretende Schulleiter, funkelte Razza wütend an, und Razzas Hände erstarrten nur wenige Zentimeter über der Tischplatte.

»Normalerweise versuche ich es zu vermeiden, gleich am ersten Tag des neuen Schuljahres jemanden zu exekutieren, Mr Zorzotto«, sagte er mit grummelndem Knurren. »Das verunsichert die jüngeren Schüler. Da ich Sie aber für einen ganz besonderen Fall halte, bin ich bereit, eine Ausnahme zu machen.«

Wenn Mr Barker so die Worte ausspuckte, musste ich immer daran denken, wie ein Auto in einer stählernen Schrottpresse langsam zu Altmetall zerquetscht wird.

»Ich sage Ihnen also in aller Deutlichkeit, Mr Zorzotto: Wenn Sie auch nur Ihren kleinen Finger ein einziges Mal in die Nähe der Tischplatte bringen, werden Sie etwas erleben, das die unaussprechlichen Schrecken der spanischen Inquisition wie eine wohltuende Massage erscheinen lässt. Verstehen wir uns?«

Razza bewegte den Kopf langsam auf und ab, als ob er wüsste, dass eine einzige falsche Bewegung den sofortigen Tod bedeutete.

»Bestens«, bemerkte Mr Barker, ließ seinen zornigen Blick noch einmal über die ganze Klasse schweifen und stolzierte hinaus.

Ich wartete ein paar Sekunden, dann atmete ich geräuschvoll aus. Um mich herum machten sich erste Lebenszeichen bemerkbar. Ich schaute zu Razza hinüber. Er hatte noch keinen Muskel gerührt.

»Razza, er ist weg.«

Er drehte sich steif zu mir um. Seine Miene war leer wie ein unbeschriebenes Blatt, und seine Arme schwebten immer noch wie die eines Zombies vor ihm in der Luft.

»Razza? Alles in Ordnung?«

Einen Augenblick lang passierte nichts, dann verzog sich der Mund vor mir zu einem anzüglichen Grinsen, und ein Augenpaar leuchtete auf wie verrückt gewordene Diskokugeln. »Kelly Faulkner«, flüsterte Razza, »die große Kelhuna!«

Dann schlug er den Rest seines furiosen Trommelwirbels auf meinen Kopf.

Tja ... wir gingen es entspannt an ... Der Razzman war da ganz gelassen.

4
Fisch-Wal und die Debatten-Junkies

»Sag mal, wo steckt eigentlich Scobie?«, fragte Razza, nachdem er aufgehört hatte, meinen Kopf als Bongotrommel zu missbrauchen.

Das hatte ich mich auch schon gefragt. »Keine Ahnung. Eigentlich sollte er vom ersten Tag an da sein.«

Noch ein paar Jungen schlenderten ins Klassenzimmer, unter ihnen auch Ignatius Prindabel.

»He, Prindabel, alter Freund«, rief Razza.

Eine dünne, gebeugte Gestalt sah auf, nickte und schritt mit ungelenken Bewegungen auf uns zu. »Leseur. Zorzotto«, sagte die Gestalt, schob die Fäuste in die Taschen und musterte uns schweigend, als wären wir Proben in einem Labor.

Razza hob die Hände. »Wow, immer mit der Ruhe, wie wär's, wenn du gelegentlich auch mal jemand anderes zu Wort kommen lassen würdest?«

Ignatius sah Razza an wie immer: als ob er ein bizarres abstraktes Gemälde betrachtete, dessen Absicht und Bedeutung sich ihm völlig entzogen. Ich konnte ihm das nicht zum Vorwurf machen. Die beiden hatten wenig gemeinsam. Razz befand sich irgendwo »da draußen«, während Ignatius eher »den Gang entlang, die Treppe hinunter, in der hintersten Ecke des Kellers« steckte.

»Raus mit der Sprache, Prindabel, was für aufregende Dinge hast *du* in den Ferien angestellt? Deinen Taschenrechner dampfgestrahlt? Oder vielleicht die Enzyklopädien desinfiziert? Oder für die Hauptrolle in der hiesigen Musicalproduktion von *Die Rache der Eierköpfe* geprobt?«

»Eigentlich«, sagte Prindabel, »habe ich beim Sommerschulprogramm der Junior University Kurse in Mathe und Naturwissenschaften belegt.«

»Klar hast du das gemacht«, antwortete Razza. »Ich wollte das eigentlich auch machen, aber dann fand ich, dass es lustiger wäre, wenn ich mir Bambustriebe unter die Fingernägel stecke und ihnen beim Wachsen zusehe.«

Ohne Razza auch nur im Geringsten zu beachten, wandte sich Prindabel an mich: »Wusstest du, dass sie an der Central Missouri State University gerade die größte Mersenne-Primzahl identifiziert haben? Sie hat 9,8 Millionen Stellen. Das ist zwei hoch 32 582 657 minus eins. Um das auszurechnen, brauchten sie 700 Computer! Kannst du dir das vorstellen?«

Ich schüttelte den Kopf. Nein, das konnte ich mir nicht vorstellen.

»Mensch, Prindabel, du gehst bei einem Date bestimmt ab wie Dynamit«, bemerkte Razza. »Liebling, willst du meine

Mersenne-Primzahl wissen? Stell dir vor, sie hat 9,8 Millionen Stellen.«

Ignatius warf Razza noch einen seiner »Abstraktes-Gemälde-Blicke« zu, zuckte die Achseln und sah sich im Klassenzimmer um. »Scobie fehlt.«

»Super, Sherlock«, lobte Razza. »Wie bist du darauf gekommen? War es die Tatsache, dass er nicht da ist? Du solltest deinen eigenen *CSI*-Ableger bekommen. *CSI Freak*.«

In diesem Augenblick trottete die massige Gestalt von Bill Kingsley in das Klassenzimmer. »Billy-Boy, hier rüber zu uns. He, hast du eine Diät gemacht, oder was?«

»Vielleicht.«

»Eine Pizza- und Filmmarathon-Nacht bei dir zu Hause wäre mal wieder angesagt. Weißt du, Billbo, wenn du noch mehr abnimmst, dann stufen sie dich auf einen kleinen Planeten zurück. Und dann ist Vorsicht geboten. Du hast gesehen, was mit Pluto passiert ist.«

Bill lächelte schwach. »Wo ist Scobie?«

»Das ist noch nicht ganz raus, aber bald wissen wir mehr. Prindabel leitet die Ermittlungen am Tatort. Er wartet noch auf die Ergebnisse aus der Gerichtsmedizin.«

Eine Rauferei an der Tür erregte unsere Aufmerksamkeit. Doug Savage und Danny Wallace kämpften um einen Ball. Schließlich riss Danny ihn an sich und stürmte, mit Doug dicht an den Fersen, nach hinten ins Klassenzimmer.

Wenige Augenblicke später erschien ein stabil gebauter Junge mit einem Helm blonder Haare und gefletschten Zähnen. Kennt ihr schon Barry Bagsley, den talentierten Sportler, Profi-Tyrannen, König der Herabsetzung und Diktator vom Dienst? Er inspizierte das Klassenzimmer und drängte sich dann durch eine Gruppe von Jungen hindurch auf Danny und Doug zu, die sich fröhlich in der letzten Reihe gegenseitig boxten. Leider blieb er stehen, als er uns erreichte.

»Na, wenn das nicht unsere berühmten Diskutiermädels sind – der Fisch-Wal und die Debatten-Junkies.«

Debatten-Junkies, das war neu. Barry hatte in den Ferien offenbar an seinen Fertigkeiten gearbeitet. Dann sah er Bill an und lächelte höhnisch.

»Weißt du, Kingsley, es heißt doch: Du bist, was du isst. Und was hast du gegessen? Eine Herde Schweine?«

Bill senkte den Blick, sagte aber nichts.

»Und was ist dein Lieblingsessen, Zor-*schiss*-to? Dörrfleisch?«

Barry Bagsleys Lächeln ging in ein Zähnefletschen über. »Na, will unser Komiker etwas sagen? Weißt du, Or-Arsch-io, du solltest sehr vorsichtig sein. Sonst kriegt eines Tages jemand deine Späße in den falschen Hals und schlägt dir die Nase zu Brei.«

»Ich versuche nur, ein bisschen Sonne in eine triste und undankbare Welt zu bringen«, meinte Razza lächelnd.

Barry löste seinen Blick langsam von Razza und sah mich an: »Und was meinst du, Pisseur? Nichts, wie immer? Ich hab unsere kleine Unterhaltung am Ende des letzten Schuljahrs nicht vergessen. Sieht so aus, als hättest du eine anständige Rückzahlung zu erwarten.« Er blickte sich im Klassenzimmer um. »Noch kein Scobie da, Schisseur? Hinter wessen Rockzipfel wirst du dich verstecken, wenn *er* nicht auftaucht?«

»Ich verstecke mich nicht«, brachte ich murmelnd hervor.

»Mutige Worte, Stinkstiefel.« Barry lachte. »Aber wir schauen uns das an, das verspreche ich dir. Hundertprozentig.«

Alle sahen zu ihm hin, als er nach hinten ins Klassenzimmer ging, Danny Wallace den Ball wegnahm und ihn auf einem Finger kreiseln ließ.

»Mann, ich hatte schon ganz vergessen, wie sehr mir Barrys aufmunternde Worte gefehlt haben«, bemerkte Razza. »Erst jetzt bin ich wirklich bereit, mich dem Tag zu stellen!«

»Pass lieber auf, was du sagst, Razz. Ich glaube nicht, dass das mit der Nase ein Scherz war.«

»Mensch, ich bin doch nicht blöd. Bagsley ist blöd, aber er ist kein Idiot.«

»Was?«

»Er wird doch nicht wirklich jemanden schlagen, oder? Jedenfalls nicht in der Schule. Mensch, stell dir bloß vor, was dann los wäre. Was meinst du, was Barker mit ihm machen würde nach all dem Mist, den er schon gebaut hat. Wahrscheinlich würden sie ihn rausschmeißen. Bagsley weiß das. Nein, wenn der jemanden verhauen will, dann irgendwo außerhalb der Schule, an einem einsamen Ort.«

»Ich würde ihn trotzdem nicht zu sehr reizen.«

»Ja, schon gut, aber was ist mit dir, Alter? Was hat er da für einen Mist geredet, von wegen ›zurückzahlen‹ und so? Was hast du ihm überhaupt getan?«

»Nichts.«

Das stimmte keineswegs. Aber ich hatte keine Lust, über

die Schulversammlung am Ende des Jahres zu sprechen, als ich gedroht hatte, Barry Bagsley als Mobber bloßzustellen, weil er Bill das Leben zur Hölle machte. Damals hatte ich zu ihm gesagt, dass ich mich nicht mehr vor ihm verstecken würde, dass ich mich im nächsten Jahr selbst verteidigen würde. Tja, jetzt *war* nächstes Jahr, und ich hatte Mühe, mir vorzustellen, dass ich das tatsächlich tat. Mir dagegen vorzustellen, wie ich mit zu Brei geschlagener Nase aussah, war ein Kinderspiel.

Ich schaute verstohlen zu Barry Bagsley hinüber. Er kippelte mit seinem Stuhl gefährlich weit vor und zurück und schlug dabei mit dem Kopf leicht gegen die rückwärtige Wand des Klassenzimmers. Ich fragte mich, was in diesem Kopf wohl vorging. Wahrscheinlich grübelte er gerade über neue Formen des genussvollen Zeitvertreibs nach – erweitertes Stören des Unterrichts, beiläufiges Foltern, angewandter Rufmord, kreative Körpergeräusche. Aber vielleicht dachte er auch nur wie alle andern darüber nach, wo James Scobie steckte.

Das musste man Scobie lassen. Er ging seit weniger als einem Jahr auf das St Daniel's, aber in dieser Zeit hatte er es mit Barry Bagsley aufgenommen und ihn bezwungen, hatte unsere am unteren Tabellenende dümpelnde Oberstufen-Rugbymannschaft zu einem famosen Sieg über den Erzrivalen Churchill Grammar geführt und im Alleingang die erste Debattiermannschaft in der Geschichte der Schule bis in die Endrunde gebracht. So hatte er eine Art Kultstatus erreicht und stand in dem Ruf, keine Angst zu empfinden. Nicht einmal das Schreckgespenst eines Hirntumors, weswegen er das letzte Vierteljahr verpasst hatte, konnte ihm etwas anhaben. In der testosterongeschwängerten Atmosphäre des St Daniel's Boys College konnte man nicht größer werden, als James Scobie es war.

»Wow, heute ist mein Glückstag. Zuletzt habe ich so viele schöne Gesichter gesehen, als ich mich in die Endausscheidung der Junggesellenwahl des Jahres geschmuggelt habe.«

Miss Tarango lächelte uns strahlend an – Doppelgrübchen, glänzende blonde Haare und schimmernder Strandferienteint. Gab es jemals einen besseren Anblick vor einer Klasse?

»Willkommen zurück in der Schule, Jungs. Was meint ihr, können wir loslegen? Danny, wie wär's, wenn du deinen Ball in deine Tasche packen würdest, bevor er verloren geht ... auf Dauer. Ruhe jetzt. Schon besser. Also, meine Herren, bevor ich euch unter einem veritablen Berg von Verwaltungskram begrabe, möchte ich sagen, wie sehr ich mich freue, dass ...«

Miss Tarango hielt inne und drehte sich zur Tür, wo auf einmal ein kleiner, blasser Junge aufgetaucht war. Alles an ihm war ordentlich, gerade und hineingestopft. Er sah aus wie ein Grundschüler, der Verkleiden spielt. Lange graue Kniestrümpfe bedeckten seine Beine von den spiegelblanken Schuhen bis zu seinen knubbeligen Knien, und eine sorgfältig gebügelte kurze Hose saß weit hochgezogen über der kleinen Rundung seines Bauches. Hinter den schmal eingefassten, runden Brillengläsern, die auf seinen roten und ein wenig rundlichen Backen saßen, schauten zwei dunkle Pupillen ruhig geradeaus. Dann kniff er die Augen zusammen und riss sie wieder auf, während seine

Lippen einen bizarren Kreis beschrieben, als wollten sie seinem Gesicht entkommen.

Miss Tarango legte die Hand über ihre Brust: »Jungs, das ist ein Anblick, bei dem es uns warm ums Herz wird«, sagte sie, und ein Chor aus Grüßen und Jubel erschallte in dem Klassenzimmer, als James Scobie lächelnd hereinwatschelte.

5
Das Wort mit »S«

»He, Scobie. Wie ist es, wenn einer einem im Hirn rumwühlt?«

Die Klassenlehrerstunde war vorbei, und wir bereiteten uns auf die nächste Stunde vor. Miss Tarango hatte das Klassenzimmer schon verlassen, und Barry Bagsley sonnte sich nach seinem ersten Schuss gegen Scobie im anerkennenden Grinsen von Danny Wallace und Doug Savage.

Scobie sah auf. »Empfehlenswert ist es nicht, so viel kann ich sagen. Aber du musst dir darüber keine Gedanken machen. Dein Gehirn ist sicher. Ich glaube nicht, dass es schon so starke Elektronenmikroskope gibt.«

Barry Bagsleys Stirn wurde dunkel wie eine Gewitterwolke. »Bleib mir bloß vom Leibe, ja? Ich will mir nichts von dir einfangen.«

»Keine Sorge«, antwortete Scobie liebenswürdig. »Wissenschaftlich gesehen spricht nichts dafür, dass eine Übertragung vom Menschen auf Tiere möglich ist.«

Wenn es zu einem verbalen Schlagabtausch zwischen James Scobie und Barry Bagsley kam, bestand kein Zweifel, wo die Massenvernichtungswaffen lagerten. Aber Scobies Macht über Barry beruhte nicht nur auf seinen sprachlichen Fähigkeiten oder gar darauf, dass die Rugbymannschaft First Fifteen ihn als Maskottchen adoptiert hatte, weil sein Gedicht sie im vergangenen Jahr zum Sieg über Churchill Grammar getragen hatte. Nein, sie beruhte vielmehr auf seinem völligen Mangel an Angst und seiner standhaften Weigerung, klein beizugeben. Scobies Retourkutsche gegen Barry Bagsley wirkte wie ein Maulkorb bei einem tollwütigen Hund.

Abgesehen davon, dass der Tyrann vorläufig gebändigt war, begann das neue Schuljahr im St Daniel's Boys College eigentlich so wie immer. Zuerst lauschten wir den üblichen Ansprachen darüber, dass dieses Jahr »entscheidend« sein würde und dass wir uns »von Anfang an« in unsere Studien »hineinknien« müssten. Dann umrissen die Fachlehrer die Themen, die wir bearbeiten würden, und bemühten sich dabei, sie weitaus interessanter erscheinen zu lassen, als sie tatsächlich waren, und so wichtig für unser zukünftiges Leben wie die Fähigkeit zu atmen. Wie sich zeigte, hatte Miss Tarango es in dieser Hinsicht am schwersten.

»In diesem Schuljahr, Jungs, werden wir uns außer mit einer Klassenlektüre und einer kurzen Einheit zum Thema Medien vor allem mit Gedichten beschäftigen.«

Stöhnende Laute erschollen, Augen quollen hervor, Stirnen wurden gerunzelt, Köpfe gesenkt, und die ganze Klasse sackte zusammen, als hätten alle gleichzeitig einen Schlag in die Magengrube bekommen. Ignatius Prindabel machte ein Gesicht, als hätte ihm gerade jemand angekündigt, dass ihm durch den Rücken hindurch der Blinddarm rausgenommen werden soll.

Miss Tarango lächelte honigsüß und redete ungerührt weiter: »Ja, in diesem Schuljahr bietet sich uns die Chance, zu erkunden und zu erfahren, wie mächtig und kreativ Sprache ist. Wir schauen uns alles an, von Songtexten und Rap bis zu den klassischen Formen der Dichtkunst. Beginnen wollen wir mit Shakespeares Liebessonetten.«

Die Klasse erstarrte und sah Miss Tarango entsetzt an. Sie hatte das Wort mit S ausgesprochen. Ignatius Prindabel wurde weiß und presste seinen Taschenrechner an die Brust, als ob jemand gedroht hätte, ihm seinen Lieblingsteddy wegzunehmen.

Razza fand als Erster die Sprache wieder: »Shakespeare! Wozu brauchen wir *den* denn? Gedichte sind schlimm genug. Können wir uns nicht wenigstens an die modernen halten? Warum muss es Shakespeare sein, Miss?« Heftiges Kopfnicken und zustimmendes Murmeln erfüllten den Raum.

Miss Tarango hob die Hände, schloss die Augen und wartete, bis es still wurde. Als es so weit war, öffnete sie die Augen, lächelte Razza an und holte tief Luft.

»Um deine Frage zu beantworten«, sagte sie ruhig. »Wir behandeln Shakespeare, Orazio, weil wir einen großen Geist feiern wollen. Wir behandeln Shakespeare, weil wir uns mutig und scharfsinnig auf die Suche nach dem Schönen und Wahren begeben. Kurz gesagt, Orazio, wir behandeln Shakespeare, weil wir das Leben und die Sprache lieben.«

Einen Augenblick lang wirkte Razza von Miss Tarangos Stimme wie hypnotisiert. Dann riss er sich los und ließ den Blick über die Klasse schweifen. »*Wir* klingt nicht sehr nach *uns*.«

»Wer weiß, Orazio«, sagte Miss Tarango mit hochgezogenen Augenbrauen, »vielleicht werden *wir uns* überraschen.«

Razza warf einen Blick auf die andere Bankreihe, wo Jarrod McGucken schielend versuchte, einen Pickel auf seiner Nasenspitze auszudrücken.

»An Ihrer Stelle würde ich meine Erwartungen nicht zu hoch schrauben, Miss«, meinte Razza.

Aber Miss Tarango wollte davon nichts hören. »Kommt, Jungs«, bat sie. »Lasst mich nicht im Stich. ›Wir sind die Männer von St Daniel's‹ – wisst ihr noch – ›unbeugsam wie Fels‹ und so weiter. James, du bist auf meiner Seite, oder? Was ist für dich der Knüller bei Shakespeare?«

Scobie vollführte die üblichen Grimassen und Gesichtsverrenkungen und gab dann seine wohlüberlegte Antwort: *»Er war ein Mann, nehmt alles nur in allem, Ich werde nimmer seines Gleichen sehn.«*

Miss Tarango presste die Lippen zu einem dünnen Strich zusammen, sodass wie von Zauberhand ihre Grübchen erschienen. Dann zeigte sie mit großer Geste auf die kleine Gestalt vor ihr: *»Welch ein Meisterwerk ist Scobie! wie edel durch Vernunft! wie unbegrenzt an Fähigkeiten! in Gestalt und Bewegung wie bedeutend und wunderwürdig!«*

James Scobie zog nervös am Knoten seiner Krawatte, fuhr sich leicht mit der Hand über die perfekte Welle seiner nach hinten gegelten Haare, rückte vorsichtig seine Brille zurecht und errötete. Miss Tarango lächelte nur. Wir anderen versuchten herauszubekommen, worüber zum Teufel die beiden da geredet hatten. Was immer es war, Miss Tarango hatte offenbar neue Energie und neuen Schwung daraus geschöpft.

»Ja, das ist Shakespeares Dichtkunst, Jungs, in all ihrer Pracht und Herrlichkeit«, sagte sie mit leuchtenden Augen. »Versucht's doch mal!«

6
Ein Geschöpf des Universums

Und Miss Tarango tat ihr Möglichstes. Schon in der nächsten Stunde tauchten die ersten Plakate auf. In großen roten Druckbuchstaben stand da:

> ... wir sind
> das was wir sind;
> von gleichem Sinn und Mut,
> vom Zeitgeschick geschwächt, doch stark im Will'n
> zu streben, suchen, sehn – und nie zu ruhn.
>
> »Ulysses«, Alfred Lord Tennyson

Aber das war erst der Anfang. Im Lauf der folgenden zwei Wochen pflasterte Miss Tarango jeden freien Quadratzentimeter der Wände in unserem Klassenzimmer mit Postern und Ausdrucken von Gedichten zu. Prindabel war schließlich so durcheinander, dass er während der Schulstunden immer wieder nervös zu ihnen hinüberspickte, als wären sie eine Schar wütender Regenpfeifer, die gleich angreifen wollten. Nach zwei Wochen waren die Wände so voll mit Wörtern, als wäre in einer Bibliothek eine Bombe explodiert.

Am Freitag vor Sally Nofkes Party entrollte Miss Tarango ein großes Plakat mit schnörkeligen Buchstaben und Blattgold und befestigte es an der Vorderseite des Lehrerpults. Es war ein Gedicht mit dem Titel »Desiderata«, was, wie Miss Tarango uns erklärte, bedeutete: »Dinge, die man sich wünscht.« Ich dachte an die Party am Samstagabend. Ich wusste, was ich mir wünschte.

Das Gedicht gefiel mir. Wir hörten es uns sogar auf CD an. Es enthielt viele Ratschläge, zum Beispiel, dass man »man selbst« sein sollte und »anderen zuhören« und solches Zeug. Aber bei einigen Zeilen musste ich doch auch an mein eigenes Leben denken. Zum Beispiel bei Sätzen wie »Meide laute und aggressive Menschen«, die nach Ansicht des Verfassers »Ärgernisse für den Geist« sind (was in Razzas Übersetzung hieß, dass sie »einem auf den Sack gehen«). Das erinnerte mich sehr an Barry Bagsley. Weiter hieß es in dem Gedicht, man solle sich nicht mit anderen vergleichen, sonst würde man verbittert werden. Da musste ich an meine kleine Schwester Prue denken, die fast ein Genie ist, während ich ... nun ja ... Galaxien von Genie entfernt bin.

Besonders gut gefielen mir zwei Zeilen gegen Ende des Gedichts, in denen es hieß, dass ich »ein Geschöpf des Universums« bin und ebenso wie »die Bäume und Sterne ein Recht habe, hier zu sein«. Im tiefsten Innern meines Herzens hoffte ich, Barry Bagsley und seine Kumpel würden das zur Kenntnis nehmen. Aber eigentlich glaubte ich nicht daran.

Was mich jedoch wirklich berührte, das war der nächste Vers – der Vers, der damit endete, dass sich die Welt »entfaltete, wie sie sollte«. Ich überlegte, ob das wohl wahr sein könnte. Und das brachte mich auf Kelly Faulkner und darauf, dass ich nie gedacht hätte, auch nur die Chance zu bekommen, irgendwann einmal mit ihr zu sprechen, weil sie so perfekt war. Aber dann hatte ich einen Grundschüler gesehen, der in der Klemme steckte, und hatte versucht, ihm zu helfen. Und dieser Schüler war zufällig Kelly Faulkners kleiner Bruder gewesen, und Kelly hatte sich bei mir bedankt. Und auf diese Weise hatte ich mit ihr gesprochen, und wegen all dieser Dinge hatte Kelly mich und Razza zur Party ihrer Freundin eingeladen, sodass ich sie morgen Abend wiedersehen würde.

Auch wenn ich mir die ganze Zeit Sorgen darüber gemacht hatte, dass mein Leben so ziellos dahinraste wie ein Dragster mit geplatztem Reifen, kam ich, je länger ich darüber nachdachte, zu der Überzeugung, dass sich meine Welt trotzdem »entfaltete, wie sie sollte«.

Dieser wunderbare Gedanke erfüllte mich auch noch am Samstagabend, als Razza und ich auf die Rückbank von Mums Auto hüpften und wir zu Sally Nofkes Party fuhren.

Ich hatte ja keine Ahnung! Denn als die Party zu Ende war, entfaltete sich mein Universum nicht länger, es geriet völlig aus den Fugen.

Zweiter Song:

Gesellschaftsblues vom toten Frosch

Ich liege auf der Straße, weiß nicht, wohin ich soll
Ich bin geschlagen, bin gebrochen, es ist Schluss
Ich bin am Boden zerstört, niemand hat mich gehört
Kann keinen Muskel mehr rühren, aber ich muss
Alles scheint zerbrochen – und du Mann kommst
 angekrochen und
Feierst den Burn-out, der besser sei als Frust

Chor:
Ich hab den Toter-Frosch-, den Toter-Frosch-,
den Toter-Frosch-Gesellschaftsblues!
Ich hab den Toter-Frosch-Gesellschaftsblues,
 den tödlichsten
Toter-Frosch-Gesellschaftsblues!

Aus *Die Seekühe: Wiedervereint & Neu aufgelegt*
Musik & Text: W. Mangan und R. Leseur

7
Voll leer

Kurz nach sieben Uhr ließ meine Mutter uns bei Sally aussteigen.

»Paaarty-Time!«, sagte Razza, stieß seinen Finger in den Klingelknopf und vollführte einen Tanz mit roboterhaften, ruckartigen Bewegungen. Ich wollte gerade etwas zum Thema »Entspannt angehen« anmerken, als sich die Tür öffnete und ein Mädchen erschien.

»Hallo«, sagte sie und strich sich lächelnd das lange dunkle Haar hinter die Ohren. »Ich bin Sally. Und ihr seid bestimmt Ismael und Orazio?«

Ihre Stimme klang warm und ein bisschen heiser, als wäre sie ausgefranst an den Rändern. Irgendwie erinnerte sie mich an Kaffee, was ich merkwürdig fand, denn ich mag Kaffee nicht. Aber ich war mir ziemlich sicher, dass ich Sally Nofke mögen würde. Und ich wusste genau, dass ich mit diesem Gedanken nicht allein war.

»Hallo. Er ist Ismael. Und ich bin Orazio, aber die meisten nennen mich Razza.«

»Toll, ich freue mich, dass ihr da seid. Kommt rein.«

Wir betraten das Haus, und Razza überreichte unser Geschenk.

»Herzlichen Glückwunsch zum Geburtstag – von uns beiden.«

»Aber ihr hättet doch nichts mitzubringen brauchen, das ist ja süß. Danke.«

»Ich hoffe, du magst Pralinen«, meinte Razza.

»Leidenschaftlich gern«, antwortete Sally, und ihre dunklen Augen leuchteten.

»Super. Zuerst dachten wir an eine CD, aber wir wussten nicht, was dir gefällt. Ich fand, die neue von Tranz Phat wäre geil gewesen.«

»Wow, die sind super. Ich liebe ihre Songs.«

»Ehrlich? Toll! Ich auch«, sagte Razza.

»Besonders mag ich ›Ninja love‹.«

»Ich auch!«, wiederholte Razza. »Großartiges Schlagzeug, was? Ich *wusste,* dass wir die CD für dich hätten kaufen sollen.«

Razza und Sally grinsten sich kurz an, dann senkte Sally rasch den Blick auf die Pralinen: »Aber die hier sind auch super. Ich muss sie nur gut vor meinen kleinen Geschwistern verstecken, sonst sind sie weg.«

»Hallo, ihr beiden, da seid ihr ja.«

Ich drehte mich zu der Stimme um. Sie gehörte Kelly Faulkner. Später erinnerte ich mich noch an andere Dinge, zum Beispiel, dass ihr gelbes T-Shirt gerade bis zum Bund ihrer Jeans reichte oder dass die Schnalle ihres Gürtels die Form von Schmetterlingsflügeln hatte. Ich bemerkte sogar die Stickerei an den hinteren Hosentaschen und ihre bunten Strandschuhe. Aber in diesem Augenblick sah ich nur ihre blassen eisblauen Augen, die weiche Linie eines Lächelns und ein Gesicht, das zu strahlen schien.

»Hallo«, sagte ich und fand mich rasch im Grenzbereich

meiner rhetorischen Fähigkeiten wieder. »... äh ... erinnerst du dich an Razza?«

»Ja, klar«, sagte Kelly. »Wie könnte ich den berühmten Razzman vergessen?« Dann sagte sie hinter vorgehaltener Hand zu Sally: »Ich darf dir das eigentlich nicht verraten, Sal, aber angeblich ist dieser Typ ein verkappter Superheld.«

»Echt?«, fragte Sally. Sie musterte Razza vom Scheitel bis zur Sohle und tat so, als wäre sie schwer beeindruckt.

»Ja, ich habe es von seinem engsten Vertrauten erfahren«, sagte Kelly mit einem Kopfnicken in meine Richtung.

»Bist du wirklich ein Superheld?«, fragte Sally lächelnd.

»Bitte, bitte«, sagte Razza kopfschüttelnd und hob abwehrend die Hände. »Alle sagen das ... weil es ... wahr ist.«

Die beiden Mädchen verdrehten die Augen und lachten. Leider wurden sie von der Türklingel unterbrochen.

»Das ist bestimmt Jess, die andern sind alle da.«

Sally öffnete die Tür und wurde augenblicklich von einem Schwall gequiekter Geburtstagsglückwünsche überschüttet und von einer Umarmung fast erdrückt. Dann zog der Neuankömmling Sally am Arm quer durch den Raum zu uns und hüpfte neben Kelly. Razza schien völlig gefesselt davon zu sein, dass nicht *alles* an ihr gleichzeitig aufhörte zu hüpfen.

»Hallo, Kel. Du siehst großartig aus!«

»Danke, du aber auch. Neues Outfit?« Das Mädchen trug einen kurzen weißen Rüschenrock, der so tief auf seinen Hüften saß, als wolle er ihm ein Bein stellen, und ein tief ausgeschnittenes Top, das in einem verzweifelten Rückzugsgefecht versuchte, alles, was hervorquellen wollte, in Zaum zu halten.

»Ja, von Catwalk. Das Teil war so was von günstig im Schlussverkauf.«

»Super. Also ... Jess, das ist Ismael ... und das ist Razza.« Es war nicht schwer, Razzas Gedanken zu lesen, als wir Hallo sagten und er den Blick über Jess wandern ließ. Ich erwartete, dass jeden Augenblick das Wort »Scharf!« in großen, leuchtenden Buchstaben auf seiner Stirn erschien.

»He, Jess, probier mal die superleckeren Pralinen, die ich von den Jungs hier bekommen habe.«

»Toll! Aber nichts für mich«, sagte Jess und klopfte sich auf einen braun gebrannten, flachen Streifen nackter Taille. »Ich muss auf meine Linie achten.«

»Also, wenn du dir mal eine Pause gönnen willst«, meinte Razza, »bin ich gern bereit, an deiner Stelle aufzupassen.«

Jess öffnete den Mund und quietschte vor Vergnügen. »Das – ist – so was von – komisch! Sieht so aus, als sollte ich lieber auf *dich* aufpassen«, sagte sie und legte die Hand auf Razzas Arm.

Die beiden anderen Mädchen schauten sich kurz an, dann klinkte Kelly sich in das Gespräch ein: »Ich glaube, Sally muss sich keine Sorgen um ihr Gewicht machen, so viel Tennis und Fußball wie sie spielt.«

Razzas Gesicht leuchtete auf. »Du spielst *Fußball?*«

»Ein bisschen.«

»Ein bisschen! Sie ist nur Kapitän der Schulmannschaft und ihrer Vereinsmannschaft und Ersatzspielerin auf Landesebene.«

Razza wirkte beeindruckt. »Wow!«

Sally errötete. »Na ja, mein Vater ist in England aufgewachsen. Er ist leidenschaftlicher Fan von Liverpool. Ich übrigens auch, vor allem seit Harry Kewell in der Mannschaft spielt.«

»Na ja ... sie sind nicht schlecht ... vor allem für eine *englische* Mannschaft«, sagte Razza mit Kennermiene, »aber wenn du eine *richtige* Mannschaft sehen willst, dann musst du nach Italien fahren – AC Mailand, Leute, *das* ist ein anständiger Fußballclub!«

»AC Mailand? AC Mailand? Lass mich nachdenken«, sagte Sally feixend und rieb sich das Kinn. »*Der* AC Mailand, der 2005 im Finale der Champions League Prügel kassiert hat von ... äh, lass mich nachdenken ... von wem noch mal? ... Es liegt mir auf der Zunge ... Ah, ja ... jetzt erinnere ich mich ... genau, *Liverpool!*«

»Prügel bezogen? Was meinst du mit Prügel bezogen? Es stand drei zu drei unentschieden, zum Kuckuck! Ihr habt nur wegen dem blöden Elfmeterschießen gewonnen und weil der Torhüter ein paar abgefahrene Bälle gehalten hat. Jeder weiß, dass man uns den Sieg geklaut hat.«

»Ja ... klar ... geklaut.« Sally summte vor sich hin, wiegte sich hin und her und sang dann leise: »Liiiiiiv-er-pool! Liiiiiiv-er-pool!«

Razza hielt sich die Ohren zu. »Nein, erinnere mich nicht daran! Der Albtraum kehrt zurück! Aaaaaarrrrrrrhhhhhhh!«

Sally klopfte Razza auf die Schulter. »Komm, komm. Alles gut. Du brauchst nicht zu weinen. Es gibt immer ein nächstes Mal – *wenn* ihr so weit kommt.«

Wir alle lachten auf Razzas Kosten, als Jess sich einschaltete: »He, Sal, ich hätte fast vergessen, dir dein Geschenk zu geben. Hier, bitte schön. Herzlichen Glückwunsch zum Geburtstag!«, sagte sie, nahm Sally wieder in den Arm und drängte sich zwischen sie und Razza. »Ich hoffe, du hast sie noch nicht. Es ist eine CD von Tiffany Jackson.«

»Tiffany Jackson?«

Jess wandte sich an Razza: »Ja, findest du sie gut?«

Razza verzog ein bisschen das Gesicht: »Nun ja, ›gut finden‹ ist ein sehr starker Ausdruck.«

»Ich finde sie total cool. Sie ist absolut scharf.«

»Ja, scharf ist sie ... aber ...«

»He, Jess, vielen Dank. Wir legen sie später auf. Die ist toll zum Tanzen.«

»Klasse! Da sind alle Hits drauf!«

Razza neben mir murmelte etwas davon, dass es sich dann um eine »leere CD« handeln müsste. Aber Jess bekam es zum Glück nicht mit. Sally dagegen schien sich auf die Oberlippe zu beißen und versuchte, nicht zu Kelly hinüberzusehen.

»Ach, hier seid ihr alle.« Aus dem Nebenraum war ein Junge gekommen und hatte sich neben Kelly in unseren Kreis gestellt. Er sah aus wie Brad Pitt junior.

»Hallo, ich bin Brad«, sagte er und streckte mir die Hand hin. Warum war ich nicht überrascht? Razza und ich stellten uns vor und schüttelten ihm die Hand. »He, wie ich höre, geht ihr ins St Daniel's. Eure erste Mannschaft hat es uns letztes Jahr gezeigt. Das war das einzige Rugbyspiel der Saison, das wir verloren haben.«

»Dann gehst du auf die Churchill Grammar«, sagte Razz. »Also, wir können uns jetzt unterhalten, aber nach der Party müssen wir dich killen. Nimm's nicht persönlich. So sind nun mal die Regeln an unserer Schule.«

Brad lachte und zeigte seine perfekten Zähne: »Na schön!«

»Warte bis nächstes Jahr, wenn *du* in der ersten Mannschaft spielst«, sagte Jess. »Dann werden sie unbesiegbar sein.«

»*Wenn* ich in die Mannschaft komme, meinst du wohl. Meine Eltern meinen, ich müsste dieses Jahr in allen Fächern gute Noten haben, sonst bräuchte ich mich gar nicht zu bewerben.«

»Das schaffst du schon«, sagte Sally.

»Vielleicht, aber wir sind nicht alle kleine Genies wie du, Sal. Bei manchen stehen im Zeugnis nicht nur Einsen.«

»Genie?«, wiederholte Sally und lachte verlegen. »Eher nicht.«

»Nein? Dann war die Urkunde für besondere Leistungen im Landeswettbewerb Mathematik wohl nur Zufall?«

»Er hat recht, Sal. Du hast wirklich Köpfchen. Du wirst in der Zwölften sicher Jahrgangsbeste.«

Auf Sallys Wangen und ihrem Hals erschienen rote Flecken. »Können wir das Thema wechseln?«, sagte sie, senkte den Kopf und ließ sich die Haare ins Gesicht fallen.

»He, bring sie nicht in Verlegenheit«, sagte Kelly und bedachte Brad mit einem kühlen Blick. »Sally strengt sich sehr an und hat sich alles verdient, was sie bekommt.«

»Entschuldige, Sal«, sagte Brad. »Mach dir wegen mir keinen Kopf. Ich bin nur neidisch, nichts weiter. Aber lassen wir das, eigentlich bin ich nämlich gekommen, um euch zu sagen, dass es auf der Terrasse etwas zu essen gibt. Und wenn ihr nicht aufpasst, dann geht ihr leer aus.«

»Essen? Mann, ich könnte was vertragen«, sagte Jess und

schüttelte den Kopf. »Bevor ich zu Hause wegfuhr, hatte ich ... äh ... Hunger ... aber .... *nicht* ... ihr wisst schon, was ich meine? Egal, dann fing meine Mutter an ›Du musst aber etwas essen‹, und ich ›Aber ich habe überhaupt keinen Hunger‹, und sie wieder ›Du wirst immer dünner‹, und ich ›Egal‹. Und dann fing sie mit der Psychoschiene an, und ich nur ›Was hast du gesagt‹. Im Auto auf der Fahrt hierher ging's weiter ... einfach oberpeinlich. Sie hat mich nur angeschwiegen, und ich hab gedacht ›Wenn sie nicht redet, dann rede ich auch nicht‹, aber dann fing mein Magen an zu knurren, und er machte ganz laut ›Grrrrrrrrr‹ ... weil er ... weil er so voll ... weil er so voll leer war!«

Jess stand da, hielt sich den Bauch und lächelte alle mit offenem Mund an, bis Razza sagte: »Tja ... dann ... gehen wir doch ... was essen!«

Während ich mich mit den anderen in Bewegung setzte, freute ich mich sehr auf den bevorstehenden Abend – wenigstens so lange, bis ich sah, wie Brad vor mir Kellys Hand ergriff und zu ihr hinunterlächelte. Ich hielt die Luft an. Und ich hielt sie immer noch an, als Kelly zurücklächelte und ihre Finger mit seinen verschränkte.

Jess hatte recht. Manchmal fühlt man sich ... ihr wisst schon ... voll leer.

8
Der Mistkäfer im Ökosystem der Liebe

»He, Mann, was ist los?«

Eine Stunde oder so war vergangen. Wir waren mit allen bekannt gemacht worden, hatten Sallys Familie kennengelernt, auf der hinteren Terrasse etwas gegessen und mit Sally und ihren Freunden im Partyraum Musik gehört und getanzt. Während die anderen jetzt drinnen einen Karaoke-Apparat aufbauten, schnappte ich am Swimmingpool frische Luft. Ich sah auf, als Razza auf mich zukam.

»Was meinst du?«

»Tja, Alter«, sagte Razza. »Ich muss dir leider sagen, dass du heute nicht gerade eine Stimmungskanone bist.«

Ich schätze, er hatte nicht ganz unrecht. Ich *versuchte* ja, mitzumachen und Spaß zu haben, obwohl eine Schaufensterpuppe sicher ein besserer Tänzer ist als ich und mir schmerzlich bewusst war, dass der Titel »König des Karaoke« auch noch einige Zeit auf sich warten lassen würde. Aber wenn ich Kelly mit Brad sah, hatte ich immer das Gefühl, mein Herz würde sich in meiner Kehle verkeilen, während ich im freien Fall in die Tiefe sauste.

»Mir geht's gut.«

»Meinst du? Und warum hängst du hier wie ein Trauerkloß herum? Ich sage dir, wenn du bei Kelly heute Abend punkten willst, dann musst du dich ranhalten.«

»Bei Kelly punkten? Das ist ein Scherz, oder? Du hast doch

auch Brad kennengelernt – diesen »Superheißen Typen des Jahres« aus dem *Teen Magazine*.«

»Ah, da liegt der Hase im Pfeffer. Kaum kriegst du ein bisschen Konkurrenz, schon gibst du auf. «

»Genau, das ist der Plan.«

»Du spinnst. Hör zu. Ich habe so was x-mal erlebt. Es ist immer dasselbe. So läuft das eben. Auf der einen Seite gibt es einen idiotischen komischen Typen – das bist du. Er lernt ein total süßes Mädchen kennen – Kelly – und steht natürlich sofort auf sie. Aber dann kriegt er heraus, dass sie schon diesen Schwachkopf von Freund hat – Brad. Dann passieren ein paar völlig verrückte Dinge, und schließlich merkt das süße Mädchen, dass ihr Freund ein Drecksack und der idiotische, komische Typ eigentlich ein total netter Kerl ist. Sie verliebt sich in ihn, und sie knutschen glücklich miteinander rum. Ende der Geschichte.«

»Razz, du hast das nur deshalb schon x-mal erlebt, weil jeder amerikanische Teenie-Film nach diesem Muster verläuft.«

»Mag sein, aber Hollywood lügt nicht, oder?«

»Egal, jedenfalls glaube ich, deine Theorie könnte einen einzigen *winzigen* Haken haben. Ist dir nicht aufgefallen, dass Brad zufälligerweise gar kein ›Schwachkopf‹ und kein ›Drecksack‹ ist? Hast du nicht bemerkt, dass er eigentlich ein netter Kerl ist und außerdem ziemlich helle? Ist dir nicht aufgefallen, dass alle ihn mögen? Mensch, sogar ich mag ihn, obwohl ich den Typen hasse.«

»Das sind nur Kleinigkeiten«, sagte Razza mit einer wegwerfenden Handbewegung. »Wie mein Fußballtrainer immer sagt: Du musst nur herausfinden, worin dein Vorteil gegenüber deinem Gegner besteht, und dann diesen Vorteil hemmungslos ausnutzen.«

»Gut, mal sehen. Was haben wir über Brad und mich im Laufe dieses Abends herausgefunden? Ja, wir spielen beide Rugby, aber leider spielt er in der A-Liga, während die Liga meiner Mannschaft einen Buchstaben so weit hinten im Alphabet hat, dass du drei Jahre lang *Sesamstraße* gucken musst, bis der Buchstabe dran ist.«

»Hör mal, wenn du ...«

»Nein, warte ... ich bin noch nicht fertig. Er sieht gut aus, athletisch gebaut, echt fit und ein klasse Sportler ... und ich ... bin das alles *nicht*. Er hat Selbstbewusstsein, Charisma und Persönlichkeit und ... du wirst es nicht glauben ... ich *nicht*. Also, Razz, bitte sag mir, worin genau mein Vorteil besteht?«

»Hmmmmm ... tja«, sagte Razza gedankenvoll, »kannst du mit einem Raketenwerfer umgehen?«

»Klar.«

»Mann, entspann dich. Du interpretierst sowieso viel zu viel in diese Sache zwischen Kelly und Brad hinein. Klar, heute Abend ist er irgendwie mit ihr zusammen. Sie tanzen miteinander, halten Händchen und vielleicht auch ein bisschen mehr, aber sie hängt nicht an ihm wie eine Klette, oder? Weißt du, was ich glaube? Er fährt viel mehr auf sie ab als sie auf ihn. Ich meine, du musst doch selber zugeben, Alter, dass es kaum Gefummel gab oder Zungenduelle, oder?«

Ich wusste nicht, ob das, was Razza sagte, einen Sinn ergab oder ob ich ihm einfach nur unbedingt glauben wollte. »Ja, sieht so aus.«

»Also, Schluss damit, Mann. Zeig Kelly, was sie verpasst. Und vergiss nicht: Sie hat dich zu dieser Party eingeladen, und sie hätte es nicht getan, wenn sie dich nicht mögen würde. Kapiert?«

»Vermutlich.«

Ich sah hinüber zum Partykeller, wo sich Sally und Jess angeregt über einen Stapel CDs unterhielten.

»Was ist übrigens mit dir? Du scheinst ganz schön Eindruck zu machen heute Abend.«

»Ja, mal sehen, ob ich später Jessies Nummer bekomme. Sie ist so heiß. Sie ist so weiß. Sie ist weiß glühend.«

»Jessie? Und was ist mit Sally? «

Razza sah hinüber zum Partykeller und hielt – was selten passiert – für einen Augenblick den Mund. »Ja ... Sally ist wirklich cool ... Sie ist großartig ... aber ich glaube, sie ist nicht mein Typ.«

»Nicht dein Typ? Was erzählst du mir da, von wegen nicht dein Typ? Ihr steht auf dieselbe Musik, ihr spielt beide gern Fußball, und ihr habt beide einen schrägen Sinn für Humor. Ich meine, ich weiß, Jess ist ... na ja ... Jess ist *unglaublich*, aber Sally ... Sally ist eine andere Liga.«

»Ja, schon ... aber du hast doch gehört, was die anderen gesagt haben. Sie ist eine Intelligenzbestie, Kumpel. Sie ist die weibliche Ausführung von Prindabel.«

»Razz, Prindabel sah noch nie auch nur annähernd so aus.«

»Ja, hast ja recht ... aber warum sollte sich die zukünftige Jahrgangsbeste vom Lourdes College mit mir abgeben wollen? Mann, sie hat eine Urkunde für besondere Leistungen im Landeswettbewerb Mathematik bekommen. Weißt du, was ich kriegen würde? Ein Kondolenzschreiben. Lach nicht, das ist wahr. ›Lieber Herr Zorzotto, bitte nehmen Sie unser tiefstes Bedauern über den Verlust ihres Gehirns entgegen.‹«

»Hör auf damit. Du bist nicht dumm. Glaubst du, dir würden all deine Witze einfallen, wenn du blöd wärst? Du hast Grips, und zwar nicht zu knapp.«

»Echt? Könntest du das bitte meinen Lehrern erklären, denn wenn ich meine Zeugnisse so betrachte, scheint es da noch einige Missverständnisse zu geben.« Razza holte tief Luft. »Pass auf, ich will damit nur sagen, dass ich meine Grenzen kenne und dass Sally einfach zu intelligent ist, um etwas mit mir zu tun haben zu wollen.«

Das klang überhaupt gar nicht nach dem Razza, den ich kannte.

»Das heißt im Klartext: Für *dich* ist es völlig in Ordnung aufzugeben, nur weil Sally eine blöde Auszeichnung bekommen hat, während ich nicht die gute alte weiße Flagge hissen darf, wenn ich herausfinde, dass Kelly mit Mr Perfekt liiert ist.«

»Das ist was ganz anderes.«

»Mir kommt es sehr ähnlich vor.«

»Nein, ist es nicht. Sieh mal, wir sind ziemlich verschieden. Du willst Kelly Faulkner oder keine. Du fällst auf dieses ganze Liebesgedöns rein. Ich dagegen erkenne meine Niederlage bereitwillig an, begrenze den Schaden und gebe einer anderen die Chance, sich an dem offensichtlichen Genuss meiner Gegenwart zu erfreuen.«

»Aha, und vermutlich fällt es dir leichter, den Schaden zu begrenzen, wenn die andere zufälligerweise ein paar augenscheinliche Vorzüge hat?«

Razza hob eine Augenbraue und sah mich fragend an: »Worauf willst du hinaus?«

»Ich frage mich einfach, welche Rolle Jessies ›weißer, heißer Körper‹ bei deiner Entscheidung gespielt hat.«

Razzas Mund klappte auf. »Was ... Glaubst du im Ernst, dass mich nur das interessiert? Meinst du wirklich, es könnte für mich wichtig sein, dass ein Mädchen das Gesicht eines Covergirls hat und den Körper eines Wäschemodels, und keine Scheu, das auch zu zeigen?« Er schaute mit wildem Blick in die Runde, als hätte sich die Welt gegen ihn verschworen. »Wirfst du mir ... wirfst du mir vor, ich sei ... *oberflächlich*?«

»Ich dachte nur ...«

»Na ja ... vielleicht bin ich ja ein bisschen oberflächlich«, sagte Razza, lächelte kurz und zeigte mit dem Finger auf mich. »Aber es ist nicht so, wie *du* denkst. Es ist anders. Es ist ... eine ... eine tief empfundene Oberflächlichkeit.«

»Wie bitte?«

»Du hast es gehört – eine tief empfundene Oberflächlichkeit. Ja, genau. Stell dir vor, jeder Typ wäre wie du und würde meinen, dass Persönlichkeit, Intelligenz und Freundlichkeit wichtiger sind als eine beneidenswerte Figur und ein tolles Gesicht. Ich sage dir, das wäre das reinste Chaos.«

Ich schüttelte ungläubig den Kopf. Aber Razza kam erst richtig in Fahrt.

»Ja, wenn alle Jungen wären wie du. Stell dir vor, wie einsam und verlassen all die richtig heißen Mädels wären. Aber weil es mich gibt und andere Jungs wie mich, können die heißen Mädchen ruhig schlafen, denn sie wissen, dass es uns gibt und dass wir uns um sie kümmern. Und nun, schämst du dich immer noch nicht? Siehst du jetzt wenigstens ein, wie selbstsüchtig und engstirnig du in Wirklichkeit bist?«

»Ja, langsam kapiere ich's. Sieht so aus, als hätte ich euch allen unrecht getan. Ihr seid eine Art ... ihr bietet eine Art sozialen Dienst für heiße Mädchen an, oder?«

Razza schnalzte mit den Fingern, während in seinen Augen ein irres Feuer zu leuchten begann. »Ja, du hast es erfasst, Mann – einen sehr wichtigen sozialen Dienst. Wie ein Arzt ... oder ... oder ein Sozialarbeiter. Genau das ist es. Das bin ich. Ich bin ein Sozialarbeiter der Liebe. Ich trage meinen Teil dazu bei. Ich ... ich gehöre zur Matrix der Liebe!«

»Du gehörst zu was?«

»Zur Matrix der Liebe – du weißt schon, wie die Matrix des Lebens, über die der Hackworth in Biologie immer labert. Dieses ganze sensible Gleichgewicht des bescheuerten Ökosystems, in dem alle Tiere und Vögel und Pflanzen irgendwie verbunden sind mit Kriechgetier wie Engerlingen und Mistkäfern und sogar mit den blöden Bakterien im Boden.«

»Klar. Sag nichts, lass mich raten: Du bist der Mistkäfer im Ökosystem der Liebe, stimmt's?«

»Du lachst vielleicht, Leseur, aber ich sage dir, was ich bin«, sagte er, und seine Augen bewegten sich rasch hin und her, während er eine Eingebung suchte. »Ich bin ... ich bin ...« – er hielt inne, und seine glänzenden Augen betrachteten verwundert den nächtlichen Himmel – »ich bin ein Geschöpf des Universums«, sagte er würdevoll und hob die

Arme in die Luft, »nicht weniger als Flöhe und Zigarren – ich habe ein *Recht*, hier zu sein!«

Ich betrachtete Razza eingehend, aber ich konnte nicht feststellen, ob er das ernst meinte oder ob er einfach komisch sein wollte. Und es war schwer zu entscheiden, welche der beiden Möglichkeiten ich beunruhigender fand.

9
Iiiiiiiiiiiiiiiiiiiiiiiiiiggggii-iiiiitttttttttttttt!

Das Karaoke überlebte ich, indem ich eine kleine, aber entscheidende Rolle als einer der Hintergrundsänger bei verschiedenen Auftritten übernahm, darunter eine begeisterte, aber melodisch angeschlagene Version von »We are the Champions«.

Die echten Highlights jedoch waren Kelly und Sally mit einem Medley aus *Grease*, das besser war als das Original, Jess mit ihrer Interpretation eines Tiffany-Jackson-Songs, zu der sie Tanzbewegungen machte, die einen komplett vergessen ließen, dass ihre Stimme klang, als hätte jemand mit einer Dampfwalze einen Chihuahua überrollt, und Razza, der für seine wahrhaft schaurige Imitation von Elvis' »All shook up« tosenden Beifall erntete. Was mich wirklich innerlich zum Jubeln brachte, war die Entdeckung, dass Brad überhaupt kein Rockstar war und sich wie ich gern auf den Hintergrundgesang beschränkte.

Der Abend entwickelte sich wirklich gut. Das heißt, bis jemand sagte: »Wollen wir schwimmen gehen?«

Das hatte ich befürchtet. Ich konnte mich förmlich vor mir sehen, wie ich in meiner Badehose neben dem Alphamännchen Brad strandete und aussah wie der Favorit bei der Wahl zum mickrigsten Mann des Universums. Ich entschied, dass meine einzige Chance darin lag, mich möglichst rasch umzuziehen und in die relative Sicherheit des Pools einzutauchen. Während die anderen ungerührt weiterplauderten oder ihre Sachen zusammensuchten, schnappte ich meine Badesachen und verzog mich auf die nächste Toilette.

Als ich das Schwimmbecken erreichte, waren erst zwei andere im Wasser, ein Mädchen und ein Junge, oben im Tiefen, die sich viel mehr füreinander als für mich interessierten. Ich warf mein Handtuch über einen Stuhl und sprang ins Wasser. Kurze Zeit später kam Brad heraus und unterhielt sich mit dem Pärchen am anderen Ende des Beckens. Das gab mir die Gelegenheit, seine Muskeln zu begutachten, denn ich vermutete, dass er hier und da welche hatte. Wen wollte ich verarschen? Brad hatte Muskeln, wo ich nicht einmal einen hier und da besaß. Ich inspizierte meine eigenen sonnengebräunten, gewölbten Arme in dem blassen Licht. Sie sahen aus wie zwei fluoreszierende Röhren. Ich ließ mich bis zum Hals ins Wasser gleiten.

Bald gesellten sich ein paar Mädchen zu mir ans flache Ende des Beckens und fingen an, leise miteinander zu reden. Ich paddelte herum und wartete auf Razza.

Nach einem Weilchen kam Sallys kleine Schwester Sophie mit einer großen Plastikflasche Orangensirup im Arm herausgewackelt. Sie sah sich Hilfe suchend um und trat dann an den Rand des Schwimmbeckens: »Geht nicht auf«, sagte sie und hielt mir die Flasche hin. »Kannst du aufmachen?«

Ich nahm ihr die Flasche ab und lockerte den Deckel. »Hier, bitte schön«, sagte ich und gab sie ihr wieder zurück. Sophie grapschte begierig mit ihren kleinen Fingern nach der Flasche, aber sie entglitt ihrem Griff und rauschte wie ein Torpedo ins Wasser. Einen Augenblick lang stand Sophie einfach mit offenem Mund da, dann brach sie in Tränen aus und rannte zurück ins Haus.

Die Mädchen neben mir wandten sich kurz um, weil sie sehen wollte, was hier los war, aber dann war schon alles vorbei.

Da ich nur das Licht hatte, das aus dem Partyraum drang, tastete ich mit den Füßen nach der Flasche. Ich war noch ganz damit beschäftigt, in die schattigen Tiefen zu spähen, als mein Fuß bei einem Schritt nach vorn auf etwas traf, das zunächst hart und fest war, aber dann zerplatzte und von meinem Gewicht flach zusammengepresst wurde.

Genau in diesem Augenblick rief Sally von der Terrasse: »He, ihr da unten, wollt ihr ein bisschen Licht?« Und auf einmal leuchtete das Wasser um mich herum wie ein heller blauer Bildschirm. Aus dem Partyraum strömten noch mehr Leute. Zwei Jungen hüpften mit einer Arschbombe in den Pool. Ich schaute zu Sally auf und lächelte, aber aus irgendeinem Grund lächelte sie nicht zurück. Auch das rothaarige Mädchen neben ihr nicht, das eine Grimasse schnitt und voller Entsetzen mit dem Finger auf mich zeigte.

Ich sah an mir herab. Zuerst dachte ich, ihre Reaktion

lasse sich darauf zurückführen, dass die Unterwasserscheinwerfer des Pools meinen ohnehin bleichen Körper in eine schreckenerregende Kopie Gollums aus dem *Herrn der Ringe* verwandelt hatten. Aber dann sah ich es auch: Eine unheimliche gelbgrüne Wolke quoll zwischen meinen Beinen hervor und waberte zur Wasseroberfläche. *Das ist nur der Sirup,* dachte ich. Mein Blick flog wieder zur Terrasse. Sally sah schlecht aus. Das rothaarige Mädchen öffnete den Mund. »Nein ... nein ... Das ist nur ...« Aber weiter kam ich nicht. Das Gesicht des rothaarigen Mädchens schrumpelte zusammen, als hätte man sie zwangsweise mit einer Zitrone gefüttert, und dann brach ein lautes, langanhaltendes »Iiiiiiiiiiiiiiiiiiiiiiiiigggggiiiiiiittttttttttttttt!« aus ihrem Mund.

Augenblicklich richteten sich zwanzig Augenpaare auf die Terrasse und folgten der Linie ihres zeigenden Fingers zum Pool, als beobachteten sie die Flugbahn eines Querschlägers. Schließlich ruhten die Blicke von zwanzig Augenpaaren auf meinen Lenden. Zwei Augenpaare gehörten den Mädchen neben mir, die wie hypnotisiert dastanden, während sich gelbgrüne Wasserschlieren um meine Badehose schlängelten und allmählich ihre Taillen umspülten. Wir sahen gleichzeitig auf. Unsere Blicke trafen sich. »Nein ... nein ... Das ist nur ...« Aber da sah ich schon ihre Mandeln, und sie ließen den schrillsten, durchdringendsten Schrei erschallen, den menschliche Stimmbänder jemals hervorgebracht haben. Wenn nur die Leute vom *Guinness Buch der Rekorde* da gewesen wären, um es zu bezeugen. Eine kosmische Sirene brach sich hier Bahn. Und sie ging einher mit einem wahnsinnigen Gewedle von Händen, die das Wasser aufwühlten wie tausend Außenbordmotoren, und einer Massenflucht aus dem Becken, die für den *Weißen Hai* angemessen gewesen wäre.

Als sich die Panik endlich gelegt hatte, stand ich allein inmitten einer gelbgrünen Wolke in dem aufgewühlten Wasser und ein Ring erschreckter Gesichter schaute drohend auf mich herab.

Gerade wenn du denkst, es wäre sicher, wieder zurück ins Wasser zu gehen (Daaaaaa-dum .... daaaaa-dum ... dadum-da-dum-da-da-dum-da-dum-da), packt dich das Ismael-Leseur-Syndrom mit rasiermesserscharfen Zähnen.

10
Die menschliche Brandungswelle

»Weißt du, vielleicht ist das ja nur meine Meinung, aber wenn *ich* unbedingt Eindruck auf ein Mädchen machen wollte, dann stünde es nicht ganz oben auf meiner To-do-Liste, dass ich in den Pool ihrer besten Freundin pinkle.«

»Es – war – *Sirup*.«

Ich presste die einzelnen Worte zwischen zusammengebissenen Zähnen hindurch, während ich mir vorstellte, wie ich Razza mit einer Vielzahl qualvoller Methoden langsam folterte.

Er schaute mich durch immer schmaler werdende Augen an: »Sirup? Aber sicher doch. *Ursprünglich*.«

Es war Montagmorgen, und wir warteten auf Miss Tarango, bei der wir jetzt Englisch hatten. Ich hatte die Nase voll davon, Erklärungen zu dem Vorfall abzugeben, den Razza wahlweise als Pool-Pinkel-Affäre oder Piss-ins-Wasser-Gate bezeichnete. Ich hatte das am Samstagabend zur Genüge getan, und die Erinnerung an die entsetzten Gesichter, die wie Scheinwerfer auf mich herableuchteten, hatte sich auf immer und ewig in mein Gehirn eingebrannt.

Natürlich hatte ich versucht, alles zu erklären. Ich erzählte ihnen von Sophie und der Sirupflasche. Aber sie nickten nur, lächelten schwach und tauschten vielsagende Blicke aus. Sally, Kelly und Razza standen hinter mir, aber ich sah, dass die anderen nicht überzeugt waren. Wenig hilfreich war auch der Umstand, dass Sophie, die offenbar meinte, sie werde eines entsetzlichen Verbrechens beschuldigt, keinen Piep mehr sagte und sich weigerte, meine Geschichte zu bestätigen. Und damit nicht genug: Die Sirupflasche war wie vom Erdboden verschluckt, und erstaunlicherweise war niemand begierig darauf, ins Becken zu springen und mir beim Suchen zu helfen. Mir war, als würde mich ein Kraftfeld umgeben, das jeden abstieß, der mir zu nahe kam. Aber vermutlich konnte man ihnen keinen Vorwurf machen. Schließlich waren sie direkt mit den schrecklichen Symptomen des Ismael-Leseur-Syndroms konfrontiert worden und waren vermutlich starr vor Angst, dass sie sich anstecken könnten.

»Du glaubst mir doch, Razza? Ich meine ... wirklich?«

Er hörte auf, seinen Füller kreiseln zu lassen, und sah mich an. »Ja ... ja, ich denke schon. Du bist einfach nicht der *Star Trek*-Kommandanten-Typ, was?«

»Und was willst du mir damit sagen?«

»Weißt du«, sagte Razza lächelnd, »du bist nicht der Typ, der mutig dorthin geht, wohin noch niemand zuvor gegangen ist.«

Auch ich lächelte. Ich glaubte nicht, dass ich das in nächster Zeit tun würde. Razza ließ seinen Füller durch seine Finger gleiten, schnalzte ihn in die Luft, sodass er wie die Rotorblätter eines Hubschraubers auf seinen Fingerknöcheln kreiselte, bevor er wieder in seine Hand rutschte.

»He, Razz ... du ... tut mir leid wegen Jess und so.«

Der arme alte Razz hatte bei der Party schwer darunter zu leiden, dass er als mein Freund ebenfalls in Verruf geraten war. Nach dem Vorfall im Schwimmbecken war Jess, die bis dahin großes Interesse gezeigt hatte, plötzlich auf Distanz gegangen. Nur weil er mein Freund war und zu mir hielt, trug Razz auf einmal auch einen Makel – und der Makel war gelbgrün. Als wir nach Hause gingen, hatte sich Jess schon sehr gut mit einem Kumpel von Brad von der Churchill Grammar angefreundet.

»Ach, vergiss es. Betrachte es mal so: Du hast mich vor Tiffany Jackson bewahrt. Und vergiss nicht. Unser eigentliches Problem besteht darin, wie wir dich und Kelly zusammenbringen.«

Ich überlasse es euch, euch meinen Gesichtsausdruck vorzustellen. »Hast du öfter solche Aussetzer? Ich und Kelly? Razz, es gibt kein ›ich und Kelly‹. Es ist vorbei. Das musst doch sogar du einsehen? Ich fürchte, ich habe meinen Punktestand gegenüber Brad nicht gerade verbessert, oder? In einem Kampf auf Leben und Tod zwischen Kapitän Amerika und dem Pinkel-Pimpf würdest du dein Geld nicht unbedingt auf mich setzen, oder?«

»Keine Ahnung, aber wenn ich so an Samstagabend denke, würde ich sagen, dass sich der Gegner rasch verpissen würde.« Razza warf den Kopf in den Nacken und lachte über seinen Scherz. »Das ist Gold«, sagte er, »... oder vielleicht auch Gelb.«

Ich vergrub den Kopf in den Händen.

»Mensch, Alter, du machst dir viel zu viele Gedanken über diese Schwimmbadgeschichte. Das war nur eine der verrückten Geschichten, die passieren, bis ihr beide zusammenkommt. Ich hab's dir doch gesagt.«

»Verrückt? Du meinst, als Serienpoolpinkler etikettiert zu werden ist verrückt?!«

»Na klar«, antwortete Razza und sah erstaunt aus. »Findest du nicht?«

»Nein ... nein, keineswegs. Und weißt du auch, warum? Weil ich das bin, was allgemein als ›normal‹ bezeichnet wird, und du bist, was allgemein als ›vollkommen plemplem‹ gilt. So ist es. Du bist verrückt, Razz. Kelly und ich werden nicht ›zusammenkommen‹. Das wird niemals geschehen. Es ist vorbei.«

»Überhaupt nicht. Am Abend werden die Hühner gezählt.«

Ich konnte es nicht fassen. Ich hatte das Gefühl, gegen eine solide Ziegelsteinwand zu reden, nur dass Wände nicht widersprechen und dich nicht blöde angrinsen, als wärst du derjenige mit dem Beton im Kopf.

»Razz, es *ist* Abend. Kapiert. Die Hühner sind gezählt und im Stall. Die Tür ist zugesperrt. Die Hühner sitzen friedlich auf der Stange und schlafen. Hör mir jetzt genau zu: *Es ist vorbei*. Ich habe nichts mehr zu erwarten bei Kelly Faulkner. Absolut nichts.«

»Falsch, falsch, falsch«, sagte Razza mit einem selbstzufriedenen Lächeln. »Denn du hast mich.«

»Ja, richtig. Wie konnte ich das vergessen? Ich habe dich, den Sozialarbeiter der Liebe. Jetzt geht es mir schon viel besser. Kannst du mir kurz dein Handy leihen? Ich glaube, ich lade Kelly ein, am Wochenende bei mir zu übernachten.«

»Krass! Aber warte – würden deine Alten das locker nehmen?«

Ich beugte mich nach vorn, bis meine Stirn auf der Tischplatte lag. Ich war erschöpft. Der bloße Versuch, gegen Razza zu kämpfen, war völlig sinnlos. Es war so ähnlich, als würde man am Strand von dem Rücksog einer gigantischen Brandungswelle erfasst. Man kann mit aller Kraft dagegen ankämpfen, aber dabei verausgabt man sich völlig und ertrinkt schließlich. Der Trick besteht darin, sich entspannt von dem Rücksog aufs offene Meer ziehen zu lassen und dann, wenn die Strömung schwächer wird, den Rettungsschwimmern ein Signal zu geben oder sich ein bisschen treiben zu lassen und mit den nächsten Wellen zum Strand zurückzuschwimmen.

Tja, und ich saß hier direkt neben der menschlichen Brandungswelle Razza. Mir war auf einmal ganz klar: Wenn ich mich weiterhin gegen ihn wehrte, dann würde er das letzte Quäntchen Kraft aus mir heraussaugen, bis ich schließlich allem zustimmen würde, nur um ihn ruhigzustellen. In diesem Augenblick beschloss ich, die Sicherheitsregeln beim Schwimmen im Meer anzuwenden, das heißt, einfach mit Razza mitzugehen, so zu tun, als würde ich mich eine Weile von seinen wahnsinnigen Ideen mitreißen lassen. Ich spekulierte darauf, dass ihm schließlich der Dampf ausging, und dann würde ich in aller Seelenruhe zurück in die Wirklichkeit paddeln.

Das klang nach einem wirklich guten Plan, und ich war sicher, dass er bei allen Rettungsschwimmern und Experten für Strandsicherheit großen Anklang gefunden hätte. Aber trotzdem ... ich hatte mich oft gefragt: Was ist, wenn die Brandungswelle, deren Rücksog dich erfasst, *richtig* groß ist? Und was, wenn er dich so weit hinauszieht, dass du nicht mehr stehen kannst und die Wellen sich türmen und du den Strand gar nicht mehr siehst? Und was, wenn du einen Krampf bekommst, bevor die Rettungsschwimmer da sind? Und was, wenn da draußen Haie auf dich warten?

»Mensch, mach dir keine Sorgen«, hörte ich Razza sagen. »Alles bestens. Überlass das mir. Ich denk mir einen *geilen* Plan aus!«

Ich spürte, wie die Strömung an meinen Beinen zerrte und der Sand unter meinen Füßen wegrutschte. Hoffentlich passten die Rettungsschwimmer auf. Ich hob den Kopf von der Tischplatte und sah Razza an. Er hielt den Kopf zwischen den Händen und klopfte sich mit den Fingern heftig gegen beide Schläfen, als ob er sein Gehirn mobilisieren wollte, und seine Augen schossen dabei hin und her wie Flipperkugeln.

In diesem Augenblick traf mich die schreckliche Erkenntnis mit voller Wucht: Ich war drauf und dran, mich von Orazio Zorzotto mitreißen zu lassen, und keine Macht der Welt würde uns innerhalb der markierten Sicherheitszone halten.

11
Ich und du und William S.

Ein paar Wochen vergingen, aber Razza hatte keine Silbe über seinen »geilen Plan« verloren, und ich dachte schon, die menschliche Brandungswelle hätte sich verlaufen. Aber das Meer ist oft trügerisch. Gerade wenn alles ganz ruhig erscheint, können sich die Bedingungen heimtückisch verändern.

Eines Tages rauschte Miss Tarango ins Klassenzimmer, flötete ein fröhliches »Guten Morgen allerseits«, legte ihre Bücher auf das Lehrerpult und stellte sich vor die Klasse, wo sie wartete, bis es still wurde. Sie lächelte und holte tief Luft. Als ihre Stimme dann erklang, war sie weich und zähflüssig wie geschmolzene Schokolade: »*Wie ich dich liebe?*«, sagte sie und breitete die Arme weit aus. »*Lass mich zählen wie.*«

Gemurmel durchströmte den Raum und trug verirrte Kommentare und Gelächter mit sich.

Miss Tarango nahm keine Notiz davon: »*Ich liebe dich so tief, so hoch, so weit, als meine Seele blindlings reicht.*«

Sie schaute ganz nach hinten ins Klassenzimmer, wo Barry Bagsley und seine Kumpel rumlümmelten.

»Ich liebe dich bis zu dem stillsten Stand, den jeder Tag erreicht im Lampenschein oder in Sonne.« Sie ließ den Blick zur Mitte des Klassenzimmers wandern, wo Scobie, Razza und ich unsere Plätze hatten: *»Frei, im Recht, und rein wie jene, die vom Ruhm sich abgewandt. Mit aller Leidenschaft der Leidenszeit.«* Sie blickte auf die Jungen hinab, die direkt vor ihr saßen, darunter Bill Kingsley und Ignatius Prindabel. *»Und mit der Kindheit Kraft, die fort war, seit ich meine Heiligen nicht mehr geliebt.«*

Dann schweifte ihr Blick durch das ganze Klassenzimmer, und sie lächelte, sodass ihre Grübchen auf ihren Wangen erschienen wie zwei winzige Küsse. *»Ich liebe dich«*, sagte sie und kreuzte die Hände über ihrem Herz. *»Mit allem Lächeln ... aller Tränennot ... und allem Atem.«*

Einen Augenblick lang stellte ich mir vor, Kelly Faulkner würde diese Worte zu mir sprechen, und meine Eingeweide fühlten sich an, als würden sie schmelzen wie Wachs. Als Miss Tarango fertig war, schwiegen alle. Ich glaube, niemand wollte, dass sie aufhörte.

»Jungs«, sagte sie schließlich, »heute geben wir uns ganz der Liebe hin. Gerade eben habe ich euch ein paar Zeilen aus einem Sonett von Elizabeth Barrett Browning zitiert. Dieses Gedicht und eine Auswahl aus Shakespeares Liebessonetten stehen auf diesem Hand-out.«

Blätter segelten raschelnd durch den Raum.

»Also, dann wollen wir mal«, sagte sie und ließ den Blick über die Klasse schweifen. »Ah ja, genau ... Ignatius ...«

Prindabel, der sein Blatt mit beiden Händen festhielt und daraufstarrte, als wäre es eine Todesdrohung, schreckte zusammen, als sein Name fiel.

»Du wirst es mir sagen können, Ignatius. Was haben alle Gedichte auf dem Hand-out gemeinsam?«

Prindabel sah sie an, als sei er des Mordes angeklagt. Langsam wandte er sich dem Blatt in seinen Händen zu. Er kniff die Augen zusammen, als ob er alte Hieroglyphen entziffern müsste, kratzte sich an seiner spitzen Nase, schaute vorsichtig auf und murmelte: »Meinen Sie ... dass sie alle ... dass sie alle vierzehn Verse haben?«

Razza neben mir schnaubte laut, schlug sich mit der flachen Hand an die Stirn, rollte mit den Augen und knallte den Kopf mit einem lauten Boing an die Lehne seines Stuhls.

»Genau, Ignatius!«, sagte Miss Tarango.

Prindabel glotzte sie an, als wäre er gerade einem Erschießungskommando entronnen, hätte aber keine Ahnung, wie.

Im selben Moment schnellte Razza auf seinem Stuhl nach vorn. »Soll das ein *Witz* sein. Sie meinen, er hat *recht*?«

»Absolut, Orazio. Ein Sonett hat immer vierzehn Verse, die man je nach Reimschema in zwei vierzeilige Strophen, sogenannte Quartette, und in zwei dreizeilige Strophen, die sogenannten Terzette, gliedern kann. Shakespeares Sonette bestehen aus drei Quartetten mit einem abschließenden Reimpaar, sodass sie insgesamt auch aus vierzehn Versen bestehen. In jeder Zeile solltet ihr außerdem fünf Hebungen ausmachen können. Man kann also mit Fug und Recht behaupten: In diesen Gedichten steckt ganz schön viel *Mathematik*.«

Prindabel schnappte sich augenblicklich seinen Stift und

begann zu zählen, zu unterstreichen, abzuhaken und Versgruppen zu markieren. Dabei kaute er auf der Unterlippe und nickte bedächtig mit dem Kopf. Schließlich erhellte ein schiefes Lächeln sein Gesicht. Zum ersten Mal im Leben des Ignatius Prindabel schien ein Gedicht zu ihm zu sprechen.

»Also, Jungs, lasst uns mit Shakespeares Sonett Nummer achtzehn beginnen ›Soll ich dich einem Sommertag vergleichen‹. Hört aufmerksam zu, wenn ich es vorlese, und dann geht es selbst ein paarmal durch, bevor wir es besprechen.«

Wieder lauschten wir Miss Tarangos warmer, seidenweicher Stimme, bevor wir uns widerstrebend dem Gewirr aus kalten, dunklen Worten auf der Seite zuwandten. Nach einer Weile meinte Miss Tarango: »Gut jetzt. Lasst uns das erste Quartett betrachten und sehen, was es uns sagt:

> Soll ich dich einem Sommertag vergleichen?
> Anmutiger, gemäßigter bist du.
> Des Maies Liebling jagt Sturmwind von den Zweigen,
> Und nur zu früh gehen Sommers Pforten zu.

Nun, was meint ihr?«

James Scobie verzog den Mund zuerst nach rechts, dann nach links und streckte schließlich seinen Arm hoch. Miss Tarango wartete noch ab, ob sich vielleicht noch jemand anderes melden wollte. Auf einmal saß Razza kerzengerade neben mir.

»Geiiil!«, sagte er mit irrem Grinsen. »Ich hab's, Miss Tarango! Ich *hab's*. Ich schnalle, was der Typ meint!«

»Das ist ja wunderbar, Orazio«, sagte Miss Tarango und zog die Augenbrauen hoch. »Lass hören.«

»Also, er schreibt ja offensichtlich über ein Mädel ... und er sagt, dass sie wie ein Sommertag ist ... nur besser. Na ja, und im Sommer ist es *heiß*, nicht wahr? Ich denke, der alte William S. versucht, eine Braut zu kriegen, indem er ihr sagt, dass sie total *heiß* ist. Wahrscheinlich sind sie bei einer Party oder so, und ich glaube, dann kommt ein großer Sturm oder was auch immer – das ist der Vers mit dem ›Sturmwind‹ und den ›Zweigen‹ – und, egal, die Braut hat keine Lust mehr und will heim, aber Shakey will abhängen und hofft, dass noch was läuft, ja? – und dann fängt das Genöle an von wegen ›nur zu früh gehen Sommers Pforten zu‹. Na, im Grunde ist es das, es geht einfach darum, eine heiße Braut zu kriegen. Hab ich recht oder hab ich recht, Miss Tarango?«

Miss Tarango wurde ein bisschen blass. »Orazio«, sagte sie kopfschüttelnd, »du erstaunst mich immer wieder. Vielleicht müssen wir uns diese Vorschläge noch ein kleines bisschen genauer anschauen, aber du bist sicherlich auf dem richtigen Weg, wenn du sagst, dass Shakespeare seiner Liebe und Bewunderung für das Subjekt des Gedichtes Ausdruck verleiht. Liebessonette waren damals eine sehr populäre Form.«

»Ja, aber die Mädels zu Shakespeares Zeit standen doch nicht wirklich auf dieses Gesülze, oder?«

»Also wenn du mich fragst, Orazio, ob es *jungen Frauen* in Shakespeares Zeit *gefiel,* mit solcher Anmut, Schönheit und Eloquenz gepriesen und besungen zu werden, dann muss ich sagen, ja, da bin ich mir ganz sicher. Und ich bin mir ebenso sicher, dass es auch heute noch vielen *jungen Frauen* gefallen würde.«

Razzas Augen wurden beunruhigend groß. »*Echt*, Miss Tarango? Sie meinen wirklich, dass Bräu... *junge Frauen* beeindruckt wären, wenn Jungs ihnen Gedichte schreiben?«

»Nun, ich kann nicht für alle meine Geschlechtsgenossinnen sprechen, Orazio, aber ich würde mich nicht wundern, wenn es heutzutage viele junge Frauen gäbe, denen ein Gedicht als Ausdruck der Bewunderung tausendmal besser gefiele, als wenn man ihnen hinterherpfeift oder -ruft, sie begafft oder anknurrt.«

Miss Tarangos Wangen hatten ihre Farbe für jeden sichtbar wiedergewonnen. Sie warf einen raschen Blick auf die Klasse: »Nun ... egal ... wir sind ein bisschen vom Thema abgekommen. Lasst uns wieder zum Sonett Achtzehn zurückkehren.«

An den Rest der Stunde erinnere ich mich nicht mehr besonders gut, fürchte ich. Allerdings weiß ich noch, dass Razza sich mit einem irren Funkeln in den Augen zu mir wandte und flüsterte: »Mädels stehen auf Gedichte ... Geil!«

Als es endlich klingelte und die Klasse aus dem Raum strömte, packte Razza mich am Arm: »Wir sind dabei, Alter! Wir sind so *süß*!«

»Was quasselst du da, Razz?«

»Hast du nicht aufgepasst? Hast du nicht mitgekriegt, was die Tarango gesagt hat? Mädels stehen auf Gedichte. *Das* ist es!«

»Das ist *was*?«

Razza raufte sich die Haare. »Weißt du, manchmal frage ich mich schon, warum ich mir das antue. *Das* ist der *Plan*, du Penner! So kommen du und Kelly Faulkner zusammen. Du schreibst ihr ein Liebesgedicht, wie dieser Shakespeare!«

Ich verlor den Boden unter den Füßen, und der Strand war nur noch eine vage Erinnerung. Ich versuchte, nicht zu sehr gegen die Strömung anzukämpfen. Ich wollte einfach nur den Kopf über Wasser halten.

»Razz, weißt du ... ich glaube ... das ist vielleicht ... nicht so eine tolle Idee.«

»Was soll das heißen? Es rockt! Die Tarango hat recht. Bräute stehen auf so schmalziges Zeug.«

»Ja ... schon ... aber ich kann doch Kelly Faulkner nicht ... so aus heiterem Himmel ... ein Gedicht schicken.«

»Klar kannst du. Warum nicht? Pass auf, du warst nicht dabei, aber damals an dem Abend, als ich mit unserem Kumpel Brad quatschte und ihn mit Schulkram volllaberte, damit dass wir Shakespeare machen müssen und so. Da meinte er, er wäre froh, dass er nicht ich wäre, aber *Kelly* sagte, sie findet so was toll. Kapito? Das ist es. Das ist dein Wettbewerbsvorteil. Als wenn du zu den X-Men gehören würdest und deine besondere Mutantenkraft ›Gedichte‹ wären. So schlägst du deine Nemesis ›Brad, den Bösen‹.«

»Razz, wie können Gedichte meine ›besondere Mutantenkraft‹ sein, wenn ich noch nie ein Gedicht geschrieben habe?«

»Das ist nur eine Formalität«, sagte Razza und tat meinen Einwand mit einer Handbewegung ab. »Die Sache ist die: Du *kannst* schreiben. Weißt du noch, wie die Tarango letztes Jahr total aus dem Häuschen war über den Bericht, den du zusammengestellt hast? Und Gedichte sind genauso einfach. Lass einfach ein paar *achs* und *ohs* einfließen, ein paar Reime, ein bisschen Herzklopfen und ein bisschen von dem ›Meine Liebe ist dies, meine Liebe ist das‹-Kram, und Kelly Faulkner wird das Wasser im Mund zusammenlaufen, als wärst du ein Hamburger mit allem Drum und Dran.«

»Ich bezweifle, dass das so einfach ist.«

»Natürlich ist es das. Mensch, mit uns dreien, das wird klasse!«

»Wir drei? Welche drei?«

»Ich und du und William S. Abgefahren! Alter, das ist das Dream-Team. Was kann da schiefgehen?«

Mit diesen Worten sprang Razza auf und stopfte seine Bücher in das Pult. »Ich muss düsen – Fußballtraining.« Er verschwand durch die Tür und ließ mich in einem Meer leerer Tische und Bänke allein zurück.

Was kann da schiefgehen?, fragte ich mich und spürte, wie dunkle Schatten mich umkreisten.

Lasst mich aufzählen, was.

Dritter Song:

Mit jedem Ton und jedem Wort

Ich bin nicht gut im Reden
Am besten, ich verzieh mich
Ich warte, hoffe, träume
Und finde Worte nur für dich

Chor:
Bleib stehen, und ich krieg dich
Bleib da, und geh nie wieder fort
Sag ja, und ich besing dich
Mit jedem Ton und jedem Wort

Aus *Die Seekühe: Wiedervereint & Neu aufgelegt*
Musik & Text: W. Mangan und R. Leseur

12
Die Crème de la Scheiße

In den nächsten Tagen nervte mich Razza permanent mit dem Gedicht, weil er wissen wollte, ob ich schon angefangen hätte, wie es laufe und wann es fertig sein würde. Ich versuchte, ihn mit vagen Aussagen abzuspeisen wie »nicht schlecht«, »es kommt«, »ziemlich bald« und »Ich arbeite dran«. Allerdings würde, was mich betraf, meine besondere Mutantenkraft niemals offenbar werden.

Es sah ganz gut für mich aus. Am Ende des ersten Halbjahrs schien die menschliche Brandungswelle an Kraft zu verlieren. Die Nachfragen zu dem Gedicht bewegten sich auf null zu, und als die Ferien kamen, malte ich mir aus, wie mich eine Welle erwischte, die mich den ganzen Weg zurück zum sicheren Strand bringen würde.

Alles begann schiefzulaufen, als Scobie kurz nach der Pause überraschend ein Debattiertreffen einberief. Offiziell begann die Saison erst im zweiten Halbjahr, aber er wollte unbedingt schon früher starten. Vermutlich wollte er auf den Erfolg des letzten Jahres noch eins draufsetzen. Damals hatten wir dank seiner großartigen Leistung und viel Glück mit einem Thema – es ging um Science-Fiction, was zufällig Billys Spezialgebiet ist – die zweite Finalrunde erreicht.

Was meine Rolle dabei betrifft ... zum Glück ist es mir

gelungen, die meisten Erinnerungen daran zu begraben. Wenn ihr neugierig seid, müsst ihr den Bericht über das letzte Jahr ausborgen. Aber seid gewarnt, er enthält sehr plastische Darstellungen des Ismael-Leseur-Syndroms, an denen einige Leser Anstoß nehmen könnten.

Am Tag des Treffens saßen Bill Kingsley, Ignatius Prindabel, James Scobie und ich in dem Klassenzimmer, wo wir immer unsere Klassenlehrerstunde haben, um ein paar Tische herum, die wir zusammengeschoben hatten. Scobie warf erneut einen Blick auf die Uhr an der Wand und sah dann mich an: »Er weiß, dass wir uns in der Mittagspause treffen, oder?«

»Ja. Er war schon ganz aufgedreht deswegen. Er meinte, er hätte etwas total ›Abgefahrenes‹, das er uns zeigen will.«

Scobies Gesichtszüge vollführten einige der üblichen Verrenkungen. Das geschah oft, wenn sich das Gespräch um Razza drehte.

In diesem Augenblick stürzte der, von dem wir sprachen, höchstpersönlich in den Raum: »Scobes, Leute, tut mir leid. Mensch, der alte Hackworth hat es wirklich auf mich abgesehen. Er hat mich nach der Stunde dabehalten. Ist fast ausgerastet, weil er meinte, ich hätte nicht aufgepasst, als er lang und breit von ... na ja ... was immer es war, wovon er da fantasierte. Mann, ich werde hier schikaniert.«

»Gut, jetzt bist du ja da, Orazio, also lasst uns anfangen.«

»Nein, warte, Scobes. Ich muss euch was zeigen, Leute.« Razza hob die Hände wie ein Zirkusdirektor. »Macht euch darauf gefasst, dass es euch umhaut.« Damit zog er ein Blatt Papier aus der Tasche und entfaltete es.

»Was ist das?«

»*Das*, Ismael, ist deine Fahrkarte zum Paradies. Mann, ich hatte keinen Bock mehr, auf dich zu warten, klar, und da hab ich mich selbst drangemacht. Ja, genau. Ich hab ein geiles Liebesgedicht geschrieben, das du an Kelly Faulkner schicken kannst.«

Bill, Prindabel und Scobie schauten zu mir und zogen auf beeindruckende Weise synchron die Augenbrauen hoch.

»He, was schaut ihr mich an. Das war nicht meine Idee. Ich weiß überhaupt nichts davon, okay? Razz, vielleicht können wir das später besprechen – *unter vier Augen*. Wir haben jetzt keine Zeit. Scobie möchte mit dem Meeting beginnen, und Bill und Ignatius haben keine Lust, sich ein blödes Liebesgedicht anzuhören.«

»Ich hätte nichts dagegen«, sagte Bill.

»Könnte sehr lehrreich sein«, fügte Ignatius hinzu.

Blieb nur noch Scobie.

»Es soll nicht heißen, ich sei kein Förderer der schönen Künste.«

»Super!«, rief Razza. »Also spitzt die Ohren und zieht euch das rein. Das Gedicht heißt ›Heiß, oder?!‹.«

»Konntest du dich noch nicht für einen Titel entscheiden?«, fragte Prindabel.

»Hä?«

»Konntest du dich nicht entscheiden, ob das Gedicht den Titel ›Heiß‹ oder einen anderen haben soll?«

»Es heißt nicht ›Heiß oder …‹, Prindabel, sondern ›Heiß, oder?‹.«

»›Heiß‹ oder *was*?

»Was?«

»Nix was.«

»Am besten fängst du einfach an, Orazio.«

»Ja, genau. Okay. Auf los geht's los. ›Heiß, oder?‹«, sagte Razza vorsichtig mit Blick auf Prindabel.

»Wie eine Mikrowelle auf Hochtouren – so heiß bist du!
Andere Mädels wären es gern, aber sie sind nicht wie du
Sie alle hätten so gerne dein Gesicht
Mann! Du bist der Hammer, ich fasse es nicht

Dein Köper ist heiß, aber du bist cool
Du bist tiefer als ein Swimmingpool
Mann, du bist das heißeste Mädchen hier im Kreis,
du machst mich an, du machst mich heiß

Du brennst, Baby, du bist scharf wie ein Pfeil
Du bist absolut stark und affengeil
Kirsten Dunst, die kann mich mal
Von allen Bräuten wärst du meine Wahl

Du bringst mich zum Glühen, du Wahnsinnsblonde,
Du entzündest mich, denn du bist eine BOMBE«

Als Razz fertig war, knallte er das Gedicht stolz auf das Pult und verschränkte die Arme – bereit, sich in der Wärme unseres Lobs zu suhlen. Aber er bekam nur eisiges Schweigen.

Scobie starrte auf das Blatt Papier auf dem Pult, sein Mund war mitten in einer Verrenkung erstarrt. Bill schien einer Gehirnuntersuchung durch Aliens unterzogen zu werden, die aber noch nichts von Bedeutung zutage gefördert hatte. Ich versuchte darüber nachzudenken, was ich sagen könnte, aber irgendwie hatte Razzas Gedicht meine Gehirnzellen in sich aufgesogen.

Blieb nur noch Prindabel. Er hatte die ganze Zeit ein finsteres Gesicht gemacht und Razza angeschaut wie ein Falke. Jetzt ließ er seinen Blick von Bill zu Scobie und von Scobie zu mir wandern, schob sich das Haar aus der hohen Stirn und zog die Augenbrauen zusammen. Da offensichtlich kein anderer etwas sagen würde, beschloss Ignatius Prindabel uns seine wohlüberlegte Meinung kundzutun.

»Also, das war *Scheiße.*«

Razza riss die Augen auf, und sein Kinnladen fiel herunter, als wär er aus den Gelenken gesprungen. »Was?«

»Das Gedicht. Es ist Scheiße.«

»Was, was redest du da, Prindabel?«, sagte Razza und blickte sich Hilfe suchend um. »Es rockt. Es ist ein geiles Sonett, Mann, so wie Shakespeare sie geschrieben hat. Vierzehn Zeilen und alles.«

»Ja, richtig«, stimmte Ignatius zu. »Vierzehn Zeilen *Scheiße.*«

»Was weißt *du* denn schon von Gedichten? Es enthält alles, wovon die Tarango gesprochen hat. Die Reime, die Quartette, die Wiederholung, die Bildersprache ... Mann, sogar Analgetika und reimende Paare.«

»Tja, Orazio, ich gebe zu, dass ich vielleicht nicht gerade ein *Experte* für Gedichte bin, aber ich erkenne *Scheiße,* wenn ich Scheiße höre. Und übrigens, ich glaube, du meintest Analogien und nicht Analgetika ... und was dein *Reimpaar* betrifft; wenn sie die Bombe ist, wie du in deinem Gedicht sagst, dann solltest du sie zünden statt umgekehrt, oder ist das nur ein Beispiel für deine gemischten Metaphern?«

Razz warf angewidert die Hände in die Luft. »Mensch, hast du mal wieder die USB-Ports an deinem Computer mit Zungenküssen verwöhnt, Prindabel? Noch nie was von ›dichterischer Freiheit‹ gehört?«

»Was soll das sein? Die Freiheit, ein Gedicht zu verhunzen?«

Bill, Scobie und ich tauschten heimlich Blicke. Zum ersten Mal in seinem Leben schien sich Ignatius tatsächlich gegen Razza zu behaupten.

»Weißt du, was meiner Meinung nach dein Problem ist, Prindabel? Dir stecken so viele Taschenrechner im Hintern, dass du die *Feinheiten* der Sprache überhaupt nicht würdigen kannst. Wie die Tarango gesagt hat. Gedichte sind – wie der Name schon sagt – *verdichtet,* Mann, sie sind *komprimiert.* Du musst sie sorgfältig *studieren*, ganz *genau* anschauen, damit du sie wirklich kapierst.«

Ignatius schien über dieses Argument ernsthaft nachzudenken. »Vielleicht hast du recht. Ein zweiter Lektüregang wäre vielleicht angebracht.«

Razza beäugte Ignatius argwöhnisch und schob dann das Blatt zu ihm hinüber. In den nächsten paar Minuten spähte Prindabel aufmerksam auf das Papier vor ihm, hob immer wieder die Augenbrauen, schob die Unterlippe vor und nickte nachdenklich. Schließlich legte er das Blatt sorgsam zurück auf das Pult.

»Orazio, ich fürchte, ich war ein bisschen vorschnell mit meinem Urteil. Ich habe dein spezielles Talent unterschätzt.«

»Na also. Das hört sich doch schon ganz anders an ...«

»Ja«, sagte Prindabel. »Das ist nicht einfach nur Scheiße. Es ist Scheiße der höchsten Ordnung – Scheiße in ihrer reinsten Form.«

»Was?!«

Razza schaute sich verzweifelt nach Unterstützung um. Vergebens. Er versuchte zu sprechen, aber Ignatius war nicht zu bremsen.

»Weißt du, was ich glaube? Wenn sie irgendwann einmal das Gen für Scheiße entdecken, dann bestimmt in diesem Gedicht.«

»Wovon redest du eigentlich, Prindabel?«

»Wie könnte ich es noch deutlicher formulieren? Dein Gedicht ... ist ... Goldmedaillen-Scheiße. Ich weiß nicht, wie ich es sonst ausdrücken sollte.«

Scobie sah zu Ignatius hinüber. »Scheiße am weiß-blauen Band?«, schlug er hilfsbereit vor.

»Oscarreife Scheiße«, schaltete sich Bill ein.

»Scheiße erster Güte«, fügte Ignatius hinzu.

Bill, Scobie und Ignatius spielten sich die Ideen zu und liefen zu Hochform auf.

»Der Rolls Royce aller Scheiße.«

»1a-Scheiße.«

»Die Quintessenz von Scheiße.«

»Erstklassige Scheiße.«

»Die Scheiße, die das Ziel aller Scheiße ist.«

»Auslese-Scheiße.«

»Die Scheiße der Scheiße.«

Als die Ideen langsam zu versiegen schienen, hob Scobie

den Finger und entblößte eine ebenmäßige Reihe kleiner weißer Zähne.

»Die Crème de la Scheiße!«, sagte er triumphierend, und Bill und Ignatius nickten zustimmend.

Razza wirkte völlig überfahren. Dann tat er, was ich schon die ganze Zeit befürchtet hatte. Er wandte sich an mich. »Ismael ... Was meinst du?«

»Tja ... Razz ... Es ist ... ich denke ... Es ist nicht ... Verstehst du ... Eigentlich ist es ... aber du müsstest vielleicht ... weißt du ... also ...«

Während ich vor mich hin stotterte, kritzelte Prindabel etwas auf ein Blatt Papier und hielt es hoch: *Übersetzung: Es ist SCHEISSE!*

Es herrschte fassungsloses Schweigen. Das Undenkbare geschah: Ignatius Prindabel war dabei, den Razzman mit seinen eigenen Waffen zu schlagen. Es war wie beim Preisboxen, wenn der unangefochtene Champion mit glasigem Blick in den Seilen hängt.

»Du redest von Scheiße«, sagte Razza. »Also gut, ich sage dir, was Scheiße ist, Prindabel ...«

Das war der Augenblick der Wahrheit. Wenn der Champion die Niederlage noch abwenden wollte, dann war jetzt der Zeitpunkt für den tödlichen Haken gekommen. Razza warf einen raschen Blick in die Runde um den Tisch und ließ ihn dann bedächtig auf Ignatius ruhen.

»*Du* bist Scheiße. Genau das ist nämlich Scheiße!«

Ignatius ließ Razzas Haken harmlos an seinem Kinn vorbeisegeln und wandte sich dann beiläufig an Scobie: »Es ist übrigens ein mathematischer Fakt, dass Affen, die man zusammen mit einem Computer und einer Tastatur auf ewig in einen Raum sperrt, irgendwann zufällig die gesammelten Werke Shakespeares produzieren. Hast du das gewusst?«

Razza stöhnte laut. »Und worauf willst du hinaus, Prindabel?«

»Eigentlich auf gar nichts«, sagte Ignatius und sah Razza direkt an. »Ich hab mir nur überlegt, wie viele Minuten ein Pavian mit einem Buntstift wohl braucht, um auf dein Gedicht zu kommen.«

Razza setzte an, etwas zu sagen, schnappte sich aber stattdessen sein Gedicht und stolzierte hinaus.

Ignatius verschränkte die Hände hinter dem Kopf, legte die Füße auf das Pult und kippte seinen Stuhl nach hinten. Er lächelte uns schief an.

»Wisst ihr was?«, sagte er glücklich. »Dieser Gedichtkram fängt langsam an mir zu gefallen.«

13
Die Verlockungen der Liebe

Zugegeben, Razza tat mir ein bisschen leid. Aber zugleich freute ich mich insgeheim darüber, dass Prindabel die ganze Gedichtidee offenbar erfolgreich vom Tisch gewischt hatte. Beim Mittagessen am folgenden Tag hatte ich Razza praktisch davon überzeugt, dass sein Plan zwar wirklich »geil« war, es aber dennoch Zeit wurde, sich von ihm zu verabschieden.

Ich gebe Miss Tarango die Schuld daran, dass er wieder auf die Tagesordnung kam.

»He, Jungs. Wie lief das Debattiertreffen?«

Ich schaute kurz zu Razza hin. »Wir mussten es sozusagen absagen, Miss Tarango. Wir versuchen einen neuen Termin zu finden.«

»Ach, schade. Wisst ihr, ich zähle auf euch. Ihr müsst wieder die Führung übernehmen. Ihr habt das Debattieren im St. Daniel's letztes Jahr populär gemacht. In Stufe neun haben wir so viele Interessenten, dass wir vier Mannschaften aufstellen können, und die neuen Achter sind auch total wild darauf.«

Es entstand eine Pause, als Miss Tarango mit den Augen den Pausenhof absuchte und einen vorbeigehenden Jungen bat, für sie ein Stück Papier in den Papierkorb zu »schmeißen«.

Dann kehrte die Brandungswelle zurück.

»Miss Tarango ... was Sie da im Unterricht gesagt haben ... über diese Typen in Shakespeares Zeit, die Liebesgedichte verschickten?«

Ich hatte ein ungutes Gefühl in der Magengegend. Jemand bastelte Ballontiere aus meinen Innereien. »Razz ... was hast du vor?«

»Ich möchte von unserer Lehrerin nur was über Gedichte wissen, okay? Ich meine, Miss Tarango ... nehmen wir an, ein Typ würde heute ein cooles Gedicht schreiben und es an jemanden schicken, den er *echt gut* findet ... Glauben Sie nicht auch, sie würde darauf *total* abfahren?«

Miss Tarangos Augen verengten sich zu Schlitzen. »Orazio Zorzotto, du gerissener Hund, willst du damit sagen, dass du den Verlockungen der Liebe erlegen bist?«

Razza verzog das Gesicht.

»Hat Cupido dich k.o. geschlagen, Orazio? Oder hat dich der Liebeskäfer gebissen?«

»Mich? Nö, auf gar keinen Fall, Miss Tarango. *Ihn*!«

Er zeigte auf mich. Unten in meinem Magen war eine Falltür aufgegangen, und alle Ballontiere rutschten eine Etage tiefer.

Miss Tarangos Augen richteten sich auf mich. »Ismael? Stimmt das? Du hast mich wegen einer anderen verlassen?«

Meine Wangen hätten nicht mehr geglüht, wenn ich meinen Kopf eine Nacht lang in einen Sandwich-Toaster gelegt hätte. Ich dachte nicht, dass es noch schlimmer kommen könnte, aber da öffnete Razza wieder den Mund, und mein komplettes Intimleben rieselte heraus wie Kieselsteine von einem Kipplaster.

»Ich fürchte, ja, Miss Tarango. Wissen Sie, Ismael steht total auf das Mädel, Kelly. Er findet sie perfekt und so. Es gibt nur ein Problem: Sieht so aus, als wäre sie mit dem Schönling *Brad* zusammen. Wir haben uns also überlegt, dass wir einfach ein Liebesgedicht schreiben könnten, so eines wie die, über die Sie im Unterricht gesprochen haben. Dann lässt sie den Bradster stehen und stürzt sich auf Ismael wie ein Hund auf einen Knochen. Geiler Plan, was?«

Vor meinen Augen raste mein Leben vorbei wie die Highlights im Vorspann von *Pleiten, Pech und Pannen*. Ich betrachtete den Betonboden zwischen meinen Füßen und überlegte, wie lange ich wohl brauchen würde, um ein Loch hineinzukratzen, das groß genug wäre, um darin zu versinken.

»Orazio«, sagte Miss Tarango. »Gehe ich recht in der Annahme, dass dieser ›geile‹ Plan *dein* ›geiler‹ Plan ist?«

Razza neben mir nickte begeistert.

»Und was ist mit dir, Ismael?«, fragte Miss Tarango und wandte sich an mich. »Was hältst *du* davon?«

»Ich glaube nicht, dass das so eine tolle Idee ist«, antwortete ich.

Eigentlich wollte ich ihr sagen, dass ich diese Idee ungefähr so gut fand wie den Vorschlag, ein Streichholz anzuzünden, um rauszufinden, wo das Gas ausströmt.

»Er hat nur Schiss, Miss Tarango. Ich habe sogar schon ein Gedicht für ihn geschrieben. Es war der Hammer, aber er will es nicht nehmen. Meint, Kelly würde nicht darauf stehen oder so. Er spinnt.« Razza hielt inne und schnalzte dann mit den Fingern. »Aber vielleicht könnten Sie uns helfen, etwas zu schreiben? Ja genau, Sie wissen, was ankommt, weil Sie selbst eine Brau... ich meine ... Sie wissen schon ... weil Sie ein Mä... na ja ... Sie sind ... Sie wissen schon ... weil sie ein ...«

Miss Tarangos Miene wurde hart wie Porzellan, und sie fixierte Razza mit ihrem Blick. »Vorsicht, Orazio«, sagte sie, »drei Fehlversuche, und du bist ein für alle Mal draußen.«

Razza schluckte. »Na ja ... weil Sie ... äh ... eine weibliche Frau ... und so ... sind«, sagte er mit gezwungenem Lächeln.

»Hmmmmmmmmmmmmmmmm ... Na ja, sieht so aus, als könnte ich dich noch mal verschonen ... dieses Mal«, sagte Miss Tarango, und ihre Grübchen kehrten aufs Stichwort wieder zurück.

»Allerdings, was eure Bitte betrifft, euch bei der Formulierung einer Liebeserklärung in Gedichtform an eine junge Dame zu helfen, da muss ich passen. Aber wenn du, Ismael, diesen ›geilen Plan‹ weiterverfolgen willst, kann ich dir nur den Rat geben, aufrichtig und ehrlich – einfach du selbst – zu sein und nichts zu tun, bei dem du dich nicht wohlfühlst, auch wenn *gewisse* uns beiden bekannte Leute, ich will ja keine Namen nennen, *Orazio Zorzotto,* sehr überzeugend und hartnäckig sein könnten.«

»Ich, Miss Tarango? Ich will doch nur helfen.«

»Ja, sicher, Orazio, ich möchte dir auch nicht zu nahe treten, aber vielleicht könntet ihr versuchen, eine erfahrenere und reifere männliche Perspektive auf diese ... Herzensangelegenheit zu bekommen.«

Razza dachte einen Augenblick lang über diesen Vorschlag nach und sagte dann aufgeregt: »Ja, ich hab eine Idee. Wir könnten Mr McCracken um Hilfe bitten.«

»Um Himmels willen, nein!«, platzte Miss Tarango heraus und wurde dann irgendwie ganz steif. »Also ... nein ... Ich meine ... Es ist nichts verkehrt mit Mr McCracken ... Er ist natürlich ein sehr guter Lehrer ... Ich meine nur, vielleicht braucht ihr jemanden, der ein bisschen weniger ... also ... ein bisschen weniger ... Passt auf, ich glaube einfach, dass ihr besser mit jemandem fahrt, der ein bisschen mehr ... ein bisschen mehr ... Na ja, ihr wisst schon ... jemand, der ... jemand mit ... na ja ... einfach jemand *anders*.«

Das klang so, als hätte Miss Tarango Unterricht an der Ismael-Leseur-Schule für Rhetorik genommen. Ich war mir nicht ganz sicher, worauf sie bezüglich Mr McCracken hinauswollte, aber ich wusste genau, warum Razza ihn für den geeigneten Mann hielt.

Mr McCracken unterrichtete Mathe und Wirtschaftskunde und genoss im St Daniel's ein gewisses Ansehen. Zunächst einmal, weil er einen chromglänzenden Geländewagen mit diversen Extras fuhr und außerdem noch auf Landesebene Rugby spielte. Seinen eigentlichen Anspruch auf Ruhm hatte er sich in den Augen der Jungen vom St Daniel's dadurch erworben, dass er auf jeder Schulveranstaltung mit einer anderen Partnerin aufkreuzte, die stets direkt vom Laufsteg zu kommen schien. Was Razza betraf, gab es nur ein Wort, mit dem Mr McCracken angemessen beschrieben war: »Legende!«

»Egal, Jungs, ich muss meinen Rundgang fortsetzen, ein paar Ureinwohner werden schon unruhig und fangen womöglich gleich an, mit Essen zu werfen. Viel Glück ihr beiden, und Ismael, mach dir nicht zu viele Gedanken über diese männlichen Model-Typen, ja? Sie sind oft mehr Schein als Sein ... *glaub* mir. Und was diese ... Kelly, oder? ... betrifft: Wenn *du* sie magst, dann muss sie etwas ganz Besonderes sein. Wenn der alte Du-weißt-schon-wer sie wirklich halten möchte, dann hat er hoffentlich mehr zu bieten als sein gutes Aussehen. Aber weißt du was? Ich setze auf dich. Ich habe das Gefühl, dass es da draußen ziemlich viele schlaue Mädchen gibt, die finden, dass auch du etwas ganz Besonderes bist.«

»Danke, Miss Tarango.« Ich wusste, dass sie das wahrscheinlich nur gesagt hatte, damit ich mich gut fühle, aber Tatsache war ... ich fühlte mich gut.

»He, Miss Tarango, und was ist mit mir? Was meinen Sie, was die Mädels von mir halten?«

»Von dir, Orazio?«, sagte Miss Tarango, legte eine Hand

unter das Kinn und verzog den Mund nach einer Seite. »Sag mal, glaubst du im Ernst, dass jemals ein weibliches Wesen erschaffen wurde, das dem Zauber und der Anziehungskraft des Zorzotto-Charmes widerstehen könnte?«

Razza zögerte einen Augenblick und strahlte dann über das ganze Gesicht: »Das bezweifle ich, Miss Tarango, das bezweifle ich *entschieden*.«

Miss Tarango schüttelte langsam den Kopf und lachte. Gewisse Laute sollte man in Flaschen abfüllen und kranken Menschen geben. »Ihr beide bringt mich immer wieder zum Lachen«, sagte sie und wandte sich zum Gehen.

Razza und ich lächelten und sahen zu (vielleicht ein bisschen länger, als wir sollten), wie sie davonging. Da blieb sie auf einmal stehen und wirbelte herum: »He, mir ist gerade etwas eingefallen. Wenn ihr diese Gedicht-Geschichte tatsächlich weiterverfolgen wollt und echte Hilfe benötigen solltet, wisst ihr, wen ihr fragen müsst?«

Razza und ich schüttelten gleichzeitig den Kopf.

»Mr Guthrie.«

Wir sahen noch ein bisschen zu, wie Miss Tarango sich durch das Gewühl auf dem Pausenhof schlängelte. Dann schauten wir uns an.

»Pele?«, sagten wir und schnitten eine Grimasse.

14
Nyuk! Nyuk! Nyuk!

Im Gegensatz zu dem brasilianischen Star, der als der größte Fußballer der Welt gilt, war Mr Guthrie besser bekannt als Englisch- und Geografielehrer und Ansprechpartner in Internatsangelegenheiten für die Klassenstufe zehn. Er sah allerdings eher wie ein Hippie-Azubi aus. Wahrscheinlich lag das an den Dreadlocks. Den Spitznamen »Pele« war er seit seinem legendären Auftritt beim schulinternen Fußballturnier im vergangenen Jahr nicht mehr losgeworden.

Das Mittagspausenturnier war zur Feier der Weltmeisterschaft organisiert worden. Alle acht Häuser des St Daniel's stellten eine Sechsermannschaft, die sich aus je einem Schüler aus jeder Klassenstufe und einem Lehrer zusammensetzte. Unsere Mannschaft, die Charlton-Champions, erreichte vor allem dank unseres Hausleiters Mr Kryneborg, einem ehemaligen A-Liga-Spieler, das Finale. Außerdem hatten wir noch das Talent unseres Vertreters aus Klassenstufe neun, Orazio Zorzotto, auf unserer Seite.

Unsere Gegner waren die Radley-Raketen. Sie standen im Finale, weil sie die stärkste Mannschaft hatten und weil der Lehrer in ihrer Mannschaft Mr Hardcastle war, der Sportchef des St Daniel's. Mr Hardcastle war nicht zu übersehen. Er war gedrungen, sein Brustkorb erinnerte an einen überdimensionalen Granitbrocken, sein Hals war dicker als sein auf drei Millimeter Haarlänge rasierter Kopf, und seine Muskeln rangen miteinander um Platz. Wenn man hinzufügte, dass er das Taktgefühl eines wilden Ebers besaß, das Einfühlungsvermögen eines Rammbocks und die soziale Kompetenz eines Rodeobullen, dann hatte man einen Mann vor sich, der glaubte, mit seiner weiblichen Seite Kontakt aufzunehmen, wenn er drauf hinwies, dass sich jemand »wie ein Mädchen benahm«.

Aber nicht nur Mr Hardcastles furchterregende physische Präsenz brachte die Radley-Raketen ins Finale, sondern vor allem seine leidenschaftlich vertretene persönliche Lebensanschauung, die sich in dem oft wiederholten Satz zusammenfassen ließ, dass nur »die Verlierer verlieren«. Ein weiteres Lieblingsmantra von ihm lautete: »Ich weiß nicht, was das Wort *versagen* bedeutet.« Als er das bei uns im Sportunterricht zum ersten Mal sagte, fühlte Razza sich bemüßigt, mir gegenüber (ein bisschen zu laut, wie sich rausstellte) die Vermutung zu äußern, dass Mr Hardcastle wahrscheinlich auch nicht wusste, was das Wort »Gehirn« bedeutet. Das war die Stunde, in der Mr Hardcastle Razza die Bedeutung des Wortes »Liegestütze« nahebrachte.

Am Tag des großen Spiels waren Mr Hardcastles Radley-Raketen in voller Stärke vertreten, während die Charlton-Champions mit einem herben Rückschlag fertig werden mussten: Unser Starspieler Mr Kryneborg befand sich auf einer Schulexkursion. Ein Ersatz musste gefunden werden. Und da kam Mr Guthrie ins Spiel. Zunächst erschien das gar nicht so schlimm. Schließlich war Mr Guthrie jung und wirkte recht fit. Aber als er an jenem Tag auf dem Spielfeld auflief, brachen wir nicht gerade in Jubel aus.

Das lag nicht *nur* daran, dass seine kurzen Hosen aussahen, als hätte er sie von dem Wrestler André the Giant geerbt oder dass er seine Socken wie Stulpen faltig über seine No-Name-Turnschuhe gezogen hatte oder dass seine verfilzten Dreadlocks von einem Amnesty-International-Haarband aus der Stirn gehalten wurden und noch nicht einmal daran, dass er ein T-Shirt trug, auf dem vorn die Komikertruppe Three Stooges abgebildet waren und hinten die Worte *Nyuk! Nyuk! Nyuk!* standen. Nein, es lag vielmehr daran, dass der Ball während der Übungseinheit vor dem Spiel einfach immer wegsprang oder an ihm vorbeirollte, wenn er versuchte, ihn zu spielen. Razza, von Kopf bis Fuß in seinen besten AC-Mailand-Zwirn gekleidet, wärmte sich überwiegend mit Kopfschütteln auf.

Beim Anpfiff umringte eine große Menschenmenge das Spielfeld. Die Anhänger von Charlton und Radley drängten sich auf den grasbewachsenen Stehplätzen hinter beiden Seitenlinien. Miss Tarango gesellte sich in einem roten Charlton-Champions-T-Shirt und mit zwei roten Krepppuscheln in der Hand zu uns.

»Zeig uns deine Bommeln!«, rief Barry Bagsley von hinten.

Zu Barrys Unglück zeigte Miss Tarango ihm nur ihren Kalender für die Arresttermine und den Weg zu Mr Barkers Büro.

Kurz bevor das Spiel anfing, belehrte Miss Tarango die Charlton-Jungs streng darüber, dass wir uns wie »faire Sportsleute« benehmen und uns nicht zu sehr von der Unterstützung für unsere Mannschaft mitreißen lassen sollten. Sie forderte uns dazu auf, »einen gewissen Anstand und Klasse« zu bewahren. Ich glaube, das hatte vielleicht auch damit zu tun, dass der Rektor unserer Schule, Bruder Jerome, gerade neben ihr Stellung bezogen hatte.

Alles war bereit. Scobie und die älteren Charlton-Schüler stimmten unseren Schlachtruf an. Schon bald grölten die beiden Häuser abwechselnd Fußballlieder, und die beiden Mannschaften stellten sich zum Anstoß auf. Konrektor Mr Barker war Schiedsrichter; es würde keine umstrittenen Entscheidungen geben. Er checkte, ob beide Mannschaften bereit waren, und blies in seine Pfeife.

Die Champions spielten in einer 1-3-1-Aufstellung mit Razza als unserem einsamen, offensiven Stürmer, gefolgt von einem Mittelfeld aus drei Spielern und Mr Guthrie als letztem Mann in der Abwehr. Eines muss ich zugunsten von Mr Guthrie sagen: Auch wenn er sich wie eine betrunkene Giraffe bewegte, so war sein Einsatz über jede Kritik erhaben. Sobald ein Gegner durchmarschieren oder den Ball schießen wollte, gelang es ihm immer – oft mit schmerzhaften Folgen –, ihm einen Körperteil in den Weg zu stellen. Und das funktionierte, auch wenn man sich des Eindrucks nicht erwehren konnte, dass er einen Großteil der Zeit flach auf dem Boden lag.

Außerdem konnte man nicht umhin festzustellen, dass Mr Guthrie sich prächtig amüsierte. Wenn er nicht gerade mit Radley-Spielern aneinandergeriet und sich kopfschüttelnd und ungläubig lächelnd darüber wunderte, dass er schon wieder einen Angriff abgewehrt hatte, feuerte er alle Umstehenden an und gratulierte ihnen – auch den Gegnern. Das stand natürlich in krassem Gegensatz zu Mr Hardcastle, der wie Godzilla mit Migräne über den Platz stürmte und so wütend Anweisungen bellte, dass die großen Adern an seinem Hals hervortraten wie Gartenschläuche.

Razza hatte es innerhalb weniger Minuten nach dem Anpfiff geschafft, der Staatsfeind Nummer eins der Radley-Raketen zu werden. Zum einen, weil er ganz offensichtlich der gefährlichste Spieler war, vor allem aber, weil er dazu neigte, sich dramatisch auf den Rasen fallen zu lassen und einen Strafstoß zu fordern, sobald ein gegnerischer Spieler im Umkreis von einem Meter an ihm vorbeilief. Das endete damit, dass er rückwärts in Mr Barker lief, ohne ihn zu erkennen, eine Schwalbe präsentierte, für die sogar der russische Eislauf-Punktrichter bei den Olympischen Spielen volle zehn Punkte gegeben hätte, sich den Knöchel haltend, auf dem Boden wand und stöhnend rief: »Schiri, mach was. Ich werde hier in Stücke gehackt!«

Mr Barker machte etwas. Er gab Razza die gelbe Karte und fünf Minuten auf der Strafbank.

Als Razza fragte, warum, antwortete Mr Barker: »Für ein Verhalten, das sich für ein halbwegs normales menschliches Wesen nicht ziemt.«

Zur Hälfte stand es unentschieden. Die Radley-Raketen schossen ihr Tor, als Razza draußen war. Unser Tor fiel gerade noch vor dem Halbzeitpfiff – ein Razzman-Spezial.

Eingeleitet wurde es damit, dass Yousef Akmed, einer unserer besseren Spieler, einen Vorstoß über den rechten Flügel machte und eine hohe Flanke auf Razza schlug, der im Strafraum lauerte. Zuerst hatte es den Anschein, als würde er den Ball mit dem Kopf annehmen, aber dann lehnte er sich ein bisschen zurück und ließ den Ball mit voller Wucht gegen seinen Brustkorb prallen. Sein Körper nahm einen Großteil der Energie auf, sodass der Ball nur leicht abprallte. Er schien einen Augenblick in der Luft zu schweben, bevor er fiel. Mit einer raschen Bewegung machte Razza einen Schritt nach vorn, setzte sein Standbein auf den Rasen, holte mit dem rechten Fuß aus und traf den Ball mit dem Spann, kurz bevor er den Boden berührte. Es hörte sich an wie ein Überschallknall, als der Ball von Razzas Fuß wegsprang, zwanzig Meter weit flog, über die ausgestreckten Hände des Torwarts hinwegzischte und gemeinerweise wie eine Lenkrakete direkt in die obere Ecke eintauchte.

Die Charlton-Fans sprangen auf und verwandelten sich in eine brodelnde Masse aus kreischender und hüpfender Freude. Auch Miss Tarango erhob sich und ließ ein hohes »Wooooooooooooooooooooooooo!« ertönen. Bruder Jerome zuckte zusammen und hielt sich die Ohren zu. Razza hatte sich inzwischen das Trikot über den Kopf gezogen und war mit ausgebreiteten Armen wie ein Kampfflugzeug über das Spielfeld gerast – bis er blind in einen Pulk Radley-Fans gelaufen war und froh sein konnte, lebend zu entkommen.

Die zweite Halbzeit war ein nervenaufreibender, heftiger Kampf, bei dem beide Teams mehrere Torchancen hatten. Razza probierte jeden Trick aus, den er kannte, aber nach seinem spektakulären Tor in der ersten Halbzeit hatte Mr Hardcastle zwei Verteidiger auf ihn angesetzt, und so hatte er wenig Raum, sich zu bewegen.

Bis zum Schlusspfiff waren nur noch fünf Minuten zu spielen, und es sah ganz danach aus, als sollte es beim Unentschieden bleiben, womit die meisten von uns wahrscheinlich auch zufrieden gewesen wären. Aber Mr Hardcastle gehörte natürlich nicht zu »die meisten«. Es kann als gesichert gelten, dass, abgesehen von dem Wort »versagen«, auch die Wörter »freundlich« und »Spaß« auf der Liste der Wörter standen, deren Bedeutung Mr Hardcastle nicht kannte. In dem Maße, wie die Zeit verrann, wurde er seinen Mitspielern gegenüber immer aufgebrachter und gereizter. Schließlich machte er alles selbst. Bei einem Eckball nutzte er den Vorteil, den er durch seine Größe und sein Gewicht gegenüber unserem Verteidiger aus der Achten hatte, und erzielte per Kopfball das Zwei zu eins. Ich sah, wie Mr Guthrie leicht den Kopf schüttelte, als Mr Hardcastle fäusteschwingend an ihm vorbeihastete und seiner Mannschaft zurief: »He, Leute, aufpassen. Wir haben noch nicht gewonnen!«

Zu diesem Zeitpunkt kam es zum ersten von drei merkwürdigen Ereignissen, die die Charlton-Fans veranlassten, sich mit offenem Mund zu den Umstehenden zu drehen. Ich wunderte mich, dass niemand anfing, Pingpong-Bälle in unsere geöffneten Münder zu werfen.

Und dies war das erste Ereignis: Während der Junge aus der Achten wegen eines, wie wir annahmen, posttraumatischen Schocksyndroms behandelt wurde, lief Mr Guthrie zu Razza hinüber und begann mit ihm zu diskutieren. Auch aus der Entfernung konnte man sehen, dass Razza nicht begeistert war. Ein paar Sekunden später wussten wir, warum. Als Mr Barker das Spiel wieder anpfiff, zeigten wir unsere berühmte Vorstellung mit den offenen Mündern: Orazio Zorzotto trottete missmutig zur Position des Verteidigers, während Mr Guthrie als Stürmer über dem Ball stand und auf den Anstoß wartete.

15
Schiiiiiieeeeeeß!

Die Charlton-Fans entwickelten die wildesten Theorien, um diesen bizarren und beunruhigenden Positionswechsel zu verstehen. Man war sich einig, dass Mr Guthrie vermutlich bei einem seiner unkonventionellen Zweikämpfe einen Schlag auf den Kopf bekommen hatte und jetzt offensichtlich an einem temporären Hirnschaden litt.

Trotz unserer Verwirrung waren wir uns auch in einem anderen Punkt einig: Wir waren verloren. Unsere Hauptangriffswaffe an der Sturmspitze sah so furchterregend aus wie ein mit Tranquilizern ruhiggestelltes Kätzchen und schien eigentlich nur darauf zu warten, dass das Spiel zu Ende war. Sogar die Jungs vom Radley House kapierten rasch, dass Mr Guthrie keine Gefahr darstellte, und verteilten sich, um die echten Bedrohungen zu decken.

Ignatius Prindabel, der sich freiwillig als offizieller Zeitnehmer zur Verfügung gestellt hatte, sagte, es sei noch genau eine Minute zu spielen, als das zweite merkwürdige Ereignis stattfand. Razza nahm Mr Hardcastle in der Nähe unseres Tors den Ball ab und schaute zu Yousef, der mit erhobener Hand in den freien Raum auf dem rechten Flügel stürmte. Alle wussten, dass dies unsere letzte Chance auf ein Unentschieden war. Razza hatte sein Körpergewicht schon nach hinten verlagert, um den Ball abzuschlagen, als jemand mit klarer, fester Stimme rief: »Jetzt, Orazio.«

Es war Mr Guthrie. Er stand mit dem Rücken zum Radley-Tor allein auf der Mittellinie und zeigte auf seine Füße.

Zwei Radley-Verteidiger kreisten Yousef ein. Razza zögerte, und sein Blick wanderte zwischen Mr Guthrie und Yousef hin und her. Dann schnitt er eine Grimasse, beugte sich über den Ball und spielte ab. Wir hielten den Atem an, als die kleine synthetische Kugel, auf der all unsere Hoffnungen ruhten, zu einem Mann in einer ausgebeulten Jogginghose und Three-Stooges-T-Shirt flog.

Radleys linker Verteidiger reagierte als Erster. Er sprintete von hinten auf Mr Guthrie zu, während der Ball sich seinem Ziel bedrohlich näherte. Mr Guthrie streckte den rechten Fuß aus, um den Ball anzunehmen. Der Radley-Verteidiger stürmte an ihm vorbei. Offenbar erwartete er, dass der Ball aufgrund des mangelhaften Kontrollvermögens von Mr Guthrie einfach an diesem abprallen würde und er ihn sich so leicht schnappen könnte. Aber nichts prallte ab. Und es gab keine Kontrolle. Der Ball flog einfach zwischen Mr Guthries Beinen hindurch. Als der Radley-Verteidiger kapierte, was hier vor sich ging, war der Ball deutlich über sein Ziel hinausgeschossen, und Mr Guthrie galoppierte in einer heißen Verfolgungsjagd hinter dem Ball her. Zwischen ihm und dem Torwart der gegnerischen Mannschaft waren nichts als fünfundzwanzig Meter Rasen.

Die Charlton-Fans schrien wie aus einer Kehle *Jaaaaaaaaaaaaaaaa!*. Miss Tarango vor mir ließ auf einmal ihre Puscheln fallen, krallte sich mit beiden Händen an Bruder Jeromes Arm fest, hüpfte wild auf und nieder und schrie: »Lauf-lauf-lauf-lauf-lauf-lauf-*laaauuuf!*«

Mr Guthrie auf dem Feld hatte den Ball mittlerweile eingeholt und schubste ihn jetzt stolpernd in Richtung Radley-Tor.

Von hinten näherte sich bedrohlich rasch Mr Hardcastle und schrie mit rotem Gesicht dem Torwart entgegen: »Komm aus! Komm raus! Hol ihn dir! Komm raus! *Komm da raus!*« Einen Augenblick lang stand der Torwart wie erstarrt da, dann stürmte er in schierer Panik auf Mr Guthrie zu. Wir machten uns auf einen Zusammenprall gefasst. Miss Tarango verbarg ihr Gesicht an Bruder Jeromes Brust.

Aber dann, kurz vor dem Zusammenprall an der Strafraumgrenze, schien Mr Guthrie über seine eigenen Füße zu stolpern, und als er wild mit den Armen ruderte, um das Gleichgewicht wiederzuerlangen, geriet der Ball unter seinen Fuß. Während er und der Ball nach rechts abdrehten, rutschte der Torwart links an ihm vorbei ins Leere. Miss Tarango hörte den Jubel der Charlton-Fans und sah auf. Jetzt gab es dort unten nur noch Mr Guthrie, den Ball und ein leeres Tor. Miss Tarango grub ihre langen Fingernägel in Bruder Jeromes Arm, schüttelte ihn wie eine Wahnsinnige hin und her und schrie: »Schieß! Schieß! Schieß! *Schiiiiiieeeeeeß!*«

Mr Guthrie befand sich im Strafraum. Mit jedem halbwegs vernünftigen Schuss *musste* er ins Tor treffen. Aber er taumelte, torkelte und stolperte weiterhin mit schlackernden Beinen um den Ball herum. Es hatte den Anschein, als versuchte er, den Ball ins Netz zu dribbeln.

Mehr Chancen brauchte Mr Hardcastle nicht. Er sprintete die letzten Meter, drängelte sich neben Mr Guthrie und holte mit dem rechten Bein aus, um sich den Ball zu holen – was ihm auf jeden Fall auch gelungen wäre, wenn nicht Mr Guthrie in diesem Augenblick zufällig wieder gegen den Ball getreten hätte, sodass er zur Seite hüpfte.

Als nun Mr Hardcastles Fuß durch das Gras schnitt, traf er nur Beine.

Später behaupteten ein paar Leute, Mr Guthrie sei fünf Meter weit durch die Luft geflogen und habe sich fünfmal überschlagen. Ich persönlich bin der Ansicht, dass es eher zwei Meter und ein Überschlag waren, aber wie dem auch gewesen sein mochte: Im Ergebnis landete Mr Guthrie in einer Staubwolke flach auf dem Rücken ... und bewegte sich nicht mehr. Zumindest nicht, bis Mr Barker in seine Pfeife blies und zum Elfmeterpunkt zeigte. Dann setzte er sich auf, rieb sich den Kopf, blinzelte ein paarmal und stand schwankend auf.

Wie man sich unschwer vorstellen kann, gab es auf beiden Seiten einen Aufschrei. Miss Tarango, die mit der Hand vor dem Mund schweigend zugesehen hatte, skandierte auf einmal laut: »Raus mit ihm! Raus mit ihm! *Raus mit iiiiihhhhhhhhhhm!*« Und sie wäre auf das Spielfeld marschiert, um die Botschaft persönlich zu überbringen, wenn Bruder Jerome ihr nicht seine große Hand auf die Schulter gelegt und sie zurückgehalten hätte.

Auf dem Spielfeld ruderte Mr Hardcastle mit den Armen und informierte Mr Barker darüber, dass »das wohl ein *Scherz*« sei. Mr Barker stand immer noch da und zeigte auf den Elfmeterpunkt. Ich muss mich getäuscht haben, aber einen Augenblick lang glaubte ich, ich hätte ihn lächeln sehen. Während all dies geschah, klopfte Mr Guthrie dem Radley-Torwart auf die Schulter und sagte etwas von »super Leistung« und dass er einfach »zu gut« sei. Dann nahm er den Ball und warf ihn Razza zu. »Kein Stress, Orazio.«

Mr Hardcastle wirbelte herum. »He, Augenblick mal,

mein Junge. *Er* schießt nicht, auf gar keinen Fall. Nur der *angeblich* gefoulte Spieler kann den Strafstoß ausführen. Das sind die Regeln, und ich muss es wissen, denn ich habe sie geschrieben.«

»Ach, kommen Sie, John«, sagte Guthrie lächelnd, »es ist doch nur ein Spiel. Wenn Sie Orazio nicht wollen, dann lassen Sie einen anderen Jungen ran.«

»Tut mir leid, Kamerad. Sie oder keiner. So sind die Regeln. Was würden wir den Jungs für ein Beispiel geben, wenn wir die Regeln änderten, sobald sie uns nicht in den Kram passten?«

Mr Guthrie schloss kurz die Augen und nahm dann den Ball von Razza. Mr Hardcastle wandte sich sofort an seinen Torwart.

»Antony, gönn dir eine Pause vom Tor. Ich übernehme das.«

»Aber Sir, ich ...«

»Ja, ich weiß schon, Tiger, aber wir wollen ganz sicher gehen, okay? Wir wollen es doch jetzt nicht mehr vermasseln, oder? Guter Junge!«

Der Radley-Torwart schlich traurig aus seinem Tor und ließ sich bei seinen Mannschaftskameraden an der Mittellinie auf den Boden fallen. Miss Tarango warf Mr Hardcastle finstere Blicke zu. Was sie genau dachte, konnte ich nicht sagen, aber es hätte mich nicht überrascht, wenn die Schlagzeile der Zeitung vom folgenden Tag verkündet hätte: *St-Daniel's-Sportlehrer auf Spielfeld verbrannt.*

Wir alle warteten darauf, dass vor uns der letzte Akt begann. Während Mr Hardcastle auf der Torlinie herumhüpfte, als wäre er dem Primatengehege des Zoos entlaufen, bewegte sich Mr Guthrie zum Elfmeterpunkt und stellte sich hinter den Ball. Dann rief er Razza zu sich. Ich fragte mich, was sie wohl miteinander sprachen, als Mr Hardcastles raue Stimme über das Spielfeld schallte.

»Mach schon, *Pele*!«, brüllte er. »Wir haben nicht den ganzen Tag Zeit. Oder sollen Larry, Mo oder Curly an Ihrer Stelle schießen?«

Mr Guthrie schickte Razza zur Mannschaft zurück. Dann machte er sechs große Schritte vom Ball weg, zwei kleinere nach links und blieb stehen. Nachdem er tief Luft geholt und langsam ausgeatmet hatte, bückte er sich und zog seine Socken hoch. Sie hatten verschiedene Farben, und auf einem war ein Smiley. Der Radley-Block brach in Gelächter aus. Mr Guthrie richtete den Blick auf Mr Hardcastle, schüttelte seine Dreadlocks, beugte sich nach vorn und lief los.

Als er den Ball erreicht hatte, zog er mit seinem rechten Fuß kraftvoll durch. Sofort richteten sich alle Augen zur linken oberen Ecke des Tors. Und dorthin segelte auch Mr Hardcastles Körper. Und dorthin *hätte* auch der Ball fliegen *müssen*, wenn Mr Guthrie es geschafft hätte, ihn direkt in der Mitte zu treffen – was ihm definitiv nicht gelang. Dafür hatte er mit dem äußeren Rist seines Fußes den Ball von links getroffen, war dadurch vollkommen aus dem Gleichgewicht geraten und auf den Rücken gefallen.

Und so kam es zum dritten und besonders merkwürdigen Ereignis, dem Ereignis, das Mr Guthrie einen Platz in der Geschichte des St Daniel's bescherte und ihm den Spitznamen *Pele* einbrachte.

Als der äußere Rand von Mr Guthries Kickstiefel den äußeren Rand des Balls berührte, schoss der Ball nicht durch die Luft in die *linke, obere* Ecke des Tors, sondern flog mit Drall in einem Bogen knapp über dem Rasen in die *rechte, untere* Ecke.

Kaum war Mr Hardcastle auf dem Boden gelandet, merkte er, dass er sich in die falsche Richtung gehechtet hatte. Er warf sich wild herum, krabbelte wie ein riesiges aufziehbares Spielzeug auf Händen und Füßen, bevor er sich ein letztes Mal verzweifelt nach vorn warf.

Prindabel schätzte später, dass er den Ball um dreizehn Komma fünf Zentimeter verfehlte. Mr Hardcastle konnte nur noch zusehen, wie der Ball an seinen ausgestreckten Händen vorbeiwirbelte und sich sicher im Netz einnistete.

Die Radley-Fans nölten.

Die Charlton-Fans grölten.

Und Miss Tarango vollführte zu jedermanns Entzücken und mit dem Segen unseres Rektors aus dem Stegreif einen wilden Kriegstanz auf der Seitenlinie.

Nach dem Spiel hielten die Kapitäne der beiden Mannschaften den St-Daniel's-Weltmeisterschaftspokal hoch, und Bruder Jerome, der sich immer noch seinen übel zugerichteten, mit Blessuren und Nägelabdrücken übersäten Arm hielt, ließ alle zum Gruppenfoto antreten.

Mr Hardcastle und Mr Guthrie landeten nebeneinander.

»Zufallstreffer!«, hörte ich Mr Hardcastle murmeln.

»Nyuk, nyuk, nyuk«, entgegnete Mr Guthrie.

16
Die Männer mit den Zwangsjacken

»He, Alter, hast du gewusst, dass Pele tatsächlich was geschrieben hat?«

»Was?«

Seit unserem Gespräch mit Miss Tarango war eine Woche vergangen, und Razza und ich checkten gerade das Schwarze Brett für Klasse zehn, weil Razza behauptete, dass dort wichtige Debattier-Informationen angeschlagen seien.

»Guthrie. Er hat ein paar Kurzgeschichten und Gedichte geschrieben. Waren in Zeitschriften und so.«

»Woher weißt du das?«

»Die Tarango hat es mir erzählt.«

»Die Tarango? Warum hast du mit ihr über Guthrie gesprochen? Razz, ich habe keine Witze gemacht, als ich gesagt habe ...«

»Ja, ja, ich weiß. Du willst Mr Guthrie unter keinen Umständen darum bitten, dir bei einem Gedicht für Kelly zu helfen. Ich bin doch nicht taub, Mann. Das hast du mir schon zig Millionen Mal gesagt. Ich habe mich nur gefragt, wie die Tarango ausgerechnet auf ihn gekommen ist, mehr nicht. Also hab ich sie danach gefragt. Keine große Sache. Nur so nebenbei. Du hast doch kein Problem damit, oder?«

»Nein ... ich denke nicht.« Ich hätte ja sicher auch kein Problem damit, wenn Dracula »nebenbei« bemerken würde, dass ich einen hübschen Hals habe.

»Jedenfalls ... Vielleicht hat sie ja recht. Vielleicht ist Guthrie tatsächlich ein Crack in Sachen Liebesgedichte und so.«

»Razz, und wenn er Shakespeares Ghostwriter wäre. Er kennt mich nicht einmal. Ich werde ihn nicht fragen, ob er ein Gedicht für Kelly Faulkner schreibt. Auf keinen Fall. Bei meinem Glück muss ich außerdem damit rechnen, dass er genauso gut dichtet, wie er Fußball spielt.«

Razza runzelte die Stirn und fuhr sich mit den Fingern durch die Haare. »Siehst du, das ist die andere Sache, über die ich nachgedacht habe. Das ging doch letztes Jahr nicht mit rechten Dingen zu – wie er uns im Spiel hielt und dann den Elfmeter zum Unentschieden verwandelte.«

»Tja, das nennt man wohl ›mehr Glück als Verstand haben‹.«

»Ja, das dachte ich auch ... zuerst ... aber jetzt bin ich mir nicht mehr so sicher. Irgendwie unwahrscheinlich ... Ich meine ... kann man *so viel Glück* überhaupt haben ... Und wenn du dann ein bisschen darüber nachdenkst, dann sieht es eigentlich auch gar nicht mehr wie *Glück* aus.«

»Worauf willst du hinaus?«

»Also, ich weiß, dass er auf dem Platz nicht sehr koordiniert gewirkt hat, aber die Sache ist doch: Er hat die Angriffe durchgezogen, oder? Und er hat alle Bälle gestoppt. Und dann, als wir hinten lagen und es so aussah, als wären wir erledigt, da macht er sich auch noch zum Stürmer. Warum sollte er das tun, wenn er sich vorher so glaubwürdig als hoffnungslosen Fall dargestellt hat? Und, Alter, weißt du noch, wie er den Ball wollte und auf seine Füße zeigte?«

»Ja, und ihn dann komplett verfehlte.«

»Ja, oder diesen doofen Verteidiger austrickste, aber dann den Torhüter umdribbelte?«

»Was? Umdribbelte? Du willst mir sagen, dass du glaubst, er hätte das absichtlich gemacht?«

»Wer weiß.«

»Aber wenn er so toll ist, warum hat er dann den Ball nicht gleich ins leere Tor reingehauen? Sogar ich hätte in dieser Situation getroffen.«

»Darüber hab ich auch nachgedacht ... Vielleicht wollte er den Typen im Tor nicht bloßstellen ... du weißt schon ... ihn nicht fertigmachen. Vielleicht wartete er die ganze Zeit auf Hardcastle, weil er wusste, dass das Foul kommen und er den Strafstoß kassieren würde ... Nur dass er glaubte, jemand anderes würde der Held sein und den Elfmeter schießen.«

»Also dieser Elfmeter ... du willst doch nicht im Ernst damit sagen, dass er das ... *absichtlich* gemacht hat?«

Razza blieb stehen und sah mich an.

»Erinnerst du dich daran, dass er mich zu sich gerufen hat?«

»Ja.«

»Weißt du, was er mich gefragt hat?«

»Nö.«

»Er hat gefragt, in welche Richtung Hardcastle meiner Meinung nach hechten würde.«

»Und was hast du ihm geantwortet?«

»Nach links, obere Ecke ... und er sagte, das glaube er auch. Und *genau dorthin* warf sich Hardcastle – linke, obere Ecke.«

Razza legte eine dramatische Pause ein, als ob er eine Aussage in einem Mordprozess machen würde. »Aber der *Ball,* Ismael, der Ball landete in der rechten, unteren Ecke. Mensch, weißt du, wie genial du sein musst, wenn du so schlecht aussehen und trotzdem gut spielen willst?«

»Ich kapier's nicht. Warum?«

»Wie ›warum‹?«

»Warum sollte er das tun? Wenn er so gut ist, wenn er wirklich so ein toller Spieler ist, warum spielte er nicht einfach *normal*? Er hätte haufenweise Tore schießen und das Spiel *gewinnen* können, statt nur ein Unentschieden rauszuholen.«

»Ja, das hab ich mich auch gefragt ... und das Einzige, was ich mir denken kann, ist ... dass er nicht im Mittelpunkt stehen wollte.« Razza dachte einen Augenblick über seine Worte nach, zuckte die Achseln und fügte hinzu: »Manche Leute sind tatsächlich so verrückt.«

Wahrscheinlich dachten wir beide über Mr Guthrie nach und spielten im Kopf Teile des Spiels noch einmal, während wir den Flügel der älteren Schüler durchquerten und die Treppen hinauf zur Etage der Klassenstufe zehn gingen. Als wir das Schwarze Brett erreicht hatten, überflog ich die Aushänge.

»Da steht nichts.«

»Wo steht nichts?«, fragte Razza und schaute sich abwesend um.

»Am Schwarzen Brett steht nichts vom Debattieren.«

»Debattieren? Ach so ... bist du sicher? Schau noch mal genau hin«, sagte Razza und fummelte an seiner Uhr herum.

Ich arbeitete mich durch die Stundenpläne, Notizen,

Aushänge, Fotos und Namenslisten hindurch. »Nö, nichts. Ich hab dir doch gesagt, dass Scobie uns Bescheid gesagt hätte, wenn es etwas Neues gäbe.«

»'tschuldigung ... Dann muss ich mich verhört haben.«

»Na ja, das war echte Zeitverschwendung. Gehen wir.«

»Ja ... gut ... aber ... he ... warte mal. Hast du das gesehen?«

Ich trat näher an die Stelle, wo Razza angestrengt auf das Schwarze Brett starrte.

»Was ist das?«

»Das ist ein Aushang darüber, wie man die Schuluniform korrekt trägt. Man soll das Hemd reinstecken und die Hose so über die Hüfte ziehen, dass die Unterwäsche auf keinen Fall zu sehen ist. Da steht tatsächlich: ›Unterwäsche ist *Unter*wäsche‹. Das ist ja interessant.«

Das war ein höchst bizarres Verhalten, sogar für Razza.

»Und hast du gewusst, dass die Sportkleidung nur an den extra dafür ausgewiesenen Sporttagen getragen werden darf und dass du deine Sportklamotten für den Sportunterricht mitbringen musst, sie aber *weder* auf dem Weg *zur* Schule *noch* auf dem *Heimweg* tragen darfst? Mann, bin ich froh, dass ich das jetzt klar habe. Und schau mal, hier ... Die Fachschaft Mathe bietet bis zu den Prüfungen dienstags und donnerstags vormittags und abends Nachhilfe an ... Und, wow, sieh mal hier. Jemand hat seinen Taschenrechner verloren ... Hier steht, dass er ihn zuletzt ...«

»Razz, alles in Ordnung mit dir?«

»Ja, warum?«

»Na ja, ich meine nur, wenn du jetzt auch noch sagst: ›He, toll, hier hängt ein Stundenplan! Offenbar finden alle Fächer im Laufe der Woche zu unterschiedlichen Zeiten und an unterschiedlichen Orten statt, und *so* findest du heraus, wohin du gehen musst‹, dann ist es Zeit für einen Besuch bei den Männern mit den Zwangsjacken.«

Razza wollte gerade antworten, als vom anderen Ende des Flurs eine Stimme ertönte: »Tut mir leid, Jungs. Ich hoffe, ihr wartet noch nicht so lange.«

Mr Guthrie stand in der Tür zu seinem Büro. »Kommt rein.«

Ich warf Razza einen finsteren Blick zu, aber er grinste nur breit zurück. »Na ja, du hast gesagt, du würdest Mr Guthrie auf keinen Fall fragen, und da dachte ich, vielleicht willst du, dass ich das für dich tue.«

Ich holte tief Luft und versuchte mich zu beherrschen, indem ich mir vorstellte, wie meine Mitschüler am folgenden Morgen vor dem Schwarzen Brett der Stufe zehn aufgeregt die Köpfe zusammenstecken würden.

»He, schaut euch das an«, würde einer sagen. »Gestern musste jemand ins Krankenhaus gebracht und notfallmäßig operiert werden. Offensichtlich hat ihm jemand die Gesamtausgabe von Shakespeares Liebessonetten in den Hals gestopft.«

17
Irre

Mr Guthrie sah Razza und mich von der anderen Seite seines Schreibtisches aus an. An der Wand hinter ihm hingen große Poster über Recycling, alternative Energiequellen und globale Erwärmung und an einer langen Pinnwand Dutzende von Zeitungsartikeln mit Schlagzeilen zum Thema Flüchtlinge, Walfang, Abholzung, Obdachlosigkeit, Kinderarbeit und Eigentumsrechte. Außerdem hingen dort noch zwei gerahmte Zitate. Das eine lautete: *Kein Mensch ist eine Insel für sich allein.* Und das andere: *Keine Schneeflocke in der Lawine wird sich je verantwortlich fühlen.*

»Also, Orazio«, sagte Mr Guthrie mit seiner sanften Stimme, »was genau ist es für ein ›ernstes‹ Problem, bei dem ihr beide, wie du sagtest, Hilfe benötigt?«

Ich griff ein, bevor Razza die Chance hatte, seinen großen Mund zu öffnen. »Eigentlich ist es gar nicht so wichtig, wissen Sie ... Wir sollten gar nicht hier sein ... Razz ... Orazio hätte Sie nicht belästigen sollen ... Ich hab ihm gesagt, dass er es nicht tun soll ... Es ist dumm ... Wir halten Sie von Ihrer Mittagspause ab ... Wir gehen wieder ... Wirklich, es ist alles in Ordnung ... Wir gehen einfach wieder.«

Ich stand auf, um zu gehen, und zog Razza am T-Shirt mit mir mit.

»Wie du willst, Ismael. Aber ich bin jetzt da«, sagte Mr Guthrie ruhig, »und ihr habt mich neugierig gemacht. Und Mittagspause ist sowieso was für Schwächlinge, oder? Peinlich genug, dass ich diesen erbärmlichen Apfel mitgebracht habe. Ich bekomme schließlich ein so riesiges Gehalt, dass ich ein schlechtes Gewissen habe, wenn ich mir Zeit zum Essen nehme.«

»Echt, Mr Guthrie? Lehrer kriegen einen Haufen Kohle, was?«

Manchmal war Razza einfach nicht im selben Film wie andere – oftmals nicht einmal im selben Kino.

Mr Guthrie nickte. »Ja, in Bezug auf ungefähr neunzig Prozent der Weltbevölkerung hast du vermutlich vollkommen recht, Orazio.«

Dann sah Mr Guthrie mich an: »Also, Ismael, was meinst du? Willst du bleiben?«

Eigentlich wollte ich nicht, aber ich setzte mich trotzdem. Vielleicht lag es daran, wie Mr Guthrie mich bei seiner Frage anlächelte, oder daran, dass er das Miss-Tarango-Gütesiegel trug. Vielleicht aber auch nur daran, dass Razza keine Anstalten machte, sich zu bewegen, und wer weiß, was er tun oder sagen würde, wenn ich nicht dabliebe.

»Wunderbar. Also, dann erzählt mir von dem Problem und sagt mir, wie ich helfen kann.«

»Also, es geht um Folgendes«, sagte Razza. Und bevor ich ihn daran hindern konnte, kippte er wieder den Laster aus, nur dass mir die Ladung inzwischen deutlich größer vorkam. »Also, da gibt's dieses Mädel, Kelly Faulkner, die Ismael total toll findet. Sie verstehen schon, er tickt jedes Mal völlig aus, wenn er nur an sie denkt. Aber sie macht gerade mit einem anderen Typen rum, Brad. Und der ist die absolute Macho-Sportskanone. Ismael denkt also, dass er keine Chance hat gegen ihn, weil ... dieser Bradster ist einfach größer und stärker, sieht besser aus und ist überhaupt ein echt cooler Typ. Aber dann kam mir diese fantastische Idee. Ismael hat nur *eine* Chance, bei Kelly den Fuß in die Tür zu kriegen. Er muss ihr ein geiles Liebesgedicht schreiben. Wissen Sie, so ein Sonett-Teil, wie Shakespeare und die anderen alten Dichtertypen es geschrieben und den Mädels in vorhistorischer Zeit geschickt haben, um sie in den Wahnsinn zu treiben. Aber wir brauchen Hilfe, damit wir es richtig hinkriegen.«

Falls es euch entgangen sein sollte: Die These der heutigen Debatte lautet: *Dass Ismael Leseur ein kompletter Versager ist*, und der erste Pro-Redner war Orazio ›Ich kann den Mund nicht halten‹ Zorzotto. Jetzt würde ich gern den Vertreter der Kontra-Position aufrufen, damit er das Gesagte widerlegt. Was, keine Widerlegung? Wird die Niederlage schon eingeräumt?

Mr Guthries Augen wanderten zwischen uns beiden hin und her. »*Das* ist euer Problem? Ihr braucht Hilfe, um ein Gedicht zu schreiben ... ein *Liebes*gedicht ... um ein Mädchen zu kriegen?«

»Jawohl«, sagte Razza, als ob es um grobe Verstöße gegen die Menschenrechte ginge, das Ozonloch, die Vernichtung von Tier- und Pflanzenarten, die massive Zerstörung fragiler Ökosysteme und das Ende der uns bekannten Zivilisation.

Mr Guthrie schüttelte den Kopf, sodass seine kleinen Haarwürste schlackerten. »Also, Jungs, ich muss zugeben, ihr habt mich ein bisschen überrumpelt. Ich hatte eher an Drogenprobleme gedacht oder dass ihr daheim rausgeflogen seid und auf der Straße leben müsst oder vielleicht Probleme mit der Polizei habt oder im Visier der kriminellen Unterwelt seid – irgendwas in dieser Richtung. Aber Gedichte ... das ist wirklich eine ernste Angelegenheit.«

Ich wollte gerade noch einmal einen Versuch starten zu gehen, da wandte sich Mr Guthrie an mich.

»Nun, Ismael, dieses Mädchen. Hast du schon mit ihr gesprochen? Ich meine, weiß sie, dass es dich gibt?«

Ich konnte es nicht fassen, dass ich mit einem Lehrer über Kelly Faulkner sprach. »Sie weiß, dass es mich gibt ... aber ich bin mir nicht sicher, ob ich sie sonderlich interessiere.«

Von der anderen Seite des Schreibtisches kam ein Lächeln. »Na, das ist doch besser, als wenn sie zwar wüsste, dass es dich gibt, aber wünschte, es gäbe dich nicht, oder?«

»Ach was«, unterbrach Razza. »Ismael hat keine Ahnung, Mr Guthrie. Ich glaube, sie ist insgeheim total scharf auf ihn. Wissen Sie, er hat sie mal angerufen, und da hat sie ihm *gesagt*, sie hat es ihm wirklich *gesagt*, dass sie praktisch na...«

»Razz! Nein! ... Äh ... Ich meine ... Äh ... Meinen Sie nicht ... wir sollten uns auf das Gedicht konzentrieren?«

Razza plumpste auf seinen Stuhl zurück.

Mr Guthrie sah uns beide an und klopfte mit seinem Füller auf den Schreibtisch. »Habt ihr sonst noch mit jemandem darüber gesprochen? Zum Beispiel mit eurem Klassenlehrer oder Englischlehrer?«

»Das ist Miss Tarango«, sagte Razza, und Mr Guthrie sah auf. »Klar haben wir zuerst mit ihr geredet, denn in ihrem Unterricht kam uns ja die Idee. Wir machen in Englisch nämlich gerade Sonette und Liebesgedichte und so. Aber

Miss Tarango meinte, sie könne nicht helfen. Sie meinte, wir bräuchten eine reife männliche Perversion ...«

»Per*spektive!*«

»Ja, genau, richtig, Ismael ... Jedenfalls sagte sie, wir sollten es mal bei Ihnen probieren.«

Der Füller hörte auf zu klopfen. »Zoe ... äh ... Miss Tarango ... hat vorgeschlagen, dass ihr zu mir kommen sollt?«

»Ja.«

Mr Guthrie schob ein paar Blätter auf seinem Schreibtisch herum, nahm dann eine große Büroklammer und bog sie so auseinander, dass sie aussah wie ein schiefes Herz. »Hat sie ... hat sie gesagt, warum ... äh ... überhaupt ... einen Grund genannt?«

»Nicht wirklich. Sie sagte nur, wenn wir jemanden um Rat fragen wollen, dann Sie. Vermutlich, weil Sie auch Englischlehrer sind und so. Und dann hat sie noch gesagt, dass Sie selbst auch schon was geschrieben hätten. Jedenfalls wollte sie auf keinen Fall, dass wir zu Mr McCracken gehen, das weiß ich genau. Sie hat diesen Vorschlag regelrecht vom Tisch gefegt.«

»Mr McCracken?«

»Ja, er war – sorry, Mr Guthrie – meine erste Wahl, aber Miss Tarango war überhaupt nicht begeistert von der Idee. Und da hat sie Sie vorgeschlagen.«

»Dann ... war ... war sie ... nicht begeistert ... von Mr McCracken?«

»Nein, wie gesagt, sie meinte, wir sollten mit Ihnen sprechen.«

»Und nicht mit Mr McCracken?«

Razza schüttelte den Kopf.

»Und dann hat sie mich vorgeschlagen?«

»Ja.«

Ich hatte keine Ahnung, was Mr Guthrie für ein Schriftsteller war, aber langsam zweifelte ich ernsthaft an seiner Auffassungsgabe.

»Okay ... gut ... okay. Nun, das ist ... gut«, sagte Mr Guthrie, betrachtete kurz die verbogene Büroklammer in seiner Hand und warf sie dann rasch in den Papierkorb.

Neben mir kratzte ein Stuhlbein über das Linoleum. Razza war näher an den Schreibtisch herangerückt und griff gerade in die Brusttasche seines Hemds.

»Sie sind doch Schriftsteller, Mr Guthrie. Werfen Sie mal einen Blick hierauf«, sagte er und zog ein gefaltetes Blatt Papier hervor.

»Razza, was tust du da!«

Aber es war zu spät. Mr Guthrie strich das Blatt bereits auf dem Schreibtisch glatt. »Heiß, oder!?« stand in großen roten, mit züngelnden Flammen verzierten Buchstaben oben auf dem Blatt. Ich beobachtete, wie die Augen von Mr Guthrie immer größer wurden, während sie sich langsam die Zeilen hinunterarbeiteten. Als er zu Ende gelesen hatte, saß er schweigend da und nickte mit dem Kopf.

»Was meinen Sie, Mr Guthrie? Alles von mir. Meinen Sie nicht auch, dass es funktioniert, wenn Ismael das an Kelly schickt? Finden Sie es nicht auch total geil?«

Mr Guthrie sah aus, als habe man ihn gebeten, bis nächsten Dienstag die Lösung zum Problem der weltweiten Armut vorzulegen.

»Also, Orazio ... es ist ... ähm ... du hast ... es enthält ... ähm ... sicherlich sehr viel *Gefühl* ... und ich glaube ... du hast ... ähm ... eine einzigartige *Sprache* gefunden ... und dein ... ähm ... *Thema* ... ist unmissverständlich klar ...«

»Sie meinen, Shakespeare wäre beeindruckt?«

»Ähm ... also ... Ich glaube, er wäre bestimmt ... *bewegt«*, sagte Mr Guthrie und fügte murmelnd hinzu: »Ich kann förmlich hören, wie er sich umdreht, während wir hier sprechen.«

»Was Sie da sagen, heißt, dass es total krank ist, oder?«

Mr Guthrie riss die Augen auf. Er sah aus wie ein Ertrinkender, dem man gerade eine Schwimmweste zugeworfen hat. »Ja, Orazio, genau das ist es. Das genau wollte ich sagen. Meiner Meinung nach ist dein Gedicht buchstäblich ... krank.«

»Wahnsinn!«

»Genau genommen«, sagte Mr Guthrie, während er die Worte vor sich studierte, als wollte er den Da-Vinci-Code knacken, »könnte man es, soweit es verschiedene Stufen von Kranksein gibt, fast als ... chronisch krank bezeichnen.«

»Chronisch krank«, echote Razza.

Ja ... man könnte vielleicht noch weitergehen und behaupten, dass es vollkommen ... irre ist.«

»Irre! Genau!«, rief Razza. Er drehte sich zu mir und grinste wie ein Wahnsinniger. »Hast du das gehört? Hast du *gehört,* was Mr Guthrie gesagt hat? Er findet mein Gedicht voll krank *und* irre. Ich hab's gewusst! Warte, bis ich es Prindabel erzähle. Der erkennt ein Gedicht nicht, wenn es aufspringt und ihn in den Schwa...«

Razza sah hinüber zu Mr Guthrie und grinste.

»*...bbelbauch* beißt. Okay ... Gut ... Das ist toll. Schau, Ismael, wie ich's dir gesagt habe, aber du wolltest mir ja nicht glauben, was? Mensch, jetzt müssen wir mein Gedicht nur noch zu Kelly verfrachten, und dann ist alles in Butter.«

Razza schob seinen Stuhl zurück und griff nach seinem Gedicht: »Vielen Dank, Mr Guthrie.«

Wahrscheinlich bewog der entsetzte Ausdruck auf meinem Gesicht Mr Guthrie dazu, die Hand zu heben. »Warte, Orazio ... da gibt's vielleicht noch ein klitzekleines Problem. So ... irre ... dein Gedicht auch sein mag ... es ist *dein* Gedicht, nicht Ismaels. Und ich meine, wenn jemand dieses Gedicht schreiben sollte, dann Ismael, oder?«

Razza sah völlig geschockt aus. »Mann, ich habe fast eine ganze Stunde an dem Ding geschrieben.«

»*So* lang?«, sagte Mr Guthrie.

»Na ja, fast. Ich konnte nur während der Werbepausen daran arbeiten, weil man sich wirklich konzentrieren muss, wenn man rausfinden will, ob die Kandidaten Deal oder No Deal wählen sollten.«

Ein paar Sekunden lang lieferte Mr Guthrie eine perfekte Kopie von Prindabels Gesichtsausdruck »Wir betrachten ein abstraktes Gemälde«. Dann sprach er, als ob er aus einer Trance erwachen würde. »Okay ... gut ... pass auf. Wie wär's, Orazio, wenn du hier diesen Füller und ein Blatt Papier nehmen, dir dort hinten einen Stuhl schnappen und ein oder zwei Gedichte runterschreiben würdest, während ich hier in Ruhe mit Ismael spreche? Wie hört sich das an?«

Razza willigte widerstrebend ein, und ich blieb allein mit Mr Guthrie zurück.

»Also, Ismael, das alte Thema unerwiderte Liebe? Großer Mist, was? Aber da bist du bei mir ganz richtig. In der Schule war das mein Spezialthema. Ich war sogar im Kurs für Fortgeschrittene, weißt du. Und hab an der Uni weitergemacht und mit akademischem Grad abgeschlossen. Bei vielen gelte ich immer noch als führende Autorität auf diesem Gebiet.« Er lächelte. Ich beachtete Mr Guthrie überhaupt nicht. »Dann erzähl mal ... wie ist sie ... deine Kelly?«

Wie konnte ich einem Lehrer erklären, wie Kelly Faulkner war? Wie konnte ich ihm erzählen, dass ich das Gefühl hatte, alles in mir würde hell werden, wenn sie in meine Richtung schaute, und dass ich mir grau und langweilig und sinnlos vorkam wie ein Fernseher auf Stand-by, wenn sie nicht da war.

»Weiß nicht. Sie ist wie ... Sie ist wie ... na eben perfekt. Das klingt ziemlich doof, ich weiß.«

»Nein ... nein, ich finde das gar nicht doof. Eher ›menschlich‹«, sagte Mr Guthrie und sah so aus, als meine er es auch. »Was ist dir als Erstes an ihr aufgefallen?«

»Also ... sie hat diese ... Augen.«

Und Shakespeare dachte, *er* wäre ein Dichter.

»Damit sie dich besser sehen kann«, sagte Mr Guthrie lachend. »Keine Sorge. Ich weiß genau, wie das ist. Manchmal ist es wirklich schwer, die richtigen Worte zu finden, was?«

»Ich finde sie *nie*.«

»Also, ich hab eine Sache gelernt – du kannst so etwas nicht erzwingen. Manchmal denke ich, dass du nur warten kannst, und dann, vielleicht wenn der richtige Zeitpunkt gekommen ist, werden die Worte *dich* finden.«

Konnte das wahr sein? Bislang hatten mich immer nur die falschen Worte gefunden.

»Schau mal, Ismael. Ich weiß nicht, ob ich dir wirklich helfen kann. Mein einziger Rat lautet: Wenn du tatsächlich beschließt, etwas zu schreiben, dann formuliere es einfach und geradeheraus. Mach dir keine Gedanken darüber, Shakespeare sein zu wollen, und versuche auf keinen Fall, Zorzotto zu sein ... Sei einfach du selbst.«

Genau das meinte auch Miss Tarango, dass ich ich selbst sein sollte. Aber das ist nicht so leicht, wie es sich anhört, und außerdem: Was, wenn Ich-selbst-Sein einfach nicht gut genug war?

Mr Guthrie und ich unterhielten uns noch bis zum Ende der Mittagspause, nicht nur über Gedichte und Kelly Faulkner, sondern auch über einige Themen auf den Postern und in den Zeitungsartikeln. Als ich ging, wusste ich nicht, ob ich der Lösung meines Problems auch nur einen Schritt nähergekommen war, aber ich war froh, dass die Welt jemanden wie Mr Guthrie hatte, der sich Sorgen um sie machte.

An jenem Abend versuchte ich mich tatsächlich an einem Gedicht über Kelly Faulkner, aber es war vergebens. Es erinnerte ein bisschen an den Versuch, mit einer Bärenfalle einen Schmetterling zu fangen. Schließlich legte ich es als schlechten Scherz ad acta. Vielleicht hatte Mr Guthrie recht. Vielleicht musste ich wirklich nur warten, und dann würden die Wörter mich finden.

Ein paar Wochen später wartete ich immer noch, und dann fand mich Barry Bagsley.

Vierter Song:

Schmerz

Ich hab Schmerz in meinem Herzen
Schmerz in meinem Kopf
Schmerz in meinem Körper – Wo bist du?
Ich hab Schmerzen überall
Ich kann sie nicht verbergen
Schmerzen lassen mir keine Ruh

Aus *Die Seekühe: Wiedervereint & Neu aufgelegt*
Musik & Text: W. Mangan und R. Leseur

18
Der Freak von Alcatraz

Fast ein ganzes Schulhalbjahr lang hatte Barry Bagsley es geschafft, seine kriminellen Neigungen unter Verschluss zu halten – das war mit absoluter Sicherheit eine persönliche Bestleistung. Vermutlich hätte ich wissen müssen, dass es nur eine Frage der Zeit sein konnte, bis sie wieder durchbrachen. Aber warum musste es mich gleich mit solcher Wucht treffen?

Es begann an dem Tag, als das verlegte Debattiertreffen stattfinden sollte. Da seit der berüchtigten »Crème-de-la-Scheiße-Episode« zwischen Ignatius und Razza gewisse Spannungen bestanden, hatte Scobie entschieden, dass es eine gute Idee wäre, bis zum nächsten Treffen eine Weile zu warten. Also fanden wir uns erst wieder zwei Wochen vor Schuljahresende in einem Besprechungszimmer in der Bibliothek zusammen. Wir saßen zu viert um einen Tisch herum. Diesmal warteten wir auf Prindabel.

»Wahrscheinlich sitzt er irgendwo und liest zu seiner Erheiterung das Periodensystem der Elemente.«

Bill, Scobie und ich schauten Razza an, aber niemand sagte etwas. Wir legten diese letzte Bemerkung zu all den anderen ab, mit denen er Prindabels Abwesenheit erklärt hatte. Darunter:

Er war verhaftet worden, weil er sich als menschliches Wesen ausgegeben hatte.

Er war mit einer Laptop-Tänzerin durchgebrannt.

Er schrieb seine Autobiografie: *Der Freak von Alcatraz.*

Ich war sicher, dass Razza noch eine weitere Möglichkeit anbieten würde, als Ignatius durch die Bibliothek stakste und verlegen in das Besprechungszimmer trat. Er trug ein paar Bücher und eine Plastiktüte.

»Schön, dass du es geschafft hast, Prindabel. Was hat dich aufgehalten? Hast du auf dem Internationalen Streber-Kongress das Impulsreferat gehalten, oder so was?«

»Nein, unsere pi-Club-T-Shirts sind gekommen, und ich musste sie bei Mrs Mathieson abholen.«

»Pie-Club? Mensch, Prindabel, ich wusste, dass du verrückt bist, aber dass du auf Backen stehst, hätte ich nicht gedacht. Willst du der nächste Jamie Oliver werden? Ignatius Prindabel – Der Freak am Backofen.«

Zunächst schaute Ignatius Razza mit einem üblichen Abstraktes-Gemälde-Blick an, aber dann flackerte in seinen Augen Verständnis auf: »Nein ... nicht *Pie* wie in P – i – e, sondern *pi* wie in p – i.«

Jetzt war die Reihe an Razza, so zu gucken, als ob er ein abstraktes Gemälde betrachtete.

»Pi – die mathematische Konstante? Die Kreiszahl pi, die Näherung zweiundzwanzig durch sieben, die Archimedes-Konstante, drei Komma eins vier auf zwei Dezimalstellen? Wir haben sie in Mathe durchgenommen. Du kannst sie nicht vergessen haben.«

Razza legte den Kopf schief und beugte sich leicht nach vorn, als ob er versuchte, sich zu erinnern.

»Du weißt schon, die Formel für die Kreisumfangsberechnung, zwei r pi? Und die Kreisfläche – pi mal r im Quadrat?«

»Jaaaa, klaaar«, meinte Razza nicht sehr überzeugend. »Aber ... damit ich das richtig verstehe. Du bist in einem Club ... der sich mit einer *Zahl* beschäftigt?«

»Genau«, sagte Ignatius beiläufig.

Razzas Kopf begann hin und her zu wackeln, dann breitete er die Arme aus, und sein Gesicht wurde ganz faltig vor lauter Verwirrung. »Aber ... *Warum?*«

»Es handelt sich ja nicht einfach um irgendeine Zahl«, erklärte Ignatius. »Sie spielt überall eine Rolle – in der Mathematik, Physik, in der Architektur, Natur, Kunst, wo auch immer.« Dann beugte er sich über Razza wie ein Raubvogel, der gleich auf seine Beute herabstößt. »Wusstest du, dass eine Forschergruppe der Universität Tokio pi gerade bis auf 1,24 Billionen Dezimalstellen berechnet hat? Eins Komma zwei vier Billionen Stellen! Und weißt du was, ich habe erst kürzlich entdeckt, dass man im Internet ein Poster bestellen kann, auf dem die erste *Million* Dezimalstellen abgedruckt ist. Meine Eltern kaufen es mir zu Weihnachten.«

Ich glaube nicht, dass Razza erstaunter ausgesehen hätte, wenn Ignatius gebeichtet hätte, dass er seine Großmutter verspeist hat.

»Du tust nicht einmal mehr so, als wärst du normal, was, Prindabel? Du bist ein Freak, und du bist stolz darauf.«

Ignatius beachtete Razza gar nicht, sondern zog ein weißes T-Shirt aus der Plastiktüte und hielt es hoch. »Wie findet ihr das?«

Vorn auf dem T-Shirt war ein großer Kreis mit dem griechischen Buchstaben pi in der Mitte, drum herum verteilte sich die Ziffernfolge 3,14. So sah es aus:

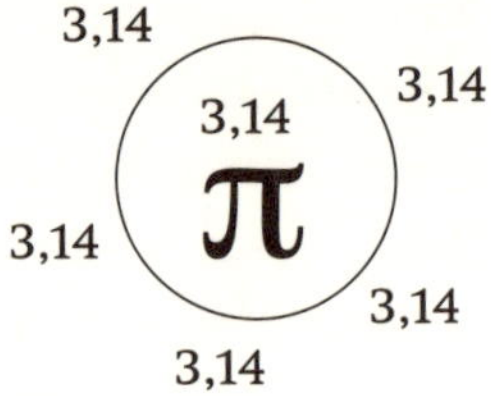

Ignatius drehte das T-Shirt um. Auf dem Rücken standen in großer Schrift die Worte *Ich bin ein pi-Fan* über einer Zeichnung von einem komischen viereckigen Kuchen mit einem eingebackenen A, aus dem es herausdampfte.

»Ihr könnt eines erwerben, wenn ihr wollt. Mit dem Erlös kaufen wir Abzeichen und Kaffeebecher für den Internationalen pi-Tag nächstes Jahr.«

»Internationaler pi-Tag?«, fragte Razza. »Jetzt bin ich sicher, dass du dir das alles ausdenkst.«

»Nein, es stimmt. Der vierzehnte März – dritter Monat, vierzehnter Tag, capito, wie 3,14, aber man kann den pi-Tag auch am zweiundzwanzigsten Juli feiern, das ist dann 22/7. Hängt immer davon ab, ob du beim Datum zuerst den Monat oder zuerst den Tag schreibst. Es gibt überall auf der Welt pi-Clubs.«

Razza schluckte schwer. »Du meinst ... da draußen ... gibt es noch andere ... wie dich?« Er zeigte mit zitterndem Finger auf Ignatius. »Warum seid ihr hierhergekommen? Was wollt ihr? Das ist *unser* Planet? Lasst uns in Ruhe. Wir werden uns nicht kampflos ergeben!«

»Willst du damit sagen, dass du kein T-Shirt kaufen möchtest?«

»Prindabel, ich sage dir, es gibt atomgetriebene Hundeklos, die sind nicht so beschissen wie dieses T-Shirt. Vielleicht kannst du es später noch mal bei mir versuchen ... vielleicht um Halloween herum oder wenn ich mehr in der Stimmung bin, modischen Selbstmord zu begehen, okay?«

Ein lautes und bedächtiges Räuspern schnitt durch den Raum. Bill, Ignatius und ich sahen Scobie an, der am anderen Ende des Tisches saß.

»Debattiertreffen? Erinnert ihr euch?«

»Klar, Scobes. Keine Sorge«, sagte Razza. »Ich habe nur noch eine letzte Frage an unseren interplanetarischen Besucher.« Damit stieß er seinen Finger in die bizarre Zeichnung auf der Rückseite des T-Shirts. »Prindabel, was genau soll *das* sein?«

»Ein Apple-Pie«, antwortete Ignatius und machte ein Gesicht, das deutlich ausdrückte, dass er diese Antwort für offensichtlich hielt.

»Sind Apfelkuchen normalerweise nicht rund?«

Ignatius grinste uns an wie ein umnachteter Barrakuda. »Nein«, sagte er. »Das ist sozusagen die Quadratur des Pie. Pi(e) mal r im Quadrat.«

Razza sank in sich zusammen, als hätte ein Schuss ihn getroffen, rutschte von seinem Stuhl und blieb stöhnend auf dem Boden liegen. Sonst war im Raum nur noch zu hören, wie Luft durch zwei Reihen spitzer Zähne in rascher Folge eingesogen und ausgestoßen wurde.

Man könnte es euch nachsehen, wenn ihr dies für eine hyperventilierende Dampflok halten würdet, aber das war es nicht. Es war Prindabels Lachen.

19
Ein großer pinkfarbener Komet

»He, Ismael, du bist vielleicht ein übler Kerl – dein Name steht auf der Liste der überfälligen Bücher. Von morgen an musst du zahlen und wirst von der Bücher-Ausleihe ausgeschlossen. Hoffentlich merkt meine Mum nicht, dass ich unter so schlechtem Einfluss stehe.«

Das Debattiertreffen war zu Ende, und wir verließen gerade die Bibliothek. Ich drehte mich um und sah, dass Razza ein Blatt Papier studierte, das neben der Ausleihtheke hing.

»Echt? Welches Buch?«

»Ach ... *Zungenküsse für Dummies*«, rief er so laut, dass Köpfe aus den Arbeitskabinen auftauchten und der Bibliothekar Mr Fitler uns von den Regalen her finster anfunkelte. »Nein ... warte ... ich hab' mich in der Zeile vertan. Es ist *Große Regenwälder der Welt.*«

»Oh ... ja ... die Geografie-Hausaufgabe. Hab ich völlig vergessen. Liegt oben im Klassenzimmer.«

Ich schaute auf die Uhr. Bis zum Ende der Mittagspause blieben mir noch fünf Minuten.

»Razz, ich renne schnell hoch und hol es. Wir treffen uns in Physik.«

Wie sich herausstellte, schaffte ich es weder zurück in die Bibliothek, noch traf ich Razza in Physik. Mein Tag sollte eine dramatische Wende nehmen. Ich war im Begriff, Barry Bagsley mit nur einem Schlag für zwei Wochen außer Gefecht zu setzen.

Und das kam so.

Als ich in unser Klassenzimmer einbog, hoben sich gleichzeitig drei Köpfe und grüßten mich. Glücklicherweise saßen sie auf drei verschiedenen Körpern. Leider gehörten diese Körper Doug Savage, Danny Wallace und Barry Bagsley. Sie standen im Halbkreis um ein geöffnetes Schülerpult.

Barry begrüßte mich wie einen verloren geglaubten Freund: »Pisseur, wir haben zu tun. Verpiss dich«, sagte er und zeigte mit dem Kinn zur Tür, während er die letzten beiden Worte ausspuckte.

Danny Wallace klappte mit verschlagenem Grinsen den Pultdeckel hinunter.

»Muss nur schnell was holen.« Ohne auf eine Antwort zu warten, riss ich den Deckel meines Pultes auf und schnappte das gesuchte Buch. In diesem Augenblick wurde mir erst bewusst, wo die drei sich versammelt hatten.

»Was macht ihr da?«

»Geht dich nichts an, Stinkstiefel. Und jetzt, wie ich schon sagte, verpiss dich.«

»Das ist Bill Kingsleys Pult.«

»So ist es.«

»Was habt ihr da verloren?«

»Frühjahrsputz und ein bisschen Deko.«

Barry Bagsley lächelte und sah Wallace und Savage an, die beide grinsten. »Komm. Mal sehen, was Pisseur von unserem Meisterwerk hält, Jungs. Eine unvoreingenommene Meinung kann nie schaden.«

Danny Wallace hob den Pultdeckel an, und alle drei grinsten hämisch. An der Unterseite klebte das Bild eines aufgeblähten Bill Kingsley. Es stammte von der Homepage unserer Schule, vom vergangenen Jahr, als unsere Debattiermannschaft ins Finale gekommen war. Jemand hatte sich offenbar mit Photoshop daran versucht. Bill Kingsleys Körper war auf die doppelte Größe aufgebläht, und in der Hand hielt er einen blutverschmierten Kopf. Über dem Bild stand eine große Überschrift: *Dill Kingsize gewinnt Debatte, indem er Gegner frisst.*

»Was meinst du? Nicht schlecht, was, Pisseur?«

Ich konnte nur an den trübseligen Ausdruck auf Bills Gesicht denken, als Barry und die anderen ihn letztes Jahr wegen seines Gewichts gequält hatten.

»Mach das weg.«

Barry Bagsley sah mich verständnislos an. »Warum sollte ich?«

»Er hat euch nie etwas getan. Mach es weg.«

»Tut mir leid, Piss-Wal, das wird nicht geschehen. Oder meinst du, du kannst uns dazu zwingen.«

Ich trat näher an das Pult. Danny und Doug standen auf der anderen Seite. Barry Bagsley hatte sich direkt vor mir aufgebaut. Ich hatte keine Ahnung, was ich tun würde.

»Komm, mach es einfach weg. Es ist nicht lustig.«

»Was soll das heißen, es ist nicht lustig? Wo ist dein Sinn für Humor geblieben, Stinkstiefel? Das Bild ist irrsinnig komisch.«

»Nicht für Bill.«

»Jedenfalls bleibt es, also stellt sich wohl die Frage ... was wirst du dagegen unternehmen?«

Gute Frage. Ich dachte daran, was ich mir letztes Jahr geschworen hatte: Ich würde mich nicht mehr verstecken. Ich würde mich nicht mehr unsichtbar machen.

»Wenn ihr es nicht wegnehmt, gehe ich zu Mr Barker.«

Barry Bagsley verzog den Mund zu einem höhnischen Lächeln. »Ja, genau. Lauf zu Mr Barker. Weißt du, was ich glaube? Ich glaube, du bist ein feiger Schlappschwanz.«

»Es ist mir egal, was du glaubst. Mach das weg, oder ich gehe zu Mr Barker.«

Barry Bagsley musterte mich von Kopf bis Fuß. Er schien nicht sehr beeindruckt von dem, was er sah. »Du klingst auf einmal ziemlich mutig, Piss-Wal. Könnte es sein, dass du glaubst, der Mutant Scobie wird dich retten, könnte das vielleicht sein?«

»Ja«, setzte Danny Wallace noch eines drauf, »rennst du zu deinem großen Bruder, damit er dich beschützt?«

Doug Savage grunzte. »*Kleiner* Bruder.«

Zwei zusammenhängende Worte. Das war ein Durchbruch für Doug. Wir hätten wirklich etwas Besonderes machen sollen, um das zu feiern. Kuchen essen, zum Beispiel.

Barry Bagsley stieß pfeifend Luft zwischen den Zähnen hervor. »Scobie? Wer will mit dieser Missgeburt verwandt sein?«

Ich sah in das grinsende, arrogante Gesicht vor mir. Meine Finger krallten sich zu einem harten, wütenden Ball zusammen.

»Ich hätte nichts dagegen, mit Scobie verwandt zu sein«, sagte ich, während sich meine Fingernägel in meine Handballen gruben, »aber wenn ich *dein* Bruder wäre, dann würde ich mich umbringen.«

Ich beobachtete Barry Bagsleys Augen genau. Sie zuckten, aber dann wurden sie ganz starr.

Im Nachhinein gesehen hätte ich lieber seine rechte Faust beobachten sollen, denn die schoss im selben Moment wie ein pinkfarbener Komet auf mein Gesicht zu.

20
Das Spiel ist aus, Mann!

Der erste Hinweis darauf, dass Barry Bagsleys Faust eine Punktlandung auf meinem Gesicht gemacht hatte, war ein heißer Schmerz, der meine Nase hinaufschoss und sich irgendwo tief hinter meinen Augen einnistete.

Sternchen sah ich, glaube ich, nicht. Es war eher eine Sonneneruption, und dann verschwamm alles. Meine Nase fühlte sich auf einmal so groß an wie Tasmanien, und mein linkes Auge begann zu pochen und zu tränen. Dann rann etwas Warmes, Feuchtes über meine Lippen und mein Kinn. Vorsichtig tastete ich mit der Hand nach meinem Mund, und als ich sie wegnahm, tropfte Blut herab. Ich schaute auf den Boden. Große hellrote Flecken breiteten sich aus, als hätte jemand Ketchup verspritzt.

Dann wurde ich ohnmächtig.

Offenbar war Mr Guthrie, der zufällig vorbeigekommen war, als Erster am Tatort. Barry, Danny und Doug wurden sofort in Mr Barkers Büro geschickt, und als ich wieder zu mir kam, brachte Mr Guthrie mich auf der Stelle ins Krankenzimmer und später auf die Krankenstation des Internats, wo eine Schwester mich untersuchte. Meine Nase war nicht gebrochen, nur schlimm geprellt. Im Lauf der nächsten paar Tage leuchtete die Umgebung meines linken Auges zunächst schwarz-violett und verblasste dann zu einem ungesunden Gelb.

Natürlich führte Mr Barker eine sehr gründliche Untersuchung der ganzen Angelegenheit durch, die in dem Geständnis von Barry, Danny und Doug mündete, dass sie das Bild von Billy bearbeitet hatten. Barry räumte auch ein, dass er mich geschlagen hatte, wollte aber nicht sagen, warum, nur dass ihm »danach war«. Wie man sich vorstellen kann, waren Mum und Dad ziemlich aufgebracht, aber nach einem Treffen mit Mr Barker und den Bagsleys schienen sie die Sache gelassener zu betrachten. Ich weiß nicht genau, was dort gesprochen wurde. Mum erzählte mir nur, alle seien sich einig gewesen, dass das, was Barry getan hatte, nicht richtig war (hmm – tatsächlich?). Dann fügte sie hinzu, die Bagsleys seien »nette Leute« und jede »Medaille habe zwei Seiten«. Zwei Seiten? Die einzigen zwei Seiten, die ich sah, waren meine Nase und Bagsleys Faust.

Das Ende vom Lied war, dass Danny und Doug drei Nachmittage nachsitzen mussten und Barry zwei Wochen Schulausschluss kassierte. Das bedeutete, dass er alle Unterrichtsstunden entweder vor Mr Barkers Büro oder beim Beratungslehrer Mr Devlin verbrachte. Und damit er keinen Kontakt zu seinen Mitschülern aufnehmen konnte, wurde seine Mittagspause auf andere Zeiten gelegt.

»Schulausschluss ist gar nicht so schlimm«, klärte uns Marco Armbruster in der Klassenstunde am ersten Tag von

Barry Bagsleys Abwesenheit auf. »Ich habe eine Woche bekommen, weil ich diesen Idioten vom Parkville College beim Rugby plattgemacht habe. Jerome meinte, ich hätte die Schule in Misskredit gebracht oder so, aber das war Blödsinn. Der Kasper hatte es verdient. Ihr hättet hören sollen, was für kranke Dinge er über meine Schwester gesagt hat, als wir uns zum angeordneten Gedränge aufstellten ... Hat natürlich alles gestimmt, aber das tut ja nichts zur Sache, oder?«

Razza und ich schauten zu dem soliden Muskelpaket auf, das Marco Armbruster darstellte. Es war noch nicht mal neun Uhr am Vormittag, und sein Kinn wurde schon von einem Fünf-Uhr-Schatten verdunkelt.

»Vor allen Dingen ist es langweilig – den ganzen Tag nur Schulkram. Das Schlimmste ist Devlin. Der will dauernd reden. Dann lässt er dich deine Gefühle aufschreiben. Einmal hat er gesagt, ich soll ein Gedicht schreiben. Ein Gedicht! Sollte mir helfen, Zugang zu meinen Gefühlen zu finden, damit ich ›begreife‹, was ich getan habe. Dieser Parkville-Arsch hat um Schläge gebettelt – und er hat sie bekommen. Wie macht man daraus ein beschissenes Gedicht?«

Razza und ich schüttelten mitleidig den Kopf. Ja, selbst Shakespeare hätte damit seine Probleme gehabt.

»He, Marco«, sagte Razza und ließ seinen Kuli mit atemberaubender Geschwindigkeit durch seine Finger wirbeln, »... nur so aus Interesse ... wie alt ist deine Schwester?«

Marco Armbruster richtete seine tintenschwarzen Augen auf Razza.

»Zorzotto, meine Schwester könnte dich lebend zum Frühstück verspeisen und hätte dann immer noch Platz für ihr Müsli«, sagte er, drehte sich um und pflügte durch das volle Klassenzimmer wie eine Abrissbirne.

»Marco! Warte!«, rief Razza hinter ihm her. »Das seh ich ganz entspannt, bring ein Foto! Ein Video wäre auch gut! Hat sie vielleicht eine Webcam?«

Marco versuchte nicht zu antworten, sondern machte nur mit der Hand ein Zeichen, während er wegging. Razza wirbelte herum und begann einen komplizierten Rhythmus auf das Pult zu trommeln. »Mensch«, sagte er, während er weitertrommelte, »dein Auge sieht ziemlich übel aus. Ich fasse es nicht, dass er dich geschlagen hat – *in* der Schule. Du bist sicher, dass du ihm nicht zuerst einen Haken verpasst hast?«

»Sehe ich wie ein Wahnsinniger aus? Ich hab's dir doch erzählt. Ich habe nur gesagt, wenn er mein Bruder wäre, würde ich mich umbringen – und dann *boing*!«

»Mehr nicht? Ergibt für mich keinen Sinn, Mann.« Auf einmal hörte Razza auf zu trommeln. »He, weißt du, was du tun solltest? Du solltest Kelly dein Auge zeigen.«

»Was? Warum?«

»Junge, die Mädels stehen auf so was. Sieht total machomäßig aus. Wetten, unser Brad-Baby ist vom Football immer von Kratzern und blauen Flecken übersät. Meinst du nicht, dass Kelly das anturnt?«

»Razz, hast du schon mal daran gedacht, einen unserer hoch ausgebildeten Experten für geistige Gesundheit aufzusuchen?«

»Hallo? Erinner dich mal dran, was passiert ist, als sie herausgefunden hat, dass du dich für ihren kleinen Bruder eingesetzt hast. Ich sag's dir, Alter. Wenn Kelly von deinem

Auge Wind bekommt und hört, dass dich *drei* Typen in die Mangel genommen haben, nur weil du einem Kameraden helfen wolltest. Weißt du, was dann passiert, Mann? Dann kriegt sie weiche Knie und hat diesen verpeilten, benebelten Ausdruck im Gesicht, den die Mädels bei so was immer haben, als müssten sie sich gleich übergeben und dann ... ja, das wär's dann.«

»Dann wäre *was* genau?«

»Dann wäre das Spiel aus, Mann!«, sagte er und widmete sich wieder seiner wilden Trommelei.

Es dauerte ein paar Tage, bis mein Auge abgeschwollen war und nicht mehr schmerzte. Der Bluterguss hielt sich noch deutlich länger. Aber das war es fast wert gewesen. Denn dieser Schlag brachte mir (und allen anderen) zwei wunderbare, spaßerfüllte Wochen in einer Barry-Bagsley-freien Umgebung.

Was ich zu diesem Zeitpunkt noch nicht wusste, war Folgendes: Mir standen zwei weitere, sehr innige Begegnungen mit Barry Bagsley bevor, die mich beide taumeln lassen und einen tieferen, dauerhafteren Eindruck hinterlassen würden als jedes blaue Auge.

21
Zum Kotzen schön

Die erste der zwei Begegnungen fand am letzten Tag des Schuljahrs während der Mittagspause statt. Ich wurde in ein Klassenzimmer gerufen, wo Mr Barker Barry Bagsley zum letzten Mal beaufsichtigte, bevor er gekennzeichnet und wieder zurück in die Wildnis entlassen werden sollte.

Als ich das Zimmer betrat, saß Barry ganz hinten an einem Pult und schrieb. Mr Barker saß vorn am Lehrerpult. Er schaute auf und rief mich zu sich. »Mr Leseur, kommen Sie herein. Mr Bagsley, wären Sie so freundlich und würden sich zu uns gesellen?«

Barry kam langsam nach vorn. Er sah ungefähr so glücklich aus wie ein Hell's Angel bei einer Kunsthandwerkausstellung. Wir standen beide da, während Mr Barker uns ein paar Dinge erklärte, die »absolut klar sein sollten«. Dazu gehörte zum Beispiel, dass physische Gewalt und Mobbing im St Daniel's nichts zu suchen haben, dass wir Probleme oder Meinungsverschiedenheiten wie verständige und intelligente Menschen beilegen sollten und nicht wie Höhlenmenschen, dass er und Mr Devlin und all die anderen Lehrer da seien und helfen könnten, dass diese ganze »unangenehme« Geschichte jetzt vorbei sei und dass es keine Wiederholung gebe, weil das »rasche und strenge« Konsequenzen zur Folge hätte.

Ich nickte zustimmend zu allem, was Mr Barker sagte. Barry Bagsley stand bewegungslos da mit einem Gesicht wie eine Totenmaske. Ich versuchte, mir einzureden, dass er innerlich nickte.

Nachdem Mr Barker seine lange Rede beendet hatte, sagte er zu Barry, er könne jetzt gehen, und Barry kehrte zu seinem Pult zurück, schnappte seine Stifte, schob ein paar Blätter zusammen und stopfte sie nachlässig in eine Mappe aus Hanfpapier, warf sich seine Tasche über die Schulter und ging, ohne ein Wort zu sagen. Mich behielt Mr Barker noch ein bisschen da. Vermutlich wollte er einen gewissen Abstand zwischen mich und Barry bringen. Ich hatte nicht vor, mich darüber zu beschweren.

»Ich will schwer hoffen, Mr Leseur, dass Sie nicht vorhaben, Ihre faustkämpferischen Ambitionen weiterzuverfolgen.«

»Mr Barker?«

»Ich spreche vom Boxen, Mr Leseur. Sie haben nicht vor, diese Laufbahn einzuschlagen?«

»Nein, Mr Barker.«

»Eine kluge Entscheidung. Trotzdem – falls sich auch nur die leiseste Möglichkeit einer Revanche oder sonst eines Ärgers abzeichnet, erwarte ich, sofort informiert zu werden.«

»Ja, Mr Barker.«

Mr Barker kritzelte ein paar Worte in seinen Kalender und klappte ihn zu. Dann sah er mich an. Ich kann nicht direkt sagen, dass er lächelte, er schaute nur ein bisschen weniger grimmig: »Sie und Mr Kingsley sind Freunde?«

»Ja, Mr Barker.«

Er wartete einen Augenblick, ließ mit einem Klick die Mine seines Kugelschreibers zurückschnellen und steckte ihn in die Brusttasche seines Hemds: »Da kann er sich wirklich glücklich schätzen. Sie können gehen, Mr Leseur.«

Ich schloss die Tür hinter mir und steuerte auf die Treppe zu. Ich wollte raus. Ich wollte zu Razza und Scobie und Barry Bagsley vergessen. Aber auf halbem Weg über den Flur erregte ein Blatt Papier auf dem Boden meine Aufmerksamkeit. Ich erkannte, dass es aus dem Büro des Beratungslehrers stammte. Mr Devlins Name und seine Kontaktdaten standen oben auf dem Blatt. Ich hob es auf, um es mir genauer anzusehen. Die Seite war voll von hingekritzelten Krakeleien, nur ganz unten war ein kleiner Bereich, wo jemand seine Unterschrift geübt hatte.

Ich drehte das Blatt um. Auf der Rückseite standen sechs oder sieben Zeilen Text. Jemand hatte einen energischen Füllerstrich schräg über die Zeilen gesetzt, aber die Wörter waren immer noch deutlich zu erkennen. Ich hatte gerade angefangen zu lesen, als eine Hand über meine Schulter schnellte und mir das Blatt entriss.

»Was haben wir denn da, Leseur? Du hast doch nicht etwa während der Stunde Zettelchen verteilt? Oder vielleicht ist es ein Liebesbrief an den kleinen Scobie-Wobie, was?«

Es war Danny Wallace. Neben ihm stand Doug Savage und starrte stumm vor sich hin wie ein Überbleibsel aus der Steinzeit.

»He, schau mal, Dougy. Leseur hat ein Gedicht geschrieben. Es heißt ›Warum‹. Aaaaachchchchch.« Danny legte die Hand aufs Herz, klapperte mit den Augendeckeln und begann laut vorzulesen:

»Warum – nicht ich, sondern du?
Warum – konntest du nicht stark bleiben?
Warum – wirst du nicht wiederkommen?
Warum – können wir nie wieder etwas zusammen machen?
Warum – werde ich die nie wieder sehen?
Warum – konnte ich dir nicht helfen, wie du immer mir geholfen hast?«

Als Danny fertig war, steckte er sich den Zeigefinger in den Mund und tat so, als müsse er sich übergeben. Danny Wallace war ein Meister der Pantomime.

»Leseur, das ist so schmalzig, dass ich kotzen muss. Was ist das für ein Scheiß? Hast über einen deiner schwulen Freunde geschrieben, was? Du willst wohl ...« Da nahm er hinter mir eine Bewegung wahr. Er hob das Kinn und rief den Flur hinunter: »He, Bazz, hier drüben. Wir haben dich schon gesucht.«

Barry Bagsley war gerade die Treppe am anderen Ende des Flurs heraufgekommen und steuerte jetzt auf uns zu. Er hatte immer noch die Tasche über der Schulter und die Mappe mit den herausquellenden Seiten in einer Hand.

»Schau dir das an – Pisseur hat ein Liebesgedicht für einen ganz besonderen Freund geschrieben.«

Danny las das Gedicht noch einmal mit besonderer Hingabe und leidenschaftlichem Ausdruck, während Doug Savage neben ihm schnaubte und schnüffelte wie eine Bulldogge mit Schnupfen. Ich sah, wie Barry Bagsleys Gesicht dunkel und hart wurde. Nur in seinen Augen zeigten sich echte Gefühle.

»Mensch, jetzt weiß ich, warum du Schisseur heißt«, sagte Danny Wallace, nachdem er seine zweiten Vortrag beendet hatte. »Hast du noch mehr von dem Scheiß?«

Er wollte das Blatt umdrehen, um auf der anderen Seite nachzuschauen, aber bevor ich richtig wusste, was ich tat, hatte ich ihm das Blatt entrissen. »Gib her.«

»Ooooch – sind wir ein bisschen empfindlich, Leseur? Es ist also tatsächlich von dir, was?«

»Und wenn?«

»Also, wir sind große Fans von deinem Zeug, und wir würden *liebend gern* mehr davon lesen, stimmt's, Jungs? Komm schon, gib's mir wieder. Wir wollen mehr von Schisseurs Scheiße hören.«

»Nein.«

»He, Barry. Pisseur will nicht mit uns teilen. Was meinst du, was wir mit ihm machen sollen?«

Barry Bagsley beäugte mich lange, bevor er mit wenig mehr als einem Flüstern antwortete: »Nichts – er soll's behalten.«

»Was? Aber ...«

Barry richtete seinen kalten Blick auf Danny Wallace: »Ich habe gesagt, er soll's behalten. Hast du ein Problem damit, Wallace? Oder du, Savage?«

Danny und Doug schwiegen. Dann zeigte Barry mit dem Kopf in Richtung Treppe, und die beiden mussten ihm wohl oder übel folgen.

Ich wartete, bis sie außer Sichtweite waren. Als ich sicher sein konnte, dass ich endlich allein war, sah ich mich um. Alles sah noch gleich aus – der Flur mit den Klassenzimmern auf der einen und den Fenstern auf der anderen Seite, die abgetretenen Fliesen auf dem Boden, die Klassenfotos an der Wand, der Pausenhof unter den Fenstern, die Geräusche, die Gerüche. Aber ich wusste, dass es etwas dahinter gab, das nicht mehr gleich war.

Ich ging den Flur hinunter und setzte mich auf die Stufen der Treppe, die zum Erdgeschoss führten. Im Kopf spielte ich alles, was gerade geschehen war, noch einmal durch und versuchte, mir einen Reim darauf zu machen. Aber egal, wie oft ich mich hindurcharbeitete, immer passten drei Dinge einfach nicht zusammen.

Zuerst einmal das Gedicht, das Danny Wallace vorgelesen hatte. Zum Zweiten die seltsame changierende Mischung aus Wut und Angst in Barry Bagsleys Augen, als er Danny zugehört hatte. Und zum Dritten die ungefähr zwanzig Unterschriften auf der Rückseite des Blattes, das ich immer noch in der Hand hielt.

Der sich wiederholende Schriftzug *B. Bagsley*.

22
Gut zu wissen

Meine zweite Begegnung mit Barry Bagsley fand am Tag nach der Versammlung zum Halbjahresende statt, und sie sollte alle unsere früheren Begegnungen aussehen lassen wie Gespräche über das Wetter.

Ich war schon auf dem Heimweg, auf halber Strecke den Betonweg zwischen der schmalen Bucht und fünf nebeneinanderliegenden Spielfeldern hinunter, die von allen im St Daniel's fantasievoll »Die Felder« genannt wurden, als eine kalte Stimme mich von hinten anrief.

»Leseur.«

Ich erstarrte, dann drehte ich mich um. Barry Bagsley lehnte an einer der großen Kiefern, die den Weg säumten. Rasch scannte ich die Umgebung. Normalerweise lungerten hier scharenweise Internatsschüler herum und spielten Football oder so, aber heute nicht: Sie waren alle schon nach Hause in die Ferien geflüchtet. Schlagartig wurde mir bewusst, wie ruhig und leer es war. Was hatte Razza darüber gesagt, dass Barry sich lieber einen einsamen Ort suchen sollte, um jemanden zu verprügeln? Meine Nase fing an zu jucken, als ob sie einen Ort suchte, an dem sie sich verstecken kann.

»Hör mal, ich weiß nicht, was du vorhast, aber ...«

Barry Bagsley schnitt mir das Wort ab: »Warum hast du das getan?«

»Was ...?«

»Ich möchte wissen, warum du das getan hast?«

»Was meinst du? Was soll ich getan haben?«

»Du weißt es. Warum hast du Wallace und Savage in dem Glauben gelassen, du hättest das Gedicht geschrieben ... obwohl du wusstest, dass ich es war?«

»Ich ... ich weiß nicht.«

Ich wusste es wirklich nicht. Ich hätte ihnen leicht sagen können, dass es nicht mein Gedicht war. Ich hätte ihnen die Unterschriften auf der Rückseite zeigen können. Sogar Danny und Doug hatten zusammen genügend Grips, um zu kapieren, wem das Blatt gehörte. Warum hatte ich es nicht getan? Warum deckte ich jemanden, der mir und Bill Kingsley das Leben zur Hölle machte? Jemanden, der mein Gesicht als Sandsack benutzt hatte?

Barry Bagsley starrte mich immer noch schweigend an.

Ich wusste nicht, was ich sagen, noch, was ich tun sollte. Da fiel mir ein, dass das Gedicht immer noch in meiner Brusttasche steckte. Ich zog es heraus und hielt es ihm hin. »Hier.«

Er stieß sich vom Baum ab und kam langsam auf mich zu. Der Abstand zwischen uns betrug weniger als einen halben Meter. Er nahm das zusammengefaltete Blatt, hielt es kurz in der Hand und ballte dann seine Faust darum. Meine Augen fingen an zu brennen, als ich an den schneidenden Schmerz dachte, den diese Faust bereiten konnte. Er sprach, ohne von dem zerknüllten Papier in seiner Faust aufzusehen.

»Devlin hat mich gezwungen, das zu schreiben.«

Ich glaube, das war der erste Satz ohne Beleidigung, den Barry Bagsley jemals zu mir gesagt hatte. Aber es sollte noch mehr kommen ... viel mehr.

»Es handelt von meinem Bruder ...«, murmelte er, »meinem älteren Bruder ... Er ist gestorben ... vor vier Jahren ... an Leukämie.«

In meinem Kopf drehte sich alles. Das konnte nicht sein. So liefen die Dinge nicht. Barry Bagsley redete mit mir, ohne zu spotten oder zu fluchen oder mich niederzumachen oder meinen Namen zu Brei zu stampfen. Er erzählte mir von seinem Bruder ... von seinem *toten* Bruder. Ich dachte an Prue. Wenn ihr etwas zustieße? Wenn ... Ich betrachtete den blonden Schopf und die breiten Schultern vor mir. Ich wollte etwas sagen, aber meine Gedanken wollten sich nicht in Worte fassen lassen.

»Das ist ... ich ... ich bin ...«

»Deshalb hab ich dich geschlagen.«

Zuerst verstand ich nicht, was er meinte. Ich begriff den Zusammenhang nicht. Aber dann fiel mir wieder ein, was ich an jenem Tag gesagt hatte – dass ich mich umbringen würde, wenn ich sein Bruder wäre. Und ich hatte das Gefühl, als würde mir jemand die Faust in den Magen rammen.

»Hör mal ... Das wollte ich nicht ... Es tut mir leid ... was ich gesagt habe ... und das mit deinem Bruder auch.«

Barry sagte nichts, aber die Muskeln in seinem Kiefer traten hervor. Ich hörte ihn atmen. Dann hob er den Kopf und fixierte mich mit eisigem Blick: »Wenn du das jemandem erzählst ... irgendjemandem ...«

»Das ... das tue ich ... das tue ich nicht ... Ich sag es niemandem ... niemals.«

Er tastete mit den Augen mein Gesicht ab wie eine Röntgenmaschine.

»Ich habe auch zu dem Gedicht nichts gesagt.«

Wir standen einander gegenüber wie die Bewohner verschiedener Sonnensysteme. Dann entfernte sich Barry Bagsley, sammelte neben dem Baum seine Tasche auf und warf sie sich über die Schulter. Er wollte gehen, aber ich hatte auch noch eine Frage.

»Barry.«

Er drehte sich zu mir um.

»Lässt du Bill Kingsley in Ruhe?«

»Und was, wenn nicht?«, sagte er, als er das Gedicht in seine Tasche stopfte.

»Nichts, wenn nicht. Ich *bitte* dich darum ...«

Er sah mich eindringlich an. »Warum ist das für dich eigentlich eine so große Sache, was mit Kingsley passiert?«

»Weil er mein Freund ist ... und er hat es nicht verdient ... Niemand verdient so was.«

Barrys Blick bohrte sich in meine Augen. »Dann sind wir quitt«, sagte er, drehte sich um und ging über das Spielfeld davon.

Und er hielt Wort. Von diesem Tag an wurde Bill Kingsley nicht mehr getriezt, und er erinnerte sich wieder daran, wie man lächelt. Zwischen mir und Barry veränderte sich auch etwas. Versteht mich nicht falsch, wir sind nicht gleich beste Freunde geworden, aber immerhin stellte ich fest, dass ich in seiner Gegenwart atmen konnte und mich nicht mehr unsichtbar machen musste. Ich konnte einfach ich selbst sein.

Als ich an diesem Tag meinen Weg nach Hause fortsetzte, hatte ich das Gefühl, nur das Gewicht meiner Schultasche verhinderte, dass ich abhob. Neben all den Fakten und Theorien und Gedanken, die meine Lehrer mir ins Gehirn hämmern wollten, war dies das Wichtigste, was ich in meinem ersten Halbjahr der zehnten Klasse gelernt habe: Das Leben kann sich verändern – manchmal auch zum Guten. Und es war gut, das zu wissen.

Während der Ferien zwischen den Schulhalbjahren veränderte es sich wieder: Mein Vater verschwand.

Fünfter Song:

Erinnerungsketten

Ich drehte mich um und du warst fort
Sie sagten so ist das Leben an diesem Ort
Aber ich treibe weiter und auf und nieder
Und finde mich im Gestern wieder

Chor:
Und ich bin gefangen in Erinnerungsketten
Ich bin gefangen in Erinnerungsketten
Ich bin gefangen in Erinnerungsketten
Aber niemand ist da, um mich zu retten

Aus *Die Seekühe: Wiedervereint & Neu aufgelegt*
Text: R. Leseur

23
Nostalgie

Dad verschwand wie von Zauberhand in der zweiten Ferienwoche, nachdem Mum gerufen hatte: »Ron, du hast eine Mail von Ray.«

Ray war Onkel Ray, der eigentlich gar nicht unser richtiger Onkel war, sondern ein Freund meiner Eltern aus Studienzeiten. Früher, als Prue und ich klein waren, besuchte er uns oft, aber jetzt hatten wir ihn schon seit Jahren nicht mehr gesehen.

Ich frühstückte gerade in der Küche, als Dad im Schlafanzug den Flur hinunterschlurfte. Seine roten lockigen Haare standen in bizarren Winkeln von seinem Kopf ab – wie bei einem getrockneten Mopp. Ich sah noch, wie er das Arbeitszimmer betrat.

Und das war der Augenblick, in dem er verschwand.

Es war nicht etwa so, dass er von Aliens in den Weltraum gebeamt wurde oder sonst etwas Aufregendes dieser Art. Ich meine, er kam ein bisschen später auch schon wieder aus dem Arbeitszimmer heraus und sah auf den ersten Blick auch aus wie vorher. Aber das war einfach nicht mehr der Ron Leseur, den ich kannte, der Mensch, der gerne Geschichten und schlechte Witze erzählte, der Mensch, der sich als Kapitän Ahab verkleidete, als Mum mit mir schwanger war, nur weil sie aussah wie ein Wal, der Mensch, der sie so sehr zum Lachen brachte, dass die Wehen einsetzten, und nicht der Mensch, der mich Ismael nannte nach dem Ich-Erzähler von *Moby Dick.*

Der Mensch, der an diesem Morgen das Arbeitszimmer verließ, sagte kein Wort, sondern schaute durch mich hindurch, als ob ich nicht existierte, als ob dort eine Schüssel Cornflakes auf dem Tisch stünde und sich selbst aufäße. Beim Abendessen war er immer noch in dieser Zombie-Stimmung, und danach saß er allein mit seiner Gitarre im Hobbyraum und spielte seine alten Beatles-Platten nach. So fand ich ihn am nächsten Morgen. Er trug immer noch die Kopfhörer, sah mich mit übernächtigten Augen an und sagte mit heiserer Stimme: »*It was twenty years ago today* – Heute vor zwanzig Jahren«, und schlief ein.

Als ich Mum fragte, was mit ihm los sei, war sie nicht sehr auskunftsfreudig, deshalb fand ich, dass es an der Zeit war, einen Experten aufzusuchen.

»Er hat die ganze Nacht seine Beatles-Platten gehört und dann *das* gesagt?«

Meine kleine Schwester Prue saß mit gekreuzten Beinen am Fußende meines Bettes und schaute mich über ihre schmale, rechteckige Lesebrille hinweg an. »Das klingt nach einer ernsten Sache.«

»Ernst? Wie meinst du das?«

Sie ließ ihre Ausgabe von *Eine kurze Geschichte der Zeit* auf das Bett sinken und legte ihre Brille auf den Buchdeckel. »Also, das klingt nach Nostalgie.«

»Nach was?«

»Nostalgie – das heißt extremes, krank machendes Heimweh.«

»Heimweh, aber das ist doch keine ernste Sache, oder?«

»Möglicherweise schon. Ich habe mal ein Buch über Medizingeschichte gelesen. Wusstest du, dass Heimweh im siebzehnten Jahrhundert als richtige Krankheit galt? Ein Schweizer Arzt, ich glaube, er hieß Hofer, hat sie erstmals erforscht. Er hat den Begriff ›Nostalgie‹ geprägt. Egal, das gehört nicht zum Thema, aber damals nahm man das Heimweh sehr ernst. Hofer bezeichnete die Nostalgie als den Schmerz, den jemand empfindet, wenn er fürchtet, seine Heimat nie wiederzusehen. Nostalgie wurde bei vielen Soldaten diagnostiziert, die in fremden Ländern kämpften. Angeblich gab es nicht wenige, die sogar daran *starben.*«

Prue betrachtete mich prüfend, und ich versuchte mir vorzustellen, wie viel Information in diesem hübschen, beinahe genialen Köpfchen meiner Schwester steckte.

»Aber das ergibt doch keinen Sinn – Dad ist in seiner Heimat.«

»Ja, aber es geht nicht mehr nur um ein Land, sondern es geht um alles, von dem du denkst, dass du es nie wiedersehen wirst. Auch heute gibt es noch Ärzte, die der Ansicht sind, dass Hofer auf der richtigen Spur war und dass wir extreme Formen von Nostalgie wieder als ernsthafte Erkrankung behandeln sollten.«

»Also ... dann leidet Dad an einer seltenen Form von Beatles-Nostalgie ... weil er sie nie wiedersehen wird?«

»Hmmm ... vielleicht eher Beatles-Nostalgie-Manie«, sagte Prue mit einem kurzen Grinsen. »Es passt doch alles ganz genau. Zuerst wird er komatös, dann spielt er die ganze Nacht die Fab Four, und morgens kommt er raus mit den

Worten ›Heute vor zwanzig Jahren‹. Diesem Verhalten liegt ein bestimmtes Muster zugrunde.«

»Aber den letzten Teil kapiere ich nicht. Die Beatles hatten ihre große Zeit in den Sechzigerjahren, oder? Das ist eher vierzig Jahre her als zwanzig.«

Prue starrte mich an. »Die Zeile stammt aus einem Beatles-Song, du Dussel. Das ist die erste Zeile des Titelsongs von *Sergeant Pepper's Lonely Hearts Club Band,* wahrscheinlich das berühmteste Album aller Zeiten.«

»Ja ... sicher ... Das glaub ich dir sofort. Aber warum leidet er dann *jetzt* an Nostalgie? Dad war schon *immer* ganz wild auf die Beatles, und es ging ihm immer gut dabei ... bis er diese Mail von Onkel Ray bekam.«

Prue nahm ihre Brille und kaute auf dem ... dem ... wie immer man das Teil nennt, mit dem die Brille auf dem Ohr sitzt ... dem Bügel herum.

»Vielleicht hat Onkel Ray in seiner Mail die Beatles erwähnt ... oder vielleicht hat er etwas geschrieben, das Dad an die Vergangenheit erinnert hat, wer weiß. Alles könnte der Auslöser gewesen sein.«

Es war schwer, Prue nicht zuzustimmen. Auch wenn sie fast ein Jahr jünger war als ich und erst in die neunte Klasse ging, war sie ein offiziell anerkanntes Beinahe-Genie *und* eine der weltweit führenden Beatles-Kennerinnen.

Vermutlich fällt es euch schwer, diesen letzten Teil zu glauben, aber es ist wahr. Nach Ansicht meines Vaters waren die Beatles sogar dafür verantwortlich, dass Prue überhaupt ein Beinahe-Genie wurde. Und sie gaben ihr ihren Namen.

Und sie retteten ihr das Leben.

24
Wie Prue den Namen Prue bekam

Alles geschah, als Prue geboren wurde. Anders als ich kam sie eher früh als spät. Zu früh. Über drei Monate zu früh. Als sie in ihrem Brutkasten lag, erzählt Dad, sah sie aus wie eine kleine rote Puppe inmitten eines Gewirrs aus Schläuchen. Meinen Eltern sagte man, sie sollten sich auf das Schlimmste gefasst machen, und ich vermute, dass mein Dad genau das tat.

Während Mum sich in einem Krankenhausbett langsam erholte, schlug er auf der Frühgeborenenstation direkt neben Prues Brutkasten sein Dauerlager auf, trug ihr seine Lieblingsgedichte vor, las laut aus seinen Lieblingsbüchern und spielte seine Lieblingsmusik – Bob Dylan und die Beatles in raschem Wechsel. Mum sagt, dass Dad drei Tage lang kaum schlief, und wenn er mal die Augen schloss, dann nur, wenn Schwestern und Ärzte ihn dazu zwangen und versprachen, dass sie die Musik weiterlaufen lassen würden.

Es war am vierten Tag, als sich »die Dinge zum Schlechten wendeten« und es »auf der Kippe stand«, ob Prue die Nacht überstehen würde. Die Ärzte sagten, sie hätten alles getan, was in ihrer Macht stand, jetzt sei es allein an ihr.

In dieser Nacht ließ mein Vater für sie seine gesamte Beatles-Sammlung abspielen und las ihr Stunde um Stunde laut vor, bis er in den frühen Morgenstunden einschlief. Als er aufwachte, so sagt er, war alles still und friedlich, nur die

Musik spielte. Dann beugte er sich vor und spähte durch die durchsichtige Plastikseitenscheibe des Brutkastens. Prues winziges Herz schlug noch, und wenn man meinem Vater glauben darf, schlug es im Takt der Musik, die durch den Raum schwebte. Die Beatles sangen gerade »Dear Prudence«, und während mein Vater in den Brutkasten schaute und der Musik lauschte, schlug seine kleine Tochter die Augen auf und begrüßte den neuen Tag.

Ich bin mir sicher, dass meinem Dad die Geschichte »Wie Prue den Namen Prue bekam« ebenso gefällt wie die Geschichte »Wie Ismael den Namen Ismael bekam«, auch wenn er nicht so oft darüber spricht. Mir gefällt sie auch. Ich weiß nicht, ob alles wirklich *genau so* passiert ist, wie mein Vater es erzählt, denn er neigt dazu, die Dinge beim Erzählen zu »verschönern«. Aber das macht nichts. Der beste Teil der Geschichte ist wahr. Prue schlug die Augen auf und erholte sich.

Und in diese Augen schaute ich gerade und überlegte, ob Dads Theorie stimmte, dass die vielen Stunden und Tage konzentrierten Musikhörens und Lesens dazu beigetragen hatten, dass Prue ein Beinahe-Genie geworden war. Es gab kaum ein Argument dagegen. Prue liebte ihre Bücher und war weltweit wahrscheinlich das einzige dreizehnjährige Mädchen, dessen Zimmer als Beatles-Schrein dienen könnte. Überdies kannte sie jeden Beatles-Song, der jemals aufgenommen wurde, und konnte die meisten auf drei verschiedenen Instrumenten spielen. Und mit ihrem dunklen Haarschopf sah sie inzwischen auch fast ein bisschen aus wie einer der Beatles!

»Was sollen wir tun?«, fragte sie.

»Mit Mum sprechen.«

Am Abend ging mein Vater, der die Folgen seiner langen Beatles-Nacht spürte, früh zu Bett, und Prue und ich wandten uns nach dem Abendessen mit unserem Verdacht an unsere Mutter.

»Ja, ich verstehe, dass ihr euch Sorgen macht«, sagte sie und reichte mir den letzten Teller zum Abtrocknen. »Euer Vater war in letzter Zeit ein bisschen neben der Kappe, ich weiß ... Er hat viel um die Ohren ... aber nicht das, was ihr denkt.«

Dann trocknete sie sich die Hände ab und holte tief Luft. »Es hat nichts mit den Beatles zu tun«, sagte sie. »Es geht um die Seekühe.«

25
Das Comeback der Seekühe

»Du meinst Dads alte Band?«

Ich wusste nicht viel von den Seekühen, nur dass sie sich gegründet hatten, als Dad an der Uni war, und einige wenige Jahre zusammen gespielt hatten, bevor sie sich wieder trennten. Mehr wusste ich nicht. Natürlich zupfte Dad immer noch gelegentlich auf seiner Gitarre herum und brachte sogar mir ein paar Griffe bei, aber er redete eigentlich nicht viel über seine Zeit mit den Seekühen. Und Mum auch nicht.

Einmal googelte ich den Bandnamen und bekam außer einer Million Websites über Seekühe nur eine Information: Die Seekühe – Rockband, Mitte bis Ende der Achtzigerjahre. Hatte eine große lokale Fangemeinde, löste sich aber auf, als sie kurz vor dem Durchbruch stand.

»Genau die«, sagte Mum. »Als ich euren Vater an der Uni kennenlernte, erzählte er dauernd von der Band, in der er spielte. Wir unterhielten uns immer wieder mal vor oder nach unserem Tutorium ›Amerikanische Literatur‹. Das war der Kurs, in dem wir *Moby Dick* durchnahmen«, sagte sie mit einem Augenzwinkern in meine Richtung.

»Ja, ja, *darüber* weiß ich *alles* – lass uns einfach bei den Seekühen bleiben, okay?«

»Na ja, euer Vater und ich freundeten uns an, und eines Tages erzählte er mir, dass seine Band einen Gig an der Uni hätte. Er fragte, ob ich auch kommen wolle, und ich sagte Ja.«

»Waren sie denn gut?«, fragte Prue.

»Die Seekühe?«, fragte Mum, als liege die Antwort auf der Hand. »Sie waren *wunderbar.* Alle liebten sie. Nach diesem ersten Mal ging ich zu allen ihren Konzerten.«

»Als Groupie, was, Mum?«

»Als Fan, Prudence, als Fan«, sagte Mum und sah Prue böse an.

»Aber als du sie an diesem ersten Abend gesehen hast, da hast du dich in Dad verguckt, stimmt's?«

»Nein, nicht direkt ... Da habe ich mich in Billy Mangan verguckt.«

»In wen?«

»Billy Mangan, den Schlagzeuger. Ron und Billy waren

seit der Schulzeit beste Freunde. Sie standen sich sehr nahe. Sie schrieben zusammen die Songs – hielten sich für die Nachfolger von Lennon und McCartney. Und Billy ... Also Billy war fantastisch. Alle Mädchen hatten ein Auge auf ihn geworfen, nicht nur ich.«

Prue beugte sich dichter zu ihrer Mutter. »Dann warst du ... bevor du mit Dad zusammen warst ... mit Billy ...«

»Entschuldige, Prue, aber wir sind hier nicht bei Big Brother. Billy war nett, wirklich. Aber euer Vater auch ... und *er* brachte mich zum Lachen.«

»Er brachte dich zum Lachen?«, sagte ich. »Das ist alles? Das hat für dich den Ausschlag gegeben?«

»Sag ja nichts dagegen«, sagte Mum. »Ich bin sicher, das ist besser als alles andere.«

»Aber was hat das alles mit Onkel Rays Mail zu tun und damit, dass Dad sich verhält wie ein Statist in *Dawn of the Dead?*«

»Na, Ray war ihr Bassist.«

Prue und ich sahen uns an. »Onkel Ray gehörte zu den Seekühen?«, sagte ich.

»Ja, klar. Ray spielte Bass, Billy Schlagzeug, Leo McCrae Leadgitarre und Ron, der auch der Sänger war, Rhythmusgitarre. Sie hatten immer eine riesige Fangemeinde an den Veranstaltungsorten im Ort – das könnt ihr euch gar nicht vorstellen. Und als Ron und Billy immer mehr selbst schrieben, wurden sie noch populärer. Einige andere Bands aus jener Zeit hatten später Hits in Australien und sogar in Übersee, aber damals spielten sie neben den Seekühen nur die zweite Geige.«

Meine nächste Frage lag auf der Hand: »Und wie kam

es dann, dass die Seekühe nie zu den ganz Großen gehörten?«

»Nun, eine Weile sah es ganz so aus, als seien sie auf dem besten Weg dorthin. Ein Freund von Ray hatte in der Stadt ein kleines Aufnahmestudio, und die Band nahm ein Album mit eigenen Stücken auf.«

»Wow, Dad hat wirklich eine CD aufgenommen?«, wollte Prue wissen.

»Damals noch Vinylplatten und Kassetten. Sie machten nur ein paar Hundert, die sie bei ihren Gigs verkaufen wollten, aber innerhalb von vierzehn Tagen waren alle weg. Dann geriet eine Platte in die Hände eines großen Schallplattenproduzenten in Sydney, und der kam zu einem Konzert. Danach war die Rede von einem Plattenvertrag und landesweitem Verkauf.« Mum hielt inne und schüttelte den Kopf. »Aber es sollte nicht sein.«

Prue kam mir zuvor: »Warum nicht?«

Auf einmal kam Mum mir sehr müde vor. »Weil Billy bei einem Verkehrsunfall ums Leben kam. Der Fahrer war betrunken. Das war ... heute ... vor zwanzig Jahren. Billy starb, die Band hörte auf zu spielen, dein Vater hörte auf, Songs zu schreiben, und der große Produzent aus Sydney hörte auf, ihnen wegen des Vertrags in den Ohren zu liegen. Es ... es hörte einfach alles auf.«

»Haben Sie je versucht, wieder zusammenzukommen?«

»Sie haben davon gesprochen, aber es war einfach zu schwierig – und zu schmerzlich, vor allem für euren Vater. Außerdem wollten Ron und ich heiraten. Wir brauchten Geld ... Sicherheit. Also nahm er die Stelle bei der Versicherung an. Eigentlich nur vorübergehend, aber dann mussten wir Rechnungen bezahlen ... du kamst auf die Welt ... und dann Prue ...Tja, so ist er eben dort hängen geblieben. Die Jungs entfernten sich voneinander. Ray ging zum Rundfunk, und Leo spielte mit den Bands in Londoner Pubs.«

Prue runzelte ein bisschen die Stirn. »Dann ist heute Bills zwanzigster Todestag«, sagte sie, »*und* vermutlich auch der zwanzigste Jahrestag der Auflösung der Seekühe. Kein Wunder, dass Dad sich so komisch verhält und traurig ist. Meinst du, er hat sich daran erinnert, wie es mit den Seekühen war, und vielleicht ... überlegt, was hätte sein können, als er gestern Nacht die Beatles hörte?«

»Würde mich nicht wundern«, meinte Mum. »Billy und Ron machten immer Witze darüber, dass die Seekühe die neuen Beatles seien.«

Prue nickte langsam. »Also, und Onkel Rays Mail ... was hat es damit auf sich?«

»Ein Comeback-Konzert der Seekühe – Wiedervereinigung nach zwanzig Jahren.«

Prue und ich guckten dumm aus der Wäsche.

»Ja, mich hat's auch fast umgehauen. Offenbar hat Leo vor Kurzem bei Ray angerufen. Leo hat ewig in England gelebt, ist jetzt aber mit seiner Familie wieder hergezogen. Jedenfalls haben Ray und Leo sich getroffen und über die alten Zeiten gesprochen. Dabei kamen sie auf die Idee, die Band für ein einmaliges Konzert wieder zusammenzubringen. Sie haben schon ihren alten Manager aufgestöbert, obwohl ich davon nicht gerade begeistert bin, und sie haben einen möglichen Ersatzdrummer organisiert. Jemand aus einer der Bands, mit denen sie früher zusammengespielt haben. In dem Puzzle fehlte nur noch euer Vater. Und deshalb schrieb Ray die Mail: Er wollte euren Vater dazu bringen, dass er mitmacht.«

»Und wird er es tun?«, fragte ich.

»Also ich bin mir sicher, dass er im Grunde seines Herzens schon möchte, und vielleicht muss er ... Wisst ihr, Billys Tod hat Ron schwer getroffen. Vielleicht ist es zu viel, von ihm zu erwarten, dass er wieder dorthin zurückkehrt. Jedenfalls will er sich morgen mit Ray und Leo in der Stadt treffen. Ich schätze, wir müssen einfach abwarten und sehen, was passiert.«

»Und was ist mir dir, Mum?«, fragte Prue. »Was meinst du zu alldem? Bist *du* bereit für ein Comeback von den Seekühen?«

»Ich?«, sagte Mum mit einem müden Lächeln. »Ich bin seit zwanzig Jahren bereit.«

26
Der Überraschungselefant

Offenbar war es ein bisschen mühsam, aber schließlich willigte mein Vater ein, und das Wiedervereinigungskonzert der Seekühe zum zwanzigjährigen Jubiläum sollte Ende des Jahres stattfinden, in weniger als fünf Monaten.

Kaum war der erste Schritt gewagt, benahm sich mein Vater nicht mehr wie ein bezahltes Mitglied der Untoten, aber er kehrte auch nicht auf magische Weise zu seinem alten kontaktfreudigen Ich zurück. Oft benahm er sich, als stehe er kurz vor seinem allerersten Bungee-Sprung – und zwar splitterfasernackt zur Hauptverkehrszeit von der Sydney Harbour Bridge herunter. Dann sah er wieder einfach nur traurig aus, zum Beispiel, wenn er im Hobbyraum Gitarre spielte und das alte Heft durchblätterte, in dem er und Billy Mangan ihre Songs notiert hatten. Als ich ihn eines Abends beobachtete, versuchte ich mir vorzustellen, wie es sein muss, seinen besten Freund zu verlieren und dann allein weiterzugehen. Ich versuchte nicht sehr lang, mir das vorzustellen.

Ich wünschte mir sehnlich, ich könnte etwas tun, um meinem Vater zu helfen, aber in der Schule hatte ich meine eigenen Probleme, und zum ersten Mal in diesem Jahr hatten weder Barry Bagsley noch Kelly Faulkner etwas damit zu tun. Nein, diesmal lag die Ursache für mein immer schnelleres Herzklopfen im raschen Näherrücken der Debattier-Saison.

Unser erstes Treffen im neuen Schuljahr begann mit einer überraschenden Nachricht: Ignatius wurde Internatsschüler.

»Du bist Internatsschüler?«, sagte Razza erstaunt. »Mensch, Prindabel, ich hatte ja schon immer den Verdacht, dass du ein fehlgeschlagener Forschungsversuch bist ... aber ein Internatsschüler? Moment mal, du wohnst doch nur ein paar Straßen weit weg?«

»Das ist richtig.«

»Warum gehst du dann ins Internat? Hat deine Familie eine einstweilige Verfügung oder so über dich verhängt, damit du sie nicht zu Tode langweilst?«

»Nein, meine Mutter meint, das Internat würde mir guttun. Sie sagt, wenn ich regelmäßigen und direkten Umgang mit Jungen meines Alters hätte, würde sich meine soziale Entwicklung beschleunigen.«

Razza musterte Prindabel genau, bevor er sein Urteil sprach: »Sag ihr, dass das nicht funktioniert.«

Wie man unschwer erkennen kann, bestand immer noch eine gewisse »ungelöste Spannung« zwischen Razza und Prindabel wegen des »Heiß, oder?!«-Vorfalls. Aus diesem Grund hatte Scobie entschieden, dass es vielleicht klug wäre, wenn die beiden eine Weile nicht zusammen debattieren würden. Das klang nach einem richtig guten Plan und schien auch zu funktionieren: Scobie, Razza und Bill gewannen problemlos unsere Erstrundendebatte gegen Stonewall High. Zwei Wochen später fuhren Scobie, Prindabel und ich einen knappen Sieg gegen Headly Grammar ein.

Natürlich war Scobie immer noch der gemeinsame Nenner unseres Erfolgs. Brillant wie eh und je polierte er unsere Argumentation als dritter Redner, bis sie glänzte wie Gold, um dann die des Gegners zu demontieren, bis sie aussah wie ein rostiges Stück Schrott. Dieses Jahr jedoch schienen wir nicht mehr so vollkommen abhängig von ihm zu sein. Unsere Mannschaft wurde tatsächlich besser.

Aus diesem Grund gingen wir recht hoffnungsvoll in unser Drittrundenmatch, obwohl Scobie und Prindabel an einem Wissenschaftscamp teilnahmen, sodass Razza, Bill und ich es allein mit der Mannschaft vom St Bartholomew's aufnehmen mussten. Als wir auf das Ergebnis warteten, waren wir insgeheim davon überzeugt, dass wir gewonnen hatten. Aber leider tat der Schiedsrichter laut und deutlich seine Überzeugung kund, dass wir verloren hatten, und erklärte die Mannschaft von St Bart's mit einem Vorsprung von zwei Punkten zum Sieger. Natürlich waren wir enttäuscht, besonders Razza, der dauernd davon sprach, dass wir »volle Kanne übers Ohr gehauen« worden seien.

Aber das war nicht das Ende, und das wussten wir. Es stand noch eine Erstrundendebatte aus. Wenn wir die gewinnen würden, hätten wir drei von vier möglichen Siegen errungen, und das würde reichen, um in die Endrunde zu kommen. Wir waren uns einig, dass wir für eine so entscheidende Debatte unsere stärkste Mannschaft aufbieten müssten: Prindabel, Zorzotto und Scobie.

Auch wenn es Ignatius in Sachen Charisma ein bisschen mangelte, war er auf jeden Fall unsere beste Wahl als erster Redner. Er war organisiert und effizient und konnte unsere Argumente klar und deutlich darlegen. Razza als zweiter Redner war reaktionsschnell, was sehr gut war für die Widerlegung. Wo Prindabel ordentlich und beherrscht war, verließ Razza sich auf seine Ausstrahlung, seine Persönlichkeit und seinen Charme. Und Scobie, als dritter Redner, war ... na ja, Scobie war einfach Scobie. Er ließ jeden anderen aussehen, als hätte er die Vorschulförderklasse für Neandertaler nicht geschafft.

Unsere Gegner waren von der Strawberry Hill High. Wir wussten, dass es schwierig werden würde, aber wir schoben keine Panik. Wir hatten schließlich unsere beste Mannschaft ins Rennen geschickt, oder? Das Thema lautete: *Dass Australien dem Sport zu viel Bedeutung beimisst.* Wir mussten die Pro-Position vertreten, auch wenn sich herausstellte, dass einige von uns ein bisschen weniger »pro« waren als andere.

»Mensch, welcher perverse Trottel kommt überhaupt auf so ein Thema? Ich meine, was haben die gegen Sport? Das klingt ganz nach der Sorte Geseiere, das von dir kommen könnte, Prindababbler.«

Überdies hatten wohl einige von uns einem von uns die keineswegs wohlwollende Rezension eines Gedichts noch nicht ganz verziehen.

»Orazio, das hatten wir doch alles schon einmal«, bemerkte Scobie bemerkenswert geduldig. »Wie ich bereits ausgeführt habe, müssen wir nicht gegen den Sport an sich sein. Alles hat seine positiven und seine negativen Seiten. Schließlich ist das doch nur ein Thema für eine Debatte. Aber unsere *Aufgabe* ist es, uns auf die *möglichen* negativen Aspekte des Sports zu *konzentrieren* und zu zeigen, dass die Sport*besessenheit* Australiens verschiedene Probleme verursachen und verschiedene Gefahren in sich bergen *kann*.«

»Probleme und Gefahren? Was für Probleme und Gefahren?«

»Na, da fallen mir all die Dinge ein, über die wir in den letzten *drei* Treffen gesprochen haben. Zum Beispiel«, sagte Scobie und las von seinen ausführlichen Notizen ab, »Gewalt, Aggression und Glückspiel werden gefördert; es gibt ernsthafte Verletzungen; das Auf-jeden-Fall-gewinnen-Müssen führt zur Einnahme leistungssteigernder Medikamente; die negativen gesundheitlichen Folgen, wenn man eine Nation von Zuschauern wird; zu viele Steuergelder fließen in den Sport statt in wichtige Bereiche wie das Gesundheitswesen oder die Forschung; die Einstellung, dass eher Sportler Helden sind als Wissenschaftler, die doch eigentlich mehr zur Entwicklung der Gesellschaft beitragen.«

Razza kräuselte die Lippen und sah Ignatius an: »Wetten, von dir stammt das letzte Argument. Wer ist dein Held? Der Typ, der den Laborkittel entworfen hat?«

Prindabels Lippen wurden noch schmaler, aber er schwieg.

»Komm schon, Razza«, sagte ich und hoffte, ich könne dafür sorgen, dass wir uns in die richtige Richtung bewegten, »wir müssen uns jetzt wirklich auf die Sache konzentrieren. Die Debatte ist nächste Woche. Wenn wir verlieren, dann sind wir draußen.«

»Ja, eigentlich sollten wir längst durch sein. Oder? Mann, die haben uns so abgezockt. Ich sag's euch, Leute, dieser blöde Schiedsrichter in der letzten Runde muss blind gewesen sein, dass er nicht gesehen hat, dass wir um Längen besser waren als die andere Mannschaft.«

Prindabel hob die Hand und verdrehte sein Gesicht zu einem Fragezeichen: »Blind? Du meinst wohl taub. Wenn er blind gewesen wäre, hätte er dennoch gehört, was die beiden Mannschaften gesagt haben, und hätte ein gültiges Urteil fällen können, nicht wahr? Du hättest sagen müssen: ›Er muss taub gewesen sein.‹ Was du gesagt hast, ergibt keinen Sinn.«

Razza warf ihm über den Tisch hinweg einen finsteren Blick zu: »Weißt du, was ich mir wünsche? Ich wünschte, *du* wärst taub, Prindabel. Dann müsste ich mir nämlich nicht dauern anhören, was du für einen Mist verzapfst.«

»*Ich* taub? Wie sollte das verhindern, dass du mich hörst? Da müsstest schon *du* taub sein? Wenn ich taub wäre, könnte ich trotzdem noch reden, oder etwa nicht? Und du könntest mich immer noch hören, oder? Ich könnte sogar die Gebärdensprache können und mich außerdem auf diese Weise verständigen. Dann müsstest du, wenn du mich nicht hören willst, taub *und* blind zugleich sein.«

Razza beugte sich nach vorn und stieß seinen Stift in Richtung Ignatius: »Weißt du was? Ich habe verstopfte Klos gesehen, die waren nicht so voller Scheiße wie du.«

»Na ja, wenn es um *Scheiße* geht, dann wissen wir ja, wer den Nobelpreis dafür verdient hat«, murmelte Prindabel mit einem überlegenen Lächeln.

»He«, rief Razza und fuhr mit dem Finger durch die Luft, »hast du es schon wieder auf mein Gedicht abgesehen? Ich hab's dir schon mal gesagt, Prindabel, du hast einfach absolut keine Ahnung, du Idiot. Mr Guthrie fand mein Gedicht echt irre. Sag es ihm, Ismael, sag ihm, was Guthrie gesagt hat.«

»Mr Guthrie sagte, Razzas Gedicht sei echt irre.«

»Na also!«

»Ja, aber was er eigentlich meinte ...«

»Okay, lasst uns die ganze Sache vergessen«, unterbrach Scobie. »Das hilft uns nicht dabei, unsere Argumentation zusammenzustellen. Wenn wir auch nur eine klitzekleine Chance haben wollen, die Strawberry Hill zu schlagen, dann müssen wir geschlossen als Mannschaft auftreten. Und ihr kennt ja den alten Spruch ›Es gibt kein *ich* in der Mannschaft‹.«

»Es gibt auch keinen *Freak* in der Mannschaft, also, was hat *er* hier zu suchen?«, sagte Razza und zeigte mit dem Daumen in Prindabels Richtung.

»Orazio, können wir Ignatius nur mal eine Minute lang vergessen?«

»Ich würde ihn gern für immer vergessen.«

»Hör zu, beim letzten Treffen haben wir doch entschieden, dass *du* dich darauf konzentrierst, wie unsere Sportbesessenheit dem Einzelnen schadet, und Ignatius die negativen Effekte der Sportbesessenheit auf Gruppen und die Nation als ganze bearbeitet, oder?«

»Ja ... haben wir wohl.«

»Also ... Hast du auch nur eines deiner Argumente tatsächlich aufgeschrieben, wie du es angekündigt hast?«

»Na ja, ich bin noch nicht *ganz* fertig.«

»Ich habe meine hier, Scobie«, sagte Prindabel und wedelte mit einem Stapel Blätter.

»Bravo, Tolstoi. Warum liest du nicht alles laut vor, und wir schließen Wetten darüber ab, wer als Erster vor Langeweile stirbt?«

»Also, Orazio ... hast du *irgendwas* gemacht?«

»Hör zu, Scobes ... Ich war krank, ja? Und am Montag war ich weg, weißt du noch? Du hast gesehen, in welchem Zustand ich gestern war, und am Wochenende war's noch viel schlimmer. Ich lag die ganze Zeit im Bett. Mein Hals war so zu, dass ich kaum sprechen konnte, und Luft bekam ich auch fast keine. Mensch, es war, als würde in meiner Nase ein internationaler Rotzkongress stattfinden. Was sollte ich machen?«

Prindabel hielt seinen Stift hoch. »Da kommt mir ein *irrer* Gedanke. Vielleicht hättest du deine Erfahrung der Nachwelt erhalten können, indem du noch ein *krankes* Gedicht schreibst. Du hättest es ›Rotz, oder was?!‹ betiteln können.«

Razza warf einen Blick in die Runde am Tisch, wo Bill, Scobie und ich versuchten, ein Lachen zu unterdrücken.

Dann sprang er von seinem Stuhl auf, zog sein Hemd hoch und verrenkte seinen Körper, während er hektisch seine nackte Taille untersuchte.

»Ismael, um Gottes willen, beeil dich! Wird alles wieder gut werden? Bin ich noch ganz? Komme ich durch? Sag es mir. Ich kann die Wahrheit ertragen.«

»Razza, was tust du da?«

»Ich fasse es nicht«, sagte Razza. Er klopfte auf seinen Bauch und befühlte seinen Rücken. »Ein Wunder! Kannst du bestätigen, dass ich nicht krumm und schief bin? Ich war mir fast sicher, dass es mich auseinanderreißen würde – nach dieser *rasend komischen* Bemerkung von Prindabel. Mensch, Ignatius, kannst du uns das nächste Mal warnen, bevor du so einen Heuler loslässt?« Razza setzte sich wieder hin, nicht ohne zuvor Ignatius voller Verachtung einen vernichtenden Blick zuzuwerfen.

»Orazio«, sagte Scobie ruhig, »du musst deine Rede *wirklich* möglichst bald fertig haben.«

»Ja, ja, ich weiß schon. Aber ich kann nicht alles Wort für Wort ausformulieren, okay? Ich möchte nicht zu vorbereitet klingen und vorhersagbar. Nicht wie gewisse andere Leute. Ich möchte gern flexibel sein ... spontan ... vielleicht sogar *interessant*. Ich möchte, dass meine Reden dieses ... diesen ... Überraschungselefanten haben ... Wisst ihr, was ich meine?«

Prindabel setzte sich bolzengerade hin: »Den Überraschungs... was?«

»Den Überraschungs*elefanten*«, sagte Razza mit seiner Kindergartenstimme. »Mensch, Prindabel, rede – ich – zu – schnell – für – dich?«

»Nun, Orazio, ich denke, du wirst dich damit abfinden müssen, dass der korrekte Ausdruck Überraschungs*element* heißt, nicht Elefant.«

»Element?«, höhnte Razza. »Prindabel, ich habe dich davor gewarnt, zu viele Computerchips zu futtern, oder nicht? Du kannst es dir doch selbst erschließen: Stell dir vor, du betrittst ein Zimmer. Was würde dich wohl mehr überraschen, ein Element dort vorzufinden oder einen Elefanten? Du kannst jemanden anrufen, wenn du magst, Leonardo.«

Prindabel hob verzweifelt die Arme. »Wie wäre es, wenn wir das auf der Stelle klären würden?«

»Wie?«

»*Elefantär,* mein lieber Zorzotto – wir stimmen ab. Wer glaubt, dass Orazio recht hat und es ›Überraschungselefant‹ heißen muss?« Prindabel sah jeden von uns prüfend an. »Na, *das* ist jetzt aber eine Überraschung«, sagte er. »Keine Elefanten! Sieht so aus, als hätte die Herde gesprochen, Orazio.«

Razza machte ein Gesicht, als hätten wir ihn betrogen. »Na ja, offensichtlich bin ich einfach ... ihr wisst schon ... ein bisschen kreativer im Umgang mit Sprache ... Ich habe eben einfach eine klischeehafte Ausdrucksweise umgangen. Davon labert doch die Tarango auch dauernd.«

Scobie schaltete sich ein, um Razza vor weiteren Peinlichkeiten zu bewahren. »Da wir offenbar nicht besonders gut vorankommen, schlage ich vor, dass wir die Sitzung für heute schließen und uns nächsten Freitag in der Mittagspause wieder treffen. Hat noch jemand was zu sagen, bevor wir gehen?«

Bill und ich schüttelten die Köpfe, Ignatius dagegen nickte gedankenschwer: »Also, weißt du, was du tun solltest?«, sagte er zu Razza. »Erstens solltest du Scobies Aufzeichnungen nehmen, alle Argumente rausschreiben, die sich auf Einzelpersonen beziehen, und sie vollständig ausformulieren. Und dann solltest du sicherstellen, dass du alle Argumente mit unserem Mannschaftsthema ›Zu viel von einer guten Sache ist schädlich‹ verknüpfen kannst. Wenn du das getan hast, solltest du im Internet die nötigen Zahlen und Fakten ausfindig machen, die du als Beleg für deine Beweisführung brauchst. Ach ja, und weißt du, was du noch tun solltest? Du solltest meine Rede fotokopieren. Auf diese Weise überschneiden sich deine Argumente nicht mit meinen, und zugleich könntest du lernen, wie du alles organisieren und darlegen solltest. Das solltest du tun, Orazio.«

Vor der offiziellen Verabschiedung durch Scobie sagte Razza in nur zwei Worten sehr klar, was Ignatius *seiner* Meinung nach tun sollte.

27
Winzige pinkfarbene Kornkreise

Ich würde die Debatte gegen Strawberry Hill nicht als ausgewachsene Katastrophe bezeichnen. Schließlich wurde nichts zerstört, und niemand kam ums Leben, jedenfalls nicht buchstäblich.

Aber ich vermute, die Warnzeichen waren schon in unseren letzten beiden Debattiertreffen da. Razza und Prindabel weigerten sich, abgesehen von gegenseitigen Beleidigungen oder sarkastischen Bemerkungen, miteinander zu reden. Dann bestanden beide (durch Scobie) darauf, dass die Rede des anderen verändert werden müsse, während sie sich dickköpfig weigerten, auch nur einen Vorschlag zu ihrer Rede anzunehmen.

Das letzte Treffen endete damit, dass Ignatius Razza vorwarf, der »lebende Beweis« dafür zu sein, dass Sport schädlich ist. Offenbar hätten wiederholte Kopfbälle beim Fußballspielen sein Gehirn pulverisiert. Razza feuerte zurück und meinte, Prindabel könne allenfalls als Eckfahne auf ein Spielfeld kommen und selbst dann müsse er noch intensives Krafttraining machen, um sich aufzubauen. An diesem Punkt schlug Scobie vor, es wäre vielleicht besser, wenn Bill oder ich in letzter Minute in die Mannschaft kämen. Sowohl Ignatius als auch Razza stimmten dem voll und ganz zu, solange nicht *sie* ersetzt werden sollten.

Am Abend der Debatte drängten viele Menschen in den Veranstaltungsraum. Strawberry Hill hatte eine große Anhängerschar mitgebracht. Auch sie hatten bislang nur eine Debatte in den Sand gesetzt, sodass für sie jetzt ebenfalls das Motto »Alles oder nichts« galt. Ich saß nervös bei Mum und Prue, Bill und seinen Eltern, Mr Scobie, Mrs Zorzotto und ein paar Neuntklässlern aus dem St Daniel's, die nach einer früheren Debatte dageblieben waren. Dad war nicht dabei, weil er mit seinen Proben eingespannt war, und Miss Tarango konnte nicht kommen, weil sie unsere Mannschaften aus der Achten in eine andere Schule begleitet hatte. Soweit ich mich erinnere, war ich zum ersten Mal in meinem Leben froh, dass sie nicht da war. Ich hatte kein gutes Gefühl.

Die beiden Mannschaften saßen sich gegenüber und warteten darauf, dass der Schiedsrichter das Zeichen zum Start gab. Das Mädchen und die zwei Jungen von der Strawberry Hill saßen dicht nebeneinander, flüsterten kopfnickend miteinander und blätterten gelegentlich nervös ihre Karteikarten durch. Auf der anderen Seite saßen Razza, Scobie und Prindabel mit mürrischen Mienen wie Gäste in der *Jerry Springer Show,* denen man gerade gesagt hat, dass sie alle mit derselben Frau verheiratet wären – und die war ein Mann.

Endlich nickte der Schiedsrichter, und es ging los. Der erste Redner für die Strawberry Hill war ganz passabel, aber ich war mir dennoch sicher, dass Ignatius ihm zumindest das Wasser reichen könnte und unsere Argumentation hieb- und stichfest sein würde. Aber dann trat Prindabel vor, und schon bald nachdem er angefangen hatte zu sprechen, machten sich erste Ungereimtheiten bemerkbar.

Dass sich Ärger anbahnte, wurde deutlich, als er die Argumentation unserer Mannschaft skizzierte. Während er kühn behauptete, dass er als erster Redner seine These »ohne den geringsten Zweifel« beweisen könnte und Scobie als dritter Redner »eine überzeugende, wasserdichte Beweisführung« vorlegen würde, führte er für Razza nur ins Feld, dass »unser zweiter Redner *versuchen* wird, ein *paar* plausible Argumente dafür vorzubringen, warum man ihm glauben sollte«. Ich sah, dass einige im Raum die Stirn runzelten. Am deutlichsten war es auf Razzas Gesicht zu erkennen.

Aber keine Sorge, es sollte noch schlimmer kommen. Die Risse vergrößerten sich auf beunruhigende Weise, als Prindabel unser Thema ankündigte. Es hatte den Anschein, als habe er ohne Rücksprache mit seinen Mannschaftskameraden das Thema, *dass zu viel von einer guten Sache schlecht für einen sein kann*, sehr subtil zu *Sport ist etwas für Versager* verändert. Eine Augenbraue Scobies bäumte sich auf wie ein Ausrufezeichen. Die gegnerische Mannschaft fing an, sich hektisch Notizen zu machen. Und ihnen gegenüber, auf der anderen Seite des Raumes, schrieb – noch hektischer – Orazio Zorzotto.

Aber Ignatius war noch nicht fertig, o nein. Er hatte noch eine letzte Überraschung für uns alle. Es stellte sich heraus, dass er es für eine gute Idee gehalten hatte, seine Argumente für die negativen Aspekte des Sports ausschließlich mit Beispielen aus dem Fußball zu unterfüttern. Es war gerade so, als ob es keinen anderen Sport gäbe. Wir hörten vom Doping im Fußball, von Gewalt und Hooliganismus im Fußball, von ernsthaften Verletzungen, die Fußballspieler erlitten (darunter, wie Prindabel mit mitleidigem Blick auf Razza ausführte, Hirnschäden durch exzessives Kopfballspiel), von übertrieben hohen Einkommen der Fußballstars und schließlich, als Krönung, von Bestechung, Korruption und Spielmanipulationen, die, wie Prindabel das Publikum genüsslich informierte, in italienischen Fußballvereinen, vor allem beim AC Mailand, sehr häufig vorkämen.

Nachdem Ignatius sich wieder auf seinen Platz gesetzt hatte, stieß er seine Karteikarten auf dem Tisch auf, legte den Stapel vorsichtig vor sich hin und schaute starr geradeaus. James Scobie neben ihm saß bewegungslos da wie eine kleine blasse Steinstatue. Auf der anderen Seite von Scobie lehnte Razza sich nach vorn und sah Prindabel mit bohrendem Blick an, als wollte er ihn mit seinen Röntgenaugen zweiteilen. Er verharrte in seiner Haltung, während die nächste Rednerin der Strawberry High an der Reihe war.

Natürlich demontierte sie sofort Prindabels Argumentation und zeigte, wie schmal die thematische Basis der Beispiele war, mit denen er seine Argumente »stützte«. Noch bevor Razza auch nur ein Wort gesagt hatte, lag die Kontra-Mannschaft deutlich in Führung.

Mir war klar, dass wir in Schwierigkeiten waren, aber ich tröstete mich damit, dass eine Debatte eher ein Marathon war als ein Sprint und wir deshalb noch viel Zeit hätten und aufholen könnten. Na ja, das dachte ich, bevor Razza mit seiner Rede an der Reihe war. Als er fertig war, war es mir vollkommen klar, dass die Gegner bereits ins Stadion liefen, während wir noch vier Stadtteile weit entfernt die Touristen nach dem Weg fragten.

Versteht mich nicht falsch. Es lag nicht daran, dass es

Razzas Argumenten an Überzeugungskraft oder Leidenschaft gemangelt hätte. Keineswegs. In vieler Hinsicht war dies wahrscheinlich sein genialster Auftritt. Aber leider schien er viel mehr interessiert daran, Ignatius zu widerlegen als die gegnerische Mannschaft. Während das Team der Strawberry Hill vor Vergnügen geiferte, verteidigte Razza mit einer flammenden Rede den Sport im Allgemeinen und Fußball und den AC Mailand im Besonderen. Nur sehr gelegentlich schaffte er es, fast zufällig auf unsere Seite der Debatte zu driften. Zum Beispiel, wenn er einräumte, dass eine zu große Begeisterung für Sport einige wenige schädliche Nebeneffekte haben könnte, dann aber (mit einem Kopfnicken in Richtung Prindabel) rasch darauf hinwies, dass dies immer noch besser sei, als ein »Mega-Streber« zu sein, »der das Ausblasen der Flamme des Bunsenbrenners als Sport bezeichnet«.

Nachdem Razza wieder Platz genommen hatte, stieß er seine Karteikarten auf dem Tisch auf, legte den Stapel vorsichtig vor sich hin und schaute starr geradeaus. James Scobie neben ihm wickelte ein Gummi um einen großen Stapel seiner sorgfältig vorbereiteten Notizen und warf sie in den Papierkorb unter seinem Tisch. Auf der anderen Seite von Scobie lehnte Prindabel sich nach vorn und sah Razza mit bohrendem Blick an, als wollte er ihn mit seinen Röntgenaugen zweiteilen.

Wie ihr euch denken könnt, hatte der dritte Redner der Strawberry Hill seinen großen Tag. Er gab sich nicht damit zufrieden, mit einem Laster durch die Löcher in unserer Argumentation zu donnern, sondern steuerte völlig mühelos Jumbojets durch sämtliche Nebenwege. Als er fertig war, offenbarte sich die Pro-Argumentation, die von unseren beiden ersten Sprechern dargelegt worden war, als ein wirrer Haufen von Verallgemeinerungen, Ungereimtheiten, Fehlern und Widersprüchen.

Die einzige Herausforderung des dritten Sprechers der gegnerischen Mannschaft bestand darin, all seine exzellenten Argumente vor der Glocke loszuwerden. Er hätte natürlich viel Zeit sparen können, indem er einfach sagt: »Meine Damen und Herren, ich möchte auf zwei grobe Fehler in der Argumentation der gegnerischen Mannschaft hinweisen: ihren ersten Redner und ihren zweiten Redner. Danke.« Das hätte vollkommen ausgereicht.

Alle Augen waren nun auf Scobie gerichtet. Seit Razza seinen Vortrag beendet hatte, schrieb er ohne Unterlass in seiner schnörkeligen, nach links geneigten Schrift akribisch eine leere Karteikarte nach der anderen voll und sah erst auf, als der Vorsitzende seinen Namen aufrief. Da legte er seinen Stift beiseite, sortierte seine Karten und trat ruhig vor das Publikum. »Sehr geehrter Vorsitzender, meine Damen und Herren«, begann er und rückte die Brille auf seiner kleinen Nase zurecht. »Ich will Ihnen deutlich machen, was wir hier heute Abend gehört haben ...«

In den nächsten fünf Minuten gab es nur eine Show in der Stadt, und ihr Star war James Scobie. Ich glaube, keiner der Anwesenden wird diese Rede jemals vergessen. Zunächst sammelte Scobie alle Argumentationsreste aus dem Trümmerhaufen, der übrig geblieben war, nachdem sich Ignatius und Razza mit Handgranaten beworfen hatten. Dann fügte er die Teile so geschickt zusammen, dass sie stark und fest aussahen. Sorgfältig baute er Stück für Stück unsere Argumentation zusammen, bis sogar ich überzeugt war, dass sie solide vor mir stand, obwohl ich wusste, dass sie keinerlei unterstützendes Fundament besaß.

Daraufwandte Scobie seine Aufmerksamkeit dem Gegner zu und begann mit dem Prozess des Rückbaus und des Abrisses. Ruhig und sachlich legte er jeden Konstruktionsfehler dar, jede zweifelhafte Abkürzung, jede strukturelle Schwäche, jede Lücke, jeden Riss und jede mangelhafte handwerkliche Ausführung. Als er fertig war, wollte man dem Gebäude, das vorher sicher und einladend ausgesehen hatte, ein Schild *Vorsicht! Betreten auf eigene Gefahr!* verpassen.

Die Klingel ertönte zum zweiten Mal, als Scobie seine letzten Worte sprach. Sofort brach der Applaus los, begleitete ihn bis zu seinem Platz und dauerte an, als er sich setzte und in den Raum zwischen den beiden Mannschaften starrte. Sogar der Schiedsrichter schüttelte den Kopf und schlug laut die Hände zusammen. James Scobie saß währenddessen da wie ein kleiner Buddha zwischen zwei betreten dreinschauenden Gesichtern. Er war so erschöpft, dass er nicht einmal grimassierte.

In seinem Resümee sagte der Schiedsrichter, Scobies Rede sei das bei Weitem Beste gewesen, was er jemals in einer Debatte der Klassenstufe zehn gehört habe, und vergab daraufhin die höchste Punktzahl, die er in neunjähriger Schiedsrichterzeit je vergeben hatte. Aber auch das reichte nicht. Wir lagen zwei Punkte hinter unserem Gegner. In diesem Jahr würden wir uns nicht im Endrundenruhm sonnen.

Nachdem der Vorsitzende die Debatte offiziell beendet hatte, stürzten sich alle auf Scobie. Sogar die Anhänger der

Strawberry Hill konnten es kaum erwarten, ihm zu gratulieren.

Mum sagte zu Scobie, eines Tages würde er das Land regieren. Scobie lächelte nur und meinte: »Danke, Mrs Leseur, das bezweifle ich.«

Dann machte Mum sich auf, um Mrs Zorzotto einzuholen, aber aus irgendeinem merkwürdigen Grund schaute Scobie weiterhin in den leeren Raum, wo sie gestanden hatte. Es dauerte ein, zwei Sekunden, bis ich begriffen hatte, dass er Prue ansah.

»Ach ... Scobie ... das ist Prue, meine kleine Schwester. Prue, das ist James Scobie ... und das ist Razza ... und das Ignatius.«

Prue umklammerte eine Ausgabe von *Früchte des Zorns*. Sie lächelte die beiden anderen kurz an und wandte sich dann rasch wieder an Scobie: »Du warst einfach brillant«, sagte sie mit vor Erstaunen geweiteten Augen, »und glaub mir, ich weiß, was brillant ist. Schade, dass der Rest deiner Mannschaft nicht in Form war«, sagte sie und erdolchte Razza und Prindabel fast mit ihrem Blick. »Ihr hättet sonst leicht gewinnen können. Aber *deine* Rede ... Ich weiß immer noch nicht, wie du das gemacht hast ... Du warst ... fantastisch.«

Scobie räusperte sich und versuchte dann, seine Brille gerade zu rücken, stieß sie aber versehentlich zur Seite, dass sie von einem Ohr herunterrutschte. Als er sie zurück an Ort und Stelle fummelte, verzog er den Mund von einer Seite zur anderen, und auf seinen Wangen erschienen akkurate kleine Farbflecken wie winzige pinkfarbene Kornkreise.

»Danke ... Es war ... Ich ... äh ... Es ... äh ... Ich ... äh ... Ich ... hmmm«, sagte er.

Neben mir stand der brillanteste Redner, den das St Daniel's Boys College wahrscheinlich je hervorbringen wird – und irgendetwas verwandelte sein Gehirn in Brei.

Sechster Song:

Immerzu

Immerzu
Schau ich dich an
Kannst du mich sehn?
Kannst du mich sehn?

Immerzu
Will ich zu dir
Lässt du mich rein?
Lässt du mich rein?

Immerzu
Möchte ich wissen
Nimmst du mich?
Nimmst du mich?

Immerzu
Denk ich an dich
Immerzu
Immerzu

Aus *Die Seekühe: Wiedervereint & Neu aufgelegt*
Musik & Text: W. Mangan und R. Leseur

28
Hirn-Sex

»Scobie und Prue?«

Razza nickte wissend.

»Scobie ... und Prue?«

»Ich sag's dir, Mann, es hat ihn erwischt, und zwar schlimm.«

Razza und ich schauten beide durch das Klassenzimmer zu Scobie hinüber, der ruhig dasaß und darauf wartete, dass Miss Tarango zur Klassenlehrerstunde kam.

»Scobie und *Prue?*«

»Du warst doch gestern Abend dabei, oder nicht? Du hast doch gehört, wie er versucht hat, mit ihr zu sprechen, oder nicht? Gar nicht zu reden davon, wie er aussah. Du musst das gesehen haben. Wie ich gesagt habe, das Spiel ist aus, Mann.«

»Aber ... Prue ist ... ein *Kind.*«

»Ein Kind? Sie ist nur ein Jahr jünger als du ... und, Alter, hast du sie in letzter Zeit mal genauer angesehen?«

»Nein!«

»Also, vielleicht solltest du mal ... Ich weiß, wovon ich rede, ich habe es nämlich gestern getan«, sagte Razza und hob rasch beide Hände, als er den Ausdruck auf meinem Gesicht sah. »He, so was mache ich eben. Egal, was ich sagen will, ist Folgendes: Wenn du ein bisschen aufmerksamer gewesen wärst, dann hättest du vielleicht bemerkt, dass sich an deiner *kleinen* Prudles interessante *bauliche Veränderungen* und *Erweiterungen* vollzogen haben, wenn du mir folgen kannst.«

Ich konnte ihm folgen, aber ich war mir nicht sicher, ob ich ihm wirklich folgen wollte.

»Außerdem sind die Mädels angeblich früher reif als wir Jungs ... Kaum zu glauben«, sagte Razza, verbog eine Büroklammer so, dass ein Drahtende senkrecht nach oben abstand, und platzierte sie vorsichtig auf Donny Garbolos Stuhl. »Und vergiss nicht, sie ist ein Genie und so weiter, das macht sie eigentlich auch noch mal älter. Weißt du, Mann, ich glaube, genau das ist es: das Zusammentreffen von zwei klugen Köpfen. Also, an deiner Stelle würde ich mir keine Sorgen machen, dass der Scobster und die Pruester eine heiße Nummer abziehen. Wahrscheinlich wollen sie nur zusammen in einer Enzyklopädie lesen oder gemeinsam eine Wissensshow gucken oder miteinander Algebra-Aufgaben lösen. Wie so eine Art ... Hirn-Sex.«

An diesem Punkt wurden wir davon unterbrochen, dass Donny Garbolo eine beeindruckende Menge an Schimpfwörtern versprühte, während er sich eine Büroklammer aus dem Hintern operierte.

Razza sah ihn böse an: »Würde es dir was ausmachen, dich auf ein dumpfes Knurren zu beschränken, Junge? Wir versuchen hier, ein ernsthaftes Gespräch zu führen.«

Donny Garbolos Augenbrauen zogen sich eng zusammen, und er hielt die Büroklammer hoch. Razza wandte sich an die umstehenden Jungen und erklärte ihnen mit ernster Miene, es werde langsam Zeit, dass einige hier erwachsen würden. Donny musterte jeden Einzelnen wie bei einer polizeilichen Gegenüberstellung. Dann überprüfte er sorgfältig die Sitzfläche seines Stuhls und setzte sich vorsichtig hin.

»Also, egal ... wie ich schon sagte, bevor ich auf so grobe Weise unterbrochen wurde: Scobes ist definitiv weg, vollkommen verloren. Ganz klarer Fall. Ja, sieht für mich ganz so aus, als hätte Scobie-Baby seine große Liebe Prue gefunden.«

Während Razza neben mir selig vor sich hin kicherte, zerfiel vor meinem geistigen Auge eine Welt, von der ich geglaubt hatte, ich kennte sie. Was ging hier vor? Es gab niemanden mehr, dem man vertrauen konnte. Zuerst verhielt Barry Bagsley sich fast wie ein Mensch, dann schloss sich mein eigener Vater den Truppen der lebenden Toten an, und jetzt verkümmerte der logisch denkende, immer Herr-der-Lage- und niemals um Worte verlegene Scobie zu einem brabbelnden Haufen von Hormonen und wollte Hirn-Sex mit meiner kleinen Schwester. Langsam kriegte ich es mit der Angst zu tun.

Dumpfe Schläge neben mir unterbrachen meinen Gedankenstrom. Ich schaute hinüber zu Razza, der mit vorgeschobenen Lippen und zusammengekniffenen Augen wie ein Wilder auf sein Pult trommelte. Sein Kopf wackelte hin und her, als ob sein Hals aus Gummi bestünde. Immer wieder schlug er auf ein imaginäres Becken. Ich lächelte in mich hinein. Gut zu wissen, dass wenigstens ein *paar* Leute immer die blieben, die sie gewesen waren.

»He, ich hab's fast vergessen«, sagte Razza, ohne einen Schlag auszulassen. »Billy Boy meinte, wir könnten morgen ins Kino gehen und uns die neue Folge von der *Suche des Sternenkriegers* anschauen. Wie heißt der Streifen noch mal?«

»*Die Suche des Sternenkriegers: Die letzte Hürde.*«

»Ach, wie nett, *die zerfetzte Bürde*.«

Ja, manche Menschen würden sich nie ändern.

»Egal, kommst du mit?«

»Klar.«

»Gut, Bilbo ruft mich heute Abend an, um die Details zu klären. Ich melde mich dann bei dir.«

»Super!«

»Cool!«

Als ich an diesem Abend mit meiner Familie bei unserem üblichen freitäglichen Video-Marathon vor dem Fernseher saß und mich mit Fisch und Pommes vollstopfte, musste ich daran denken, was Razza über Prue gesagt hatte, und beschloss, mir selbst ein Bild zu machen. Eines fiel mir sofort auf: Sie interessierte sich sehr viel mehr für die St-Daniel's-Schulzeitung vom letzten Jahr als für den Film. Und noch etwas, eigentlich eher zwei Dinge waren sehr offensichtlich. Vermutlich hatte Razza recht. Vielleicht war meine kleine Schwester Prue gar nicht mehr so klein.

Ich verlagerte meine Aufmerksamkeit von Prue auf meinen Vater. Normalerweise riss er Witze darüber, was im Fernsehen gezeigt wurde, oder er erfand eigene Dialoge für die Figuren auf der Mattscheibe. Nicht heute Abend. Heute Abend kaute er nur langsam an einem Kartoffelstäbchen und starrte in den Raum, als wäre er auf ein anderes Programm eingestellt. Bei meiner Mutter sah es nicht besser aus.

Was ging hier vor?

Ich sage euch, es war eine Erlösung, als das Telefon endlich klingelte. »Das ist für mich«, rief ich, sprang über den Couchtisch und rannte in den Flur. Ich war froh, dem Wohnzimmer entronnen zu sein. Und ich freute mich darauf, mit dem einzigen Menschen, den ich kannte, zu sprechen, der niemals verrückt wird.

Ich riss das Telefon von der Station, rief in den Hörer: »Ismael hier«, und war darauf gefasst, Razzas unverwechselbares Schnellfeuer durch die Leitung knattern zu hören.

»Ismael?«, sagte eine zarte Stimme. »Hallo, hier ist Kelly Faulkner.«

29
Ein Örtchen fürs Flirtchen

»Irre, Mann! Glaubst du mir jetzt? Sie lechzt nach dir, Mann! Und, war sie wieder nackt?«

Ich hatte das Telefonat mit Kelly Faulkner gerade beendet, als Razza anrief.

»Nein, sie war nicht nackt, OKAY?«

»Dann erzähl mir ganz genau, was sie gesagt hat!«

»Ihre Debattiermannschaft ist im Finale. Sie hat gehört, dass wir rausgeflogen sind, und wollte wissen, ob wir beide ihr und ihrer Mannschaft bei der Vorbereitung auf die Runde mit dem geheimen Thema im nächsten Halbjahr helfen könnten. Wir hätten das ja alles schon einmal erlebt.

Wir könnten uns am zweiten Ferienwochenende bei Sally treffen. Ach ja, und dann sagte sie noch, dass Sallys Vater ganz hinten im Filter des Pools eine Sirupflasche gefunden hätte.«

»Genial! Ich habe keine Sekunde an dir gezweifelt, Mann. Du weißt, was das heißt, oder? Sie will dich, Mann! Sie will dich!«

Auch wenn ich total glücklich darüber war, dass Kelly mich nach der Katastrophenparty angerufen hatte, so war ich doch entschlossen, nicht zu viel in die Sache hineinzulesen.

»Razza, es ging ums Debattieren.«

»Ums Debattieren? Ums Debattieren? Mann, ich kann's nicht fassen. Du bist nicht nur der Typ, für den das Glas immer halb leer ist, was? Für dich ist das Glas halb leer, und wahrscheinlich liegt noch eine tote Kakerlake drin. Mensch, Ismael. Sie hat dich angerufen. Hast du gehört, was ich gesagt habe? *Sie* hat *dich* angerufen. Was muss sie noch tun? Dir einen Knüppel über den Kopf ziehen und dich in eine Höhle schleppen? Denk doch mal darüber nach: Zuerst lädt sie dich zu Sallys Party ein, und jetzt lädt sie dich ein, ihr beim Debattieren zu helfen. Offensichtlicher geht's doch gar nicht. Alter, es geht *nicht* ums Debattieren. Diese Debattiergeschichte ist doch nur Show. Eine Fassade, ein Schwindel, ein Vorwand. Es geht darum, wie es mit dir und ihr weitergeht.«

»Das weißt du nicht sicher. Vielleicht will sie wirklich nur die Debatte gewinnen.«

»Okay, okay, nehmen wir einfach an, dass das wahr ist. Dann erkläre mir, warum sie, von allen Menschen, ausgerechnet uns um Hilfe bittet? Nimm's mir nicht übel, Kumpel, aber man kann uns nicht gerade als die Michael Jordans des Debattierens bezeichnen, oder?«

»Aber denk an unsere Erfahrung mit dem geheimen Thema!«

»Du meinst unsere Erfahrung mit dem *Verlieren?*«

»Aber wir haben uns gut geschlagen. Immerhin haben wir *fast* gewonnen. Außerdem spielt das keine Rolle. Wir haben alles erlebt. Wir können ihnen auch so sagen, wie es ist, oder?«

»Ja, vielleicht. Aber wenn *du* wirklich Hilfe beim Debattieren bräuchtest, zu wem würdest du gehen?«

Das war einfach. »Scobie.«

»Na klar. Jeder weiß, dass Scobie mit einer Meile Abstand der beste Debattierer in der Gegend ist, stimmt's? Bei ihrer Party hat Sally sogar gesagt, dass sie von den anderen Mannschaften alles über ihn gehört hätten. Und ich frage dich: Kam es dir so vor, als wäre Kelly superscharf darauf, dass Scobie mitkommt?«

»Also ... nein ... eigentlich nicht. Sie hat hauptsächlich von dir und mir gesprochen ... aber ...«

»Meine Damen und Herren Geschworenen, damit schließe ich mein Plädoyer ab.«

»Aber vielleicht denkt sie, dass er mitkommt.«

»Ja, vielleicht. *Aber* wenn es nur ums Debattieren ginge, wenn sie *wirklich* nur gewinnen wollte und sonst nichts, dann würde sie *sicher*stellen, dass Scobie dabei ist, oder? Scobie wäre ihre Priorität Numero Uno. Aber, Alter, ich sage dir, sie hat ihr Auge nicht auf Scobie geworfen. Sie ist hinter *dir* her.«

Ich wollte Razza glauben. Ich wollte es wirklich, aber es erschien mir einfach nicht möglich. Kelly Faulkner sollte mich wollen? Das war ungefähr so wahrscheinlich wie eine Liaison von Schneewittchen mit Rumpelstilzchen.

»Vertrau mir, Mann – habe ich mich je geirrt?«

Auch das war einfach. »Ja, x-mal.«

»Aber in letzter Zeit?«

»Haha. Du hast gesagt, Bagsley würde niemals in der Schule zuschlagen. Aber er hat mir die Lichter ausgeblasen, und zwar mitten in unserem Klassenzimmer.«

»Wenn du auf jedem winzigen Detail rumreiten willst, dann mach ich mich vom Acker. Aber du wirst schon sehen. Kelly hat dich wegen irgendwas auf dem Kieker, okay, aber es ist nicht das Debattieren.«

In der nächsten Woche erzählte ich trotz Razzas Protesten den anderen in der Mannschaft von Kellys Anruf und fragte, ob jemand mitkommen wolle. Bill war offensichtlich nicht sehr erpicht darauf, und Prindabel wollte an dem fraglichen Wochenende mit seiner Familie wegfahren. Scobie hatte Zeit, und ich überzeugte ihn, dass er uns begleiten müsse, damit wenigstens einer dabei wäre, der wirklich wusste, worum es ging.

Razza schien sich wegen der zusätzlichen Begleitung keinen großen Kopf zu machen. »Na ja, weißt du, vielleicht ist es ganz gut, wenn der Scobster mitkommt, er kann die anderen Mädels ablenken.«

Dann boxte er mich in die Rippen und zog rasch hintereinander ein paarmal die Augenbrauen hoch. »Dann haben du und das große K vielleicht ein stilles Örtchen fürs Flirtchen.«

30
Carpet dinkum – Quetsch den Tag aus

Bevor wir zu Sally gingen, trafen wir uns bei mir. Meine Mutter wollte uns mit dem Auto hinbringen und am Nachmittag wieder abholen. Razza und Scobie kamen schon früh.

»Also das ist dein Zimmer, Ismael. Hier läuft immer die ganze Action? In der Leseur-Höhle. Mann, sieht ganz schön wild aus.«

(Da ihr mein Zimmer nicht sehen könnt, überrascht es euch vielleicht, dass Razza gerade einen richtig sarkastischen Ton angeschlagen hat.)

Wahrscheinlich habe ich vorher nie wirklich darüber nachgedacht, aber ich musste zugeben, dass mein Zimmer recht schlicht eingerichtet war. Die Wände waren praktisch leer, bis auf ein peinliches altes Poster von *Findet Nemo,* das mein Vater für mich aufgehängt hatte, als ich klein war. Razza betrachtete es eingehend.

»Mensch, ich hoffe, sie finden den kleinen Kerl bald. Wie lange geht das nun schon?«

Ich setzte mich neben Scobie aufs Bett, während Razza seine Tour durch mein Zimmer fortsetzte. In einer Ecke entdeckte er ein paar Plastikkisten mit altem Spielzeug, das ich seit Jahren nicht mehr angerührt hatte. Er griff in eine Kiste und zog eine schlaffe Snoopy-Puppe heraus. »Abgefahren«, sagte er, bevor er sie wieder fallen ließ und sein Blick ein letztes Mal durch das Zimmer schweifte.

»Deine Eltern sterben wahrscheinlich fast vor Sorge um dich, was, Alter? Erstarren vor Angst, dass du dich auf Heavy Metal, Satanisten, harte Drogen oder so einlassen könntest?«

Ich antwortete nicht. Ich war nur froh, dass ich Mum letztes Jahr überredet hatte, meine Decke mit Thomas, der kleinen Lokomotive, wegzuräumen.

Dann pflückte Razza etwas aus dem Regal über meinem Schreibtisch. »He, was ist denn das, Mann?«, sagte er und hielt eine Seekühe-Kassette hoch.

»Das ist die Band von meinem Vater – als er an der Uni war.«

»Wahnsinn! Dein Vater war in einer Band. Cool! Haben sie ein Album aufgenommen? Geil! Wie ist es? Taugt es was?«

»Ja, nicht schlecht. Mir gefällt's.«

Es gefiel mir tatsächlich. Vor zwei Monaten hatten Mum, Prue und ich meinem Vater dabei zugesehen, wie er einen eingeschweißten Karton öffnete, den er in einem Schrank in der Abstellkammer ausgegraben hatte. Darin waren übrig gebliebene Kassetten und Schallplattenalben der ersten und einzigen Aufnahme der Seekühe. Ich hatte meinem Vater zu Hause schon mal beim Spielen zugeschaut, aber es war trotzdem komisch, ihn als dünnere Ausgabe zusammen mit der übrigen Band auf dem Cover eines Albums zu sehen. Und noch komischer war es, sich vorzustellen, wie er auf einer Bühne herumhopste. Die Art und Weise, wie er sich verhielt, seit er dem Comeback zugestimmt hatte – irgendwie still und verängstigt –, warf in mir die Frage auf, ob er das immer noch konnte. Vermutlich fragte er sich das auch.

»Mann, das ist ja echt cool«, sagte Razza und drehte die Kassette in seiner Hand um. »Mal abgesehen vom Namen, natürlich. *Seekühe,* was soll das sein? Kühe, die an einem See leben?«

»Du darfst nicht immer alles so wörtlich nehmen, Razza«, sagte Scobie. »*Maniola jurtinia,* das große Ochsenauge, ist auch nicht das Auge eines Ochsen, sondern ein Schmetterling aus der Familie der Satyridae. Bei uns in Australien kommt er allerdings nicht vor.«

Razza und ich sahen ihn mit identischer Bewunderung an.

Scobie erwiderte blinzelnd unseren Blick.

»Mein Vater ist Entomologe. Dieser Schmetterling ist durchaus bekannt.«

»Das glaube ich dir sofort. Und was ist mit der Seekuh?«

»Also, die Seekuh«, erklärte ich, »die Seekuh gehört zur Überordnung der *Afrotheria*, ist aber merkwürdigerweise näher mit dem Elefanten verwandt. Lebt im Meer, ist ein Pflanzenfresser, sieht schlecht, kann aber exzellent hören, erinnert ein bisschen an einen aufgedunsenen Seehund.«

Razza übertrug den bewundernden Blick auf mich. »Sag's nicht. Dein Vater ist Meeresbiologe. Richtig?«

»Falsch – Versicherungsvertreter. Ich hab das beim Googeln des Bandnamens rausgefunden.«

»Also, lass mal sehen ... Die Band deines Vaters heißt nach einem fetten, blinden, unter Wasser lebenden, elefantenartigen Ding, das sich mit Seegras vollstopft«, sagte Razza. »Mann, das ist Rock 'n' Roll.«

»Vielleicht gab es dort, wo er aufwuchs, Seekühe. Aber

egal, was den Bandnamen betrifft, so ist das ›Die‹ entscheidend.«

»Das ›Die‹?«

»Ja, Dad hält gern einen Vortrag darüber, dass all die wirklich großen Gruppen der Vergangenheit allesamt *Die* irgendwas hießen. Du weißt schon, *Die* Beatles, *Die* Rolling Stones ...«

»*Die* Wiggles«, fiel Razza ein. »Dann erzähl mal von *Die Seekühe*«, sagte er und hielt die Kassette hoch. »Was war mit denen?«

Also erzählte ich Razza und Scobie alles über die Band und das große Wiedervereinigungskonzert Ende des Jahres. Als ich fertig war, klopfte Razza mit der Kassette leicht gegen seine Hand. »Besteht die Chance, die mal auszuleihen, damit ich sie mir anhören kann?«

»Klar, kein Problem.«

»Geil, Mann, danke«, sagte Razza und steckte die Kassette in seine Jackentasche. Als er die Begehung meines Zimmers dann endlich abgeschlossen hatte, wandte er seine Aufmerksamkeit Scobie zu, der auf dem Bett saß. Seine Füße baumelten wenige Zentimeter über dem Teppich. »He, Scobie-Baby, du siehst heute ganz schön scharf aus, Mann. Das ist nicht zufällig ein neues Hemd, oder? Haben wir uns heute aus irgendeinem Grund besonders fein gemacht?«

Scobie sah Razza verständnislos an.

»Hat doch nicht etwa was mit der scharfen Schwester einer gewissen Person zu tun, oder?«

Wieder schwieg Scobie.

»Apropos scharfe Schwestern, wo *ist* eigentlich Prue?«

»Mit Mum beim Einkaufen. Sie sind bestimmt bald wieder da.«

»Also, Scobes, Kamerad, soll ich dir einen Rat geben?«

»Merkwürdigerweise, nein.«

Diese Antwort überraschte mich nicht, denn viele Menschen erhielten zwar regelmäßig gute Ratschläge von Razza, aber ich habe noch nie jemanden kennengelernt, der sie tatsächlich *gewollt* oder gar um sie *gebeten* hätte. Aber das störte Razza natürlich nicht im Geringsten.

»Du musst die Gelegenheit beim Schopfe packen. Weißt du, was ich meine? Wie in dem *Tote-Dichter*-Streifen, den die Tarango uns gezeigt hat. Da sagt dieser Lehrer auch dauernd: *Carpet dinkum – Quetsch den Tag aus.* Ich sag dir, was du tun musst, um bei Prue zu punkten. Sag ihr, wie scharf und geil sie ist, ja? Die Mädels lieben Komplimente, also trag dick auf. Ach ja ... es ist echt wichtig, ehrlich zu sein, auch wenn du es nicht wirklich meinst.«

Scobies Mund verzog sich von einer Seite zur anderen und dann nach unten, aber er schwieg beharrlich.

»Mach, was du willst. Ich wollte dir ja nur helfen.« Damit begann Razza in den Spielzeugkisten zu wühlen. Dabei summte er – gerade noch so laut, dass Scobie es hören konnte: *Alles, was ich will, bist du, meine Prue. Scobes kann nicht von ihr lassen, er will sie nur umfassen,* bis etwas Wichtigeres ihn ablenkte.

»He, das ist ja genial! Piraten-Lego!«

Zehn Minuten später baute Razza glücklich an einer eindrucksvollen Pirateninsel, und Scobie blätterte in Dads alter *Moby Dick*-Ausgabe. Da stürmte Prue herein.

»He, Ismi, schau mal die Ohrringe, die Mum mir gekauft

hat! Sind die nicht ...« Sie blieb wie angewurzelt stehen, als sie Razza und Scobie gewahr wurde. »Ups, ’tschuldigung.«

»Hi, Prudles«, sagte Razza mit einem blöden Lächeln. »Erinnerst du dich noch an mich, Razza? Ich habe bei der Debatte mitgemacht.«

»Ja, klar«, sagte Prue mit einem süßen Lächeln. »Auf welcher Seite warst du noch mal? Es war *echt* schwer zu erkennen.«

Razza warf die Arme nach oben. »Mensch, da macht man einen *winzigen* Fehler, und dann muss man es sein Leben lang büßen.«

Prue lachte und strich sich die Haare hinter die Ohren. In diesem Moment fiel mir noch etwas an Prue auf, als sie da in ihrem knappen Tank-Top und karierten Shorts vor Scobie stand. Sie war nicht mehr so ausgesprochen geradlinig wie sonst.

»Hallo, James«, sagte sie mit honigsüßer Stimme (noch eine Neuerung).

Scobie feuerte ein Halloween-Kürbis-Grinsen zurück und murmelte, als hätte er den Mund voller Superklebstoff.

Prue fummelte an ihrem Ohrläppchen herum. »Also ... dann geh’ ich mal lieber. Ich hab noch zu tun ... wisst ihr ... Bücher lesen und Meerschweinchen füttern.«

Aber bevor sie eine Bewegung machen konnte, griff Razza ein.

»Na, Prue, du hast neue Ohrringe, was? Süß! Lass sehen. Mann, die sehen an dir *so* geil aus! Was meinst du, Scobes? Meinst du nicht auch, dass Prues neue Ohrringe geil sind? Findest du nicht, dass sie mit ihnen wunderschön aussieht?«

Alle Augen richteten sich auf Scobie, der sich voll und ganz auf Razza konzentrierte. Dann drehte er sich steif zu meiner kleinen Schwester hin. Sie lächelte ihn an und schaute dann rasch weg. Scobie sagte nichts. Razza stieß ein nervöses Lachen aus.

»Komm, Scobes, lass uns nicht warten. Meinst du nicht, dass Prue mit den neuen Ohrringen wunderschön aussieht?«

Scobie blinzelte. »Eigentlich nicht ... nein.«

Razzas Augen explodierten wie Atompilze, und Prues Lächeln schmolz dahin wie die polaren Eiskappen.

»W... was? Er ... er macht nur Spaß«, sagte Razza und wirbelte zu Prue herum. »Der alte Scobster ist einfach *immer* zu Scherzen aufgelegt. Mann, manchmal macht er mich richtig fertig! Komm, Alter«, sagte er und wandte sich wieder Scobie zu, »hör auf, uns hier auf den Arm zu nehmen, und sei einmal ernst, okay? Sag uns jetzt die Wahrheit.« Dann sagte Razza ganz langsam und bedächtig, als würde er einen Zeugen des Gegners vernehmen: »Meinst du nicht ... dass die Ohrringe ... Prue ... wundervoll aussehen lassen?«

Scobie erwiderte Razzas Blick ruhig und gelassen. »Nein. Nein, ich meine nicht, dass die Ohrringe ... Prue ... wundervoll aussehen lassen.«

Razza stand mit dem Rücken zu Prue, aber vom Bett aus konnte ich sehen, dass seine Kinnlade herunterklappte und sein Blick vor Fassungslosigkeit ganz starr wurde. Ich betrachtete meine Schwester. Ihre Miene sah aus wie Razzas – nur zeigte sich bei ihr ein bisschen weniger Fassungslosigkeit und ein bisschen mehr Schmerz. Auch ich konnte kaum glauben, was ich da gehört hatte.

Aber Scobie war noch nicht fertig. Wir hätten wissen müssen, dass er immer das letzte Wort hatte.

»Nein«, sagte er. »Ich meine ... dass *Prue* ... *sie* wundervoll aussehen lässt.«

Danach herrschte einige Sekunden lang absolute Stille, dann stieß Prue einen Laut aus, der sich halb nach Husten und halb nach Kichern anhörte, und zeigte mit dem Finger über die Schulter.

»Also, ich ... ähm ... ich sollte ... ich muss ... ihr wisst schon ... hab noch was zu tun ... die Meerschweinchen büchern und das Futter lesen.«

Sie starrte einen Augenblick ausdruckslos vor sich hin und ging dann verlegen rückwärts zur Tür hinaus. Im nächsten Augenblick tauchte sie wieder auf. »Ich hab da was durcheinandergebracht«, sagte sie mit großartiger Gelassenheit. »Natürlich wollte ich sagen, dass ich die Bücher füttern und die Meerschweinchen lesen muss.«

Dann lächelte sie, runzelte die Stirn, errötete, kicherte und errötete in rascher Folge, wirbelte herum und hüpfte die Treppe hinunter.

Wir saßen da wie drei Crashtest-Puppen – bewegungslos und leicht overdressed.

Dann schwebte Razza wie ein Schlafwandler durch das Zimmer und setzte sich neben mich auf das Bett. Ein paar Augenblicke lang schaute er in stiller Bewunderung zu Scobie auf. Schließlich begann er zu reden. »Neige dein Haupt, Ismael«, wisperte er. »Wir befinden uns in der Gegenwart wahrer Größe.«

31
Das Mädel, das in das Haus einbricht

Als wir bei den Nofkes angekommen waren, sagte Sally, dass die drei anderen Mädchen aus dem Team später kommen würden. Mir war das egal. Kelly war da, und sie hatte ihre Haare zu einem kurzen Pferdeschwanz zusammengebunden. Sie sah so süß aus, dass es eine Qual war.

Nachdem wir Scobie vorgestellt hatten, führten Sally und Kelly uns ins Wohnzimmer, wo Sallys kleine Schwester Sophie auf dem Boden saß und ein Märchenbuch an den Bauch drückte. Neben ihr spielte ein nur wenig älterer Junge mit einem Gameboy. Sophie schaute zu mir auf, und ihre Miene verdunkelte sich. Ich fürchte, sie hatte mir noch nicht ganz verziehen, dass ich sie in das Pool-Pinkel-Fiasko hineingezogen hatte.

»James, das sind meine kleine Schwester Sophie und mein kleiner Bruder Jeremy. Ismael und Razza habt ihr zwei ja schon bei meiner Party kennengelernt. Aber jetzt müsst ihr hier verschwinden. Wir müssen an unserer Debatte arbeiten.«

Sophies Mund klappte auf wie ein M&M-Spender: »Aber du muss mir eine Desichte vorlesen. Du hat es desagt.«

»Ich weiß, Soph, aber ich kann jetzt nicht. Wir müssen arbeiten, und Kelly und ich müssen noch die Brote fertig schmieren. Aber Mum und Dad sind bald zurück, dann kannst du sie fragen.«

»Ich will aber, dass du liest. Du hast es desagt.«

»Wie wär's, wenn ich dir heute Abend ganz viele Geschichten vorlese? Einverstanden?«

»Aber du hast desagt, dass du jetzt dleich liest!«

Sally wirkte verwirrt. »Soph, Süße ... komm ...«

»*Ich* lese dir dleich was vor.«

Alle schauten Razza an.

»Nein, das brauchst du nicht«, sagte Sally.

»Mir macht das nichts aus, wirklich nicht. Ich lese vor, und ihr schmiert die Brote.«

»Ich fürchte, du weißt nicht, auf was du dich da einlässt. Sophie ist ziemlich ... pingelig. Sie kann ihre Lieblingsgeschichten auswendig. Sie erwischt dich, wenn du versuchst, etwas wegzulassen.«

»Genial. Kein Problem. Ich habe eine Million kleiner Cousinen. Ich bin der geborene Vorleser.«

Sally kniete sich neben ihre kleine Schwester. »Was meinst du, Soph? Ist es in Ordnung, wenn Razza dir die Geschichte vorliest?«

Sophie sah misstrauisch zu Razza hinauf. »Ich kenne mein ABC«, sagte sie.

»Nur ABC? Das ist ja gar nichts«, konterte Razza. »Ich bin einmal bis K gekommen, ohne zu schummeln!«

Sally verbarg mit der Hand ein Lächeln, Kelly verdrehte ihre schönen Augen. Sophie starrte Razza nur eine Weile an, dann stand sie auf und kletterte auf das Sofa.

»Super!«, sagte Razza. »Was lesen wir?«

Sophie hielt das Buch hoch. Es war *Goldlöckchen und die drei Bären.* »Geil ... das Mädel, das in das Haus einbricht! Ein Klassiker!«

»Also, wenn ihr miteinander klarkommt, dann kümmern Kel und ich uns darum, dass wir was zu essen kriegen.«

Wir kamen miteinander klar. Die Mädchen verschwanden in der Küche, und Scobie und ich setzten uns in die zwei Sessel gegenüber von Razza und Sophie.

»Willst du auch zuhören?«, fragte Razza Jeremy, der die Lippen kräuselte und beleidigt aussah bei dem Vorschlag, er könne auch nur in Betracht ziehen, sich *Goldlöckchen* vorlesen zu lassen.

»Mach, was du willst, Kleiner. Also, dann wollen wir die Show mal auf die Bühne bringen. Und keine Sorge, Soph. Ich lese für mein Leben gern. Ich habe alles unter Kontrolle.«

Razza nahm von Sophie das Buch entgegen, zwinkerte ihr zu und schlug es zuversichtlich auf. Dann schaute er blinzelnd auf die Seite vor ihm, und auf seiner Miene machte sich Verwirrung breit. Schließlich sog er scharf die Luft ein und schlug sich mit der flachen Hand gegen die Stirn. »Ach so«, sagte er zungenschnalzend und drehte das Buch um hundertachtzig Grad, sodass er es richtigherum in der Hand hielt.

Sophie sah ihm voller Entsetzen zu. Jeremy spähte über den Bildschirm seines Gameboys.

Razza fuhr fort: »Also gut, jetzt geht's los. Bist du bereit? Mal sehen«, sagte er und räusperte sich laut. *»Die Abenteuer von Pinklöckchen und den drei …«*

»Nei-i-i-i-in!«

Sophie sah empört aus.

»Was ist denn?«

»Du hast *Pink*löckchen desagt. Es heißt nicht *Pink*löckchen. Es heißt *Gold*löckchen.«

»Bist du sicher?«, sagte Razza und hielt das Buch dicht vor seine Augen.

»Oh, tatsächlich ... ja ... du hast recht ... Da steht's ... Goldlöckchen. Muss am Licht liegen, und dann bin ich auch noch ein bisschen farbenblind. Das macht die Sache auch nicht besser. Tut mir leid, Chef. Von jetzt an keine Fehler mehr.«

Scobie und ich sahen uns an. Jeremy ließ den Gameboy auf seinen Schoß sinken. Sophie beäugte Razza, als ob er ein gefährlicher Verbrecher wäre.

»Okay. Lass uns noch einmal neu anfangen, und diesmal richtig. Jeder hat das Recht auf einen Fehler.« Erneutes übertriebenes Räuspern und dann ... *»Die Abenteuer von Goldlöckchen ... und den drei Bieren.«*

»Bären!«, kreischte Sophie.

»Wo?«, schrie Razza und sprang vom Sofa auf.

Sophie ignorierte ihren kichernden Bruder und stieß ihren Zeigefinger auf die Seite. »In der *Desichte*. Es sind drei *Bären*, nicht *Biere*. Du hast *wieder* einen Fehler demacht.«

»Puh, Glück gehabt«, sagte Razza und setzte sich wieder neben Sophie. »Und ich dachte schon, die Grizzlys würden auf uns losgehen. Egal, gut, dass es keine Biere sind. Das Mädel ist viel zu jung für Alkohol. Vergiss nicht, Soph: Onkel Razz sagt, wenn du Alkohol trinkst und in das Haus eines Bären eindringst, dann bist du ein verdammter Idiot, verstanden?«

Jeremy lachte laut auf und rutschte auf dem Hintern über den Teppich näher heran. Sophie dagegen verschränkte die Arme vor der Brust und zog mit wütendem Stirnrunzeln die Augenbrauen zusammen: »Mach es lichtig.«

Razza hob die Hände. »Tut mir leid, der Druck macht mir

zu schaffen, und ich gebe zu … ich habe geschwächelt. Aber jetzt krieg ich es richtig hin. Versprochen.«

Sophie verzog keine Miene.

Razza sah Jeremy ängstlich an und tat so, als ob er an seinen Nägeln kauen würde. Dann versuchte er, das Buch aufzunehmen, aber seine Hände zitterten so sehr, dass er es flach auf den Schoß pressen musste. Jeremy ließ sich nach hinten auf den Boden fallen und hielt sich den Bauch vor Lachen. Razza holte tief Luft und atmete dann ganz langsam aus, als ob er sich auf einen Weltrekordversuch im Reißen und Stoßen vorbereitete. Er fing an zu lesen:

»Die Abenteuer von … *Gold*löckchen …«

Razza zog die Augenbrauen hoch und sah Sophie an, die einmal nickte.

»… und den drei … *Bären.*«

Razza schaute wieder fragend, und Sophie nickte ein zweites Mal. Razza lächelte und machte zuversichtlich weiter. »Es war zweimal ein kleines Mädchen, das hieß Goldlöckchen. Eines Tages …«

»Nei-i-i-i-i-n!« Sophie ließ ein sirenenartiges Geheul ertönen, das zum Ende hin in ein Kichern überging. »Es heißt einmal – es war einmal, nicht *zwei*mal. Du hast *zweimal* desagt!«

»Nur einmal?«, meinte Razza angewidert. »Mensch, ihr blecht ein Heidengeld für diese Bücher, und dann geben sie euch nur ein ›einmal‹. Was für eine Abzocke! Das ist Betrug. Ich habe nicht übel Lust …« Razza hielt inne und wandte sich an Sophie, die sich verzweifelt bemühte, ihre finstere Schulmeistermiene beizubehalten. Er lächelte kleinlaut. »Lichtig?«, fragte er.

»Lichtig«, antwortete Sophie streng, allerdings zitterten dabei ganz leicht die Mundwinkel ihres kleinen Schmollmundes.

Razza schob die Lippen vor und nickte: »Gut ... lichtig. Es war einmal ein kleines Mädchen, das hieß Goldlöckchen. Eines Tages ging es im Wald spazieren und gelangte an ein hübsches kleines Häuschen. In dem Häuschen wohnten drei Bären.«

Razza hielt stolz inne und sah Sophie, die argwöhnisch lächelte, nach Lob heischend an. Razza kehrte wieder zu der Geschichte zurück.

»Da gab es ... *Papa* Bär ...«

Er blickte zu Sophie und Jeremy auf.

»Und ... *Mama* Bär ...«

Er blickte wieder auf.

»Und ...«

Razzas Augen wanderten rasch einmal durch den ganzen Raum und kehrten dann zurück auf die Seite.

»... den mutierten zweiköpfigen-blutsaugenden-kotzenden-außerirdischen Baby-Bär!«

Sophie kreischte auf und lachte gackernd, alles auf einmal. Jeremy jubelte und sprang auf das Sofa, wo er herumhüpfte und dabei schrie: »Blutsaugender-außerirdischer-Baby-Bär! Blutsaugender-außerirdischer-Baby-Bär!«

In diesem Augenblick streckten Kelly und Sally die Köpfe durch die Türöffnung.

»Was ist denn hier los?«, fragte Sally. »Wird hier jemand abgeschlachtet?«

»Nein, nur eine ruhige, besinnliche kleine Vorlesestunde«, sagte Razza unschuldig.

»Ja, wir lesen Pinklöckchen und die drei blutsaugenden-außerirdischen Bären!«, rief Jeremy.

»Wirklich? Aber ich fürchte, ihr müsst bald alleine klarkommen. Razza muss uns bei der Vorbereitung der Debatte helfen.«

»Nein!«, sagte Sophie. »Lazzie bleibt hier. Er muss die Desichte zu Ende lesen.« Um ihren Standpunkt zu bekräftigen, krabbelte sie auf Razzas Schoß und legte seine Arme kreuzweise um ihren Körper, als würde sie sich für eine Achterbahnfahrt anschnallen.

»Ja«, fügte Jeremy hinzu, sprang auf Razzas Rücken und schlang die Arme um seinen Hals. »Razzie muss bei uns bleiben.«

Razza legte den Kopf schief und lächelte hilflos. »Was soll ich tun? Ich bin ein Gefangener des Systems.«

»Schon gut, schon gut«, gab Sally lächelnd nach. »Ich sehe, ich bin überstimmt. Du kannst die Geschichte fertig lesen. Aber dann ist Schluss, ihr beiden, in Ordnung? Eine Geschichte, und dann müssen wir arbeiten.«

Sophie und Jeremy jubelten: »Lies, Lazzie«, sagte Sophie.

»Lichtig?«, fragte Razza.

Sophie dachte einen Augenblick lang nach, presste die Lippen aufeinander und schüttelte wild ihre blonden Locken.

»Genial!«, meinte Razza und klatschte Jeremy ab. »Wo waren wir stehen geblieben?«

Während er die Stelle suchte, kroch Jeremy unter seinen Arm, um dem Geschehen näher zu sein.

»Hier ist es. Toll! Jetzt kommt eine meiner Lieblingsstellen: Goldlöckchen und der rotzverseuchte Haferbrei.«

»Genial!«, sagte Jeremy. Sophie jauchzte und legte den Arm um Razzas Hals.

Während ich den dreien auf dem Sofa noch zusah, hörte ich von der Tür eine Art Brummen oder Seufzen. Ich drehte mich um und sah, dass die beiden Mädchen Razza aufmerksam beobachteten. Kelly lächelte, aber Sally machte beinahe ein Gesicht, als hätte sie Schmerzen.

»Das ist soooooooooooooooooooo süüüüüüüüüüüüüüß!«, gurrte sie und sah Razza mit einem merkwürdig verschwommenen, träumerischen Blick an.

Das Spiel ist aus, Mann!

32
Etwas absolut Verrücktes und Seltsames

In Sallys Haus passierte an diesem Nachmittag etwas absolut Verrücktes und Seltsames. Und zwar weil eigentlich gar nichts Verrücktes oder Seltsames passierte.

Ich will damit sagen, dass ich nicht beschuldigt wurde, den Swimmingpool in ein Urinal verwandelt zu haben, dass nach dem Gang zum Klo nicht fünf Meter Toilettenpapier aus meinen Shorts oder Unterhosen heraushing, dass ich nicht versehentlich den Wellensittich der Familie im Mixer pürierte, ja, dass ich nicht einmal die Asche von Sallys toter Großmutter mit dem Pfefferstreuer verwechselte und sie über mein Essen streute. So unglaublich das erscheinen mag, aber ich tat nichts von all dem, was man von einem chronisch am Ismael-Leseur-Syndrom Erkrankten erwarten konnte. Ich bin sogar ziemlich sicher, dass ich mich wie ein normaler Mensch benahm und, ebenso erstaunlich, dass wir Kelly und ihrer Mannschaft tatsächlich helfen konnten.

Kurz nachdem Razza *Goldlöckchen* fertig gelesen hatte, tauchten die drei anderen Lourdes-Mädchen auf, und wir fingen an zu arbeiten. Razza und ich (vor allem Razza) erzählten ihnen alles über die Endrundendebatte vom vergangenen Jahr und wie Bill sie fast für uns gewonnen hatte. Dann übernahm Scobie und gab den Mädchen ein paar großartige Tipps, wie sie ihre Zeit am besten einteilten, was sie an dem Abend mitbringen sollten und mit welchen Themen sie rechnen mussten. Zur Übung ging er sogar eine auf eine Stunde begrenzte Vorbereitung mit ihnen durch.

Der beste Teil des Tages aber folgte später, als wir aßen und ich neben Kelly saß, nachdem Razza mich absichtlich auf den freien Stuhl neben ihr geschoben hatte. Auf einmal war ich Kelly Faulkner so nahe, dass ich den Rosenduft ihres Parfüms atmen konnte; so nahe, dass ich winzige Sprenkel von Gold in ihren eisblauen Augen ausmachen konnte; so nahe, dass sie beim Reden zufällig mit ihrem Arm meine Hand streifen konnte, und so nahe, dass ich sogar langsam davon träumen konnte, ihr nicht nur in räumlicher Hinsicht nahe zu sein.

Den ganzen Nachmittag redeten und lachten wir zusammen. Alles schien so leicht. Razza sorgte dafür, dass alle ganz aufgedreht waren, vor allem Sally, und Scobie – nun, ich glaube nicht, dass die Mädchen jemals zuvor einen Jungen wie Scobie kennengelernt hatten. Sogar ich schaffte es, zur Unterhaltung beizutragen: Jemand sagte, ich hätte einen interessanten Namen, und ich gab dem Drängen von Razza (wem sonst?) nach und erzählte, wie ich zu dem Namen Ismael gekommen war.

Dann fielen die anderen über das Thema her. Razza erzählte, er sei nach seinem Ur-Ur-Großvater Orazio getauft, der ein Schweinebauer in Italien gewesen war. Phoebe und Susan berichteten ebenfalls, dass sie nach Verwandten getauft worden waren. Sally sagte uns, sie habe ihren Namen, weil *Harry und Sally* der Lieblingsfilm ihrer Mutter war. Scobie wusste nicht genau, wie er zu seinem Namen gekommen war, und Gossamer meinte, ihrer sei wahrscheinlich erfunden.

Als Kelly an der Reihe war, meinte sie, es sei ihr »ein bisschen peinlich«, aber ihre Eltern hätten sie nach der Fürstin Gracia Patricia von Monaco benannt, der amerikanischen Schauspielerin, die vor ihrer Hochzeit mit Fürst Rainier von Monaco Grace Kelly geheißen hatte. »Mein voller Name ist eigentlich *Kelly Grace Faulkner*«, sagte sie mit einem verlegenen Lächeln. Für mich klang das einfach nur perfekt.

Ich erfuhr an diesem Nachmittag noch mehr über Kelly Faulkner, zum Beispiel als Sally erwähnte, dass Kelly Schriftstellerin werden wollte. »Sie schreibt wirklich großartig«, sagte Sally. »Wartet's ab, wir landen alle noch einmal in einem Kelly-Faulkner-Bestseller.«

Kelly schüttelte nur schüchtern den Kopf.

»Aber es stimmt«, fügte Phoebe hinzu. »Sie hat immer ihr Tagebuch dabei und macht sich dauernd Notizen. Passt also lieber auf, was ihr sagt. Ich möchte gar nicht daran denken, was du über *mich* schon alles aufgeschrieben hast.«

Razzas Augen leuchteten auf. »He, Ismael macht das auch. Er hat letztes Jahr dieses gigantische Bericht-Dingens geschrieben. Vielleicht solltet ihr euch zusammentun. Ihr wisst schon ... Notizen vergleichen und so. Ihr könntet so eine Art Schriftstellerteam werden.«

Gelächter und ein paar Kommentare hüpften um den Tisch herum. Ich hatte keine Ahnung, was Kelly Faulkner in diesem Augenblick machte, denn ich hatte das Gefühl, als ob jemand mein Herz in den Korb geschmettert hätte, und mein Gesicht brutzelte wie ein Hähnchen im Grill. »Nicht der Rede wert«, murmelte ich, und zum Glück ging die Unterhaltung schon bald weiter.

Wir redeten noch über eine Stunde, bis ein Unwetter aufzog und der Wind den Regen auf die Terrasse blies.

»Das ist Kellys Schuld«, sagte Sally, als wir den Tisch abräumten und Deckung suchten.

»Kellys Schuld? Warum?«, fragte Razza.

»Na, *ich* habe für den Ort gesorgt, und *sie* war für das Wetter zuständig. Sie hat Beziehungen, weißt du, Menschen in gehobenen Positionen.«

Kelly lächelte gequält und seufzte laut. »Mein Vater arbeitet bei der Wettervorhersage. Er ist der Chef. Wenn es also regnet, obwohl es nicht regnen sollte, oder es zu kalt oder zu windig oder zu heiß oder zu *irgendwas* ist, schieben meine sogenannten *Freunde* mir die Schuld dafür in die Schuhe. Findet ihr das fair? Nur weil ich die Tochter eines Wettermanns bin? Ist das fair?«

Sie fragte mich. »Nein ... auf keinen Fall.«

»Seht ihr!«, rief Kelly und zeigte auf Sally und die anderen Mädchen. »Ismael ist auf meiner Seite. Ismael verteidigt mich.«

Ja, das tat ich und würde es immer tun, auf Leben und Tod.

Kurze Zeit später kam Mum und holte uns ab. Der beste Nachmittag meines Lebens ging zu Ende.

Als ich in dieser Nacht im Bett lag und dem Regen lauschte, konnte ich nicht verhindern, dass meine Fantasie mich übermannte. Ich sah mich, allein mit Kelly Faulkner, sah in ihre eisblauen Augen und sagte ihr alles, was ich so lange für mich behalten hatte. Dann stellte ich mir vor, wie Kelly mich anschaute, meinen Namen sagte und wie ihr Gesicht in Zeitlupe immer näher kam, bis sie so nah war, dass ich ihren Atem auf meinen Lippen spürte und dann ... und dann ... Und dann verschwamm alles und löste sich in nichts auf. Vermutlich gibt es Dinge, die so unmöglich sind, dass man sie nicht einmal träumen kann. Aber das hielt mich nicht davon ab, mir zu wünschen und zu beten, dass eines Tages ein Wunder geschehen und Kelly Faulkner mir tief in die Augen blicken und meinen Namen mit echter Leidenschaft aussprechen würde.

Und wisst ihr was? Meine Märchenfee-Patentante muss gelauscht haben.

Siebter Song:

Ein schlechter Tag für Engel

Es war an einem Morgen
Als die Sonne den Himmel küsste
Du hattest keine Sorgen
Und gingst lächelnd vorbei
Du schautest mich an
Und ich hörte dich sagen
Wie schön ist das Wetter in diesen Tagen

Doch manchmal ist es schwer zu sehen
In welche Richtung wir weitergehen

Chor:
Es war ein schlechter Tag für Engel
Ein schlechter Tag fürs Fliegen
Ein schlechter Tag für Engel
Und für magische Lügen
Ein schlechter Tag für Engel
Schau nicht hinauf, es ist genug
Ein schlechter Tag für Engel
Ein schlechter Tag für einen Flug.

Aus *Die Seekühe: Wiedervereint & Neu aufgelegt*
Musik & Text: W. Mangan und R. Leseur

33
Eine Win-Win-Win-Win-Situation

In der Schule war Razza ziemlich aufgedreht, selbst für seine Verhältnisse.

»Mensch, ich hab's dir gesagt, ich hab's dir gesagt. Habe ich es dir nicht gesagt? Du und Kelly, Alter – es läuft, und wie es läuft. Sie steht auf dich, Mann. Dich kann jetzt nichts mehr aufhalten. Es läuft wie geschmiert, Alter. Es läuft!«

Ich war entschlossen, mir von Razza nicht zu große Hoffnungen machen zu lassen. Der Nachmittag bei Sally war großartig gewesen, aber andererseits war eigentlich nichts zwischen Kelly und mir passiert, und soweit ich wusste, lauerte Brad immer noch irgendwo. Aber sogar ich musste zugeben, dass die Lage sich besserte.

»Ja, mag sein, keine Ahnung, aber was ist mit dir?«, sagte ich in der Hoffnung, ein bisschen Druck von mir wegzunehmen. »Mit dir und Sally?«

Razza schaute mich, was sehr selten passiert, ernst an. »Sally ist klasse, Mann. Sally ist ... großartig. Aber das ist ja das Problem ... Ich hab's dir gesagt, Mann. Ich kenne meine Grenzen, und sie ist für mich absolut unerreichbar.«

»Razz, du irrst dich. Du hast nicht gesehen, wie sie dich angeschaut hat, als du die Geschichte vorgelesen hast. Sie hat dich mit diesem Gesichtsausdruck angeschaut – mit dem Das-Spiel-ist-aus-Gesicht. Sie hat gesagt, dass du süß bist. Ich habe es mit eigenen Ohren gehört.«

»Wahrscheinlich hat sie die Kleinsäuger gemeint.«

»Und was ist damit, dass sie über alle deine Witze gelacht hat? Einmal ist sie fast erstickt.«

»Dass jemand dich anlacht und dass jemand dich mag, ist nicht unbedingt dasselbe, Mann.« Dann lächelte er. »Egal, ich bin dir auf der Spur, also versuch nicht, mich abzulenken. Hier geht's darum, dass du und Kelly Faulkner zusammenkommen. Das ist mein ganzes Trachten und Streben, und ich werde nicht scheitern. Immer nur vorwärts!«

Als die Mädchen zwei Wochen später ihre Debatte für den Einzug in die Endrunde gewonnen hatten, waren Razza und ich da und gratulierten. Dann verabredeten wir ein erneutes Treffen, diesmal bei Kelly zu Hause, um ihnen bei der Vorbereitung auf das große Halbfinale zu helfen.

Da sie dieses Mal das Thema schon im Voraus kannten, stellten Razza und ich mit Hilfe von Scobie, Bill und Prindabel eine Reihe von Argumenten zusammen, die ihre Gegner vielleicht gegen sie ins Feld führen würden. Einmal wandte Razza sich grinsend an mich. »Weißt du, ich frage mich wirklich, warum Kelly nicht einfach darum gebeten hat, ihr diese Argumente zu mailen? Wäre das nicht einfacher und schneller gewesen, als wenn wir alle zu ihr fahren? Merkwürdig.«

Ich dachte noch über eine Antwort nach, da stieß er mich in die Rippen. »Du bist so was von dran, Alter!«

Am besagten Tag fuhren nur Razza und ich zu Kelly. Scobie konnte nicht mitkommen, weil er seinen Vater zu einem Insekten-und-Käfer-Kongress begleitete, und Bill und Ignatius hatten beide keine Lust. Wie sich herausstellte, waren auch Sally und Kelly allein. Beim Hineingehen schaute Razza mich an und ließ seine Augenbrauen auf und nieder hüpfen. Ich wusste genau, was er damit sagen wollte.

Fast den ganzen Tag lang war wieder alles perfekt. Wir lernten Kellys Eltern kennen. Sie waren wirklich sehr nett und sagten, es sei wunderbar, mich kennenzulernen, denn sie wüssten ja alles darüber, wie ich versucht hatte, Barry Bagsley und seine Freunde davon abzuhalten, ihren Sohn Marty zu terrorisieren. Dann musste mich Razza natürlich bloßstellen, indem er sagte: »Keine Sorge, so etwas macht er *andauernd.*« Aber ich glaube, ganz so schlimm fand ich es dann doch nicht.

Danach gingen wir mit den Mädchen nach unten in ein großes Arbeitszimmer, und in den kommenden zwei Stunden konzentrierten wir uns wirklich auf die Debatte, entwickelten Gegenargumente und verschiedene Widerlegungen. Den restlichen Tag saßen wir zu viert unter der Pergola im Garten, redeten, lachten, tauschten Geschichten über die Schule aus, erzählten uns von unseren Lieblingsfilmen und den peinlichsten Momenten in unserem Leben (da konnte ich aus dem Vollen schöpfen) und tausend anderen Dingen. Razza brachte mich sogar dazu, ihnen alles über meinen Vater und das Comeback der Seekühe zu erzählen.

Ich hoffte, der Tag würde niemals enden und ich könnte den Rest meines Lebens einfach unter der Pergola sitzen bleiben. Aber schließlich rief meine Mum auf dem Handy an und sagte, sie sei auf dem Weg, uns abzuholen. Razza und ich gingen hinunter in das Arbeitszimmer und holten unsere Rucksäcke.

Kaum waren wir allein, fing Razza an. »Du und Kelly, ihr versteht euch wirklich gut. Ich schätze, es ist an der Zeit, schwerere Geschütze aufzufahren.«

Jetzt war ich in Sorge. »Schwerere Geschütze? Was redest du da?«

»Das hier …! Ta-da!«, sagte Razza, riss etwas aus der Seitentasche seines Rucksacks und wedelte mir damit vor der Nase herum.

Ich schnappte mir das Blatt Papier. Es war das Gedicht. Das alte »Heiß, oder?!«. Es war, als ob dich ein Leichnam aus einem Sarg heraus anspringt. Razza hatte über einen Monat lang keine Silbe darüber verloren, aber hier war es, wiederauferstanden in einer noblen Schrift auf einem kleinen Papierrechteck, und oben auf der Seite waren die Worte *Für Kelly* eingefügt. Man muss Razza zugestehen, dass das Gedicht inzwischen sehr viel besser *aussah*. Aber leider *klang* es immer noch so wie früher.

»Razz, wie oft soll ich es dir noch sagen? *Niemals* werde ich das Kelly geben. Nie im Leben.«

»Mann, du hattest ja vielleicht recht, als du noch kaum ein Wort mit ihr gesprochen hattest, aber jetzt nicht mehr. Schau dir euch beide doch mal an! Ihr quatscht miteinander und lacht. Kapierst du das nicht? Du bist in einer ganz anderen Situation. Jetzt musst du zuschlagen. Sie ist nahe daran, dir zu verfallen, und dieses Gedicht könnte ihr den letzten Schubs in die richtige Richtung geben!«

Dagegen ließ sich nichts sagen.

»Hör zu … ich weiß, dass du mir nur helfen willst … aber daraus wird nichts, verstanden? Weißt du noch, was Mr Guthrie darüber gesagt hat, dass es von mir kommen muss?

Ich glaube, das stimmt. Jedenfalls werde ich nichts tun, bis ich sicher weiß, was Kelly über mich denkt.«

»Idiot, welche Beweise willst du denn noch? Was ist mit dem Nachmittag bei Sally? Oder mit heute?«

»Und was ist mit Brad? Vielleicht ist sie einfach nur freundlich und nett ... so wie sie zu allen ist.«

Razza stöhnte, als ich ihm das Gedicht hinhielt.

»Nein, behalt es, Mann, behalt es«, sagte er mit einer abwehrenden Handbewegung und ging weg, »falls ein Wunder geschieht und du es dir anders überlegst.«

Ich wollte gerade das Gedicht in meine Tasche stopfen, als Razza mich auf einmal in einem merkwürdigen Flüsterton ansprach: »He ... schau dir *das* an.«

Als ich aufschaute, sah ich, dass er ein in rotes Wildleder gebundenes Buch hochhielt. »Du weißt, was das ist, nicht wahr? Es ist Kellys Tagebuch, Mann, du weißt schon, Sally hat uns davon erzählt. Nun, hier ist es. Als wir hier ankamen, habe ich sie damit gesehen.«

Ich warf einen hastigen Blick zur Tür. »Razz, was tust du da? Leg es hin.«

»Schon gut, alles in Ordnung. Keine Panik, Mann.«

»Gar nichts ist in Ordnung, Razza. Was, wenn Kelly hereinkommt und dich mit ihrem Tagebuch erwischt? Könntest du es einfach wieder hinlegen ... bitte!«

Razza schnappte in übertriebenem Entsetzen nach Luft und legte das Tagebuch so vorsichtig zurück auf den Schreibtisch, als ob es Nitroglyzerin wäre.

»So, bist du jetzt zufrieden?«

Ich nickte und wartete darauf, dass mein Herz aufhörte, wie eine Lotto-Kugel in meiner Brust herumzurollen.

»Pass auf«, sagte Razza ruhig, »hast du nicht gerade eben gesagt, dass du wissen möchtest, was Kelly wirklich über dich denkt? Nun ... ich wette, die Antwort steht hier drin.« Er legte die Hand auf das Tagebuch und blätterte beiläufig mit dem Daumen die Seiten durch.

Ich konnte nicht fassen, was ich da hörte.

»Das ist nicht dein Ernst.«

»Du hast gehört, was Sally und Phoebe gesagt haben. Kelly schreibt dauernd in ihr Tagebuch. Über uns alle steht irgendwo was drin. Ich sag das nur, falls du wirklich herausfinden willst, was sie von dir hält ...«

»Razz, das ist Kellys persönliches Tagebuch, ihre persönlichen Gedanken. Nie im Leben lese ich das. Nie im Leben. Es ... es wäre nicht recht. Es wäre ... *unrecht.* Sag mir nicht, dass du mir ernsthaft rätst, in ihrem Tagebuch zu lesen.«

Razza reagierte, als wäre er eines Kriegsverbrechens angeklagt worden. »Nein!«, sagte er und schaute sich mit wildem Blick im Zimmer um. »Nein, natürlich nicht. Was glaubst du, wer ich bin? Niemals würde ich dir raten, Kellys Tagebuch zu lesen ... Nein, niemals ... Höchstens einen gaaaaaanz kleinen Ausschnitt daraus, mehr nicht«, sagte er und bewegte seinen hochgehaltenen Daumen und Zeigefinger so weit aufeinander zu, dass sie sich fast berührten.

»Was?«

»Mann, krieg dich ein, okay? Es geht ja nicht darum, dass du das Tagebuch *liest.* Sondern darum, dass du ... notwendige *Informationen* sammelst. Versteh doch ... es wäre eher eine Art ... eine Art *Recherche.* Ja, genau, Recherche – genau das, was du immer für die Debattiermannschaft machst. Ja, stell dir einfach vor, das Thema lautet, *dass Kelly Faulkner scharf auf Ismael Leseur ist*, und du brauchst ein paar Belege dafür. Das ist schon alles.«

»Ich fasse es nicht. Ich fasse es einfach nicht. Das ist wirklich unfassbar, sogar für deine Maßstäbe. Du nennst das Herumstöbern in Kellys persönlichsten Gedanken *Recherche?*«

»Klar ... außerdem tust du ihr damit nur einen Gefallen.«

»Ich tue ihr einen Gefallen?«

»Jawohl. Pass auf. Wenn du ihr Tagebuch liest und rausfindest, dass sie scharf auf dich ist, dann kannst du zuschlagen, und ihr seid beide glücklich, oder? Andrerseits, wenn du ihr Tagebuch liest und herausfindest, dass sich ihr bei deinem Anblick der Magen rumdreht, dann kannst du aufhören, ihr nachzustellen, sie ist weiterhin glücklich, und *du* machst keinen kompletten Idioten aus dir. Kapierst du jetzt, worauf ich hinauswill, Mann? Es ist eine Win-Win-Win-Win-Situation.«

»Razz, es ist vollkommen egal, wie du es erklärst. Du forderst mich auf, in Kellys persönlichem Tagebuch zu lesen, und ich werde das nicht tun.«

»Ich fordere dich zu gar nichts auf, du Idiot. Ich weise dich nur auf eine einmalige Gelegenheit hin, mehr nicht.«

Razza hob seinen Rucksack auf und beugte sich dicht zu mir. »Hör zu, sie wird es nie erfahren, Mann, was schadet es also? Ich sag dir, was ich mache. Ich bleibe draußen direkt vor der Tür stehen. Von dort aus sehe ich die Treppe. Sobald jemand kommt, klopfe ich an die Tür, und du bist reichlich vorgewarnt. Kein Stress. Du kannst nicht erwischt werden. Es dauert nur ein paar Sekunden, und dann weißt du genau, was Kelly von dir hält. Das willst du doch, oder? Also, hier ist eine einmalige Gelegenheit. Hier ist deine Chance, sie zu ergreifen. Es ist natürlich deine Entscheidung ... aber ich weiß, was ich tun würde.«

Er verließ das Zimmer und streckte dann den Kopf durch den Türspalt. »Ich bin direkt hier«, sagte er und fügte mit einem Zwinkern hinzu: »Sie wird es nie erfahren, Junge.«

Als sich die Tür mit einem leisen Klicken schloss, war ich allein. Allein mit einem kleinen roten Buch, das mir die eine Sache sagen konnte, die ich unbedingt wissen wollte.

34
Ein am Boden lebender Dreckfresser

Niemals!, sagte ich mir. Niemals würde ich Kelly Faulkners Tagebuch lesen.

Der bloße Gedanke war mir zuwider. Ich stopfte meinen Pullover in den Rucksack und warf ihn mir auf den Rücken. Das Tagebuch lag vor mir auf dem Schreibtisch. Ich streckte den Arm aus und strich mit den Fingern über das weiche, samtige Wildleder. Dann schaute ich mich zu der geschlossenen Tür um. Niemals!

Wenn Razza dachte, ich würde in Kellys Tagebuch lesen, dann war er schief gewickelt. Ich konnte es sogar nehmen und in beiden Händen halten und nicht in Versuchung geraten, es aufzuschlagen und darin herumzuschnüffeln ... auch wenn das, was ich so dringend wissen wollte, nur ein paar leicht durchgeblätterte Seiten weit weg war. Ich drehte das Tagebuch ein paarmal in meinen Händen. Vorsichtig zog ich an dem schmalen roten Band, das den letzten Eintrag markierte. Das Tagebuch klappte auf. Ich sah ein paar Wörter. Auf keinen Fall!

Ich zog ein bisschen fester an dem Band. Das Tagebuch öffnete sich praktisch von allein ... als ob es gelesen werden *wollte*. Ich sah ein paar niedliche Zeichnungen ... Gedichte ... und Wörter ... viele Wörter. Aber ich las kein einziges. Niemals!

Ich knallte das Buch zu und schaute mich noch einmal zu der geschlossenen Tür um. Der Umschlag fühlte sich glatt und weich an in meiner Hand. Noch einmal öffnete ich das Buch und blätterte ein paar Seiten zurück bis zu dem Tag, an dem wir uns bei Sally getroffen hatten. Ich las nicht. Ich recherchierte. Ich recherchierte in Sachen Liebe. Ja, genau. Ich war ein ernsthafter Rechercheur in der Matrix der Liebe. Das oder ein am Boden lebender Dreckfresser. Wer, ich? Niemals!

Es reichte. Schluss jetzt. Ich wollte das Tagebuch gerade endgültig schließen, als eine letzte Seite umklappte – und ich das Wort Razza las, in Großbuchstaben gefolgt von ein paar Aufzeichnungen. Die Worte verrückt und witzig sprangen mir ins Auge und etwas über Sally. Nein, was tat ich hier? Das war falsch, falsch, falsch! Ich beschloss aufzuhören, einfach wegzugehen. Aber dann ... dann sah ich es: Meinen Namen in Großbuchstaben unten auf der Seite. Niemals ....

Mein Herz kroch mir die Kehle herauf. Meine Augen wanderten nach unten. Ich begann zu lesen.

ISMAEL
Ich habe Ismael immer für einen netten Jungen gehalten, besonders nach all dem, was er für Marty getan hat. Allerdings muss ich zugeben, dass ihm offenbar manchmal recht merkwürdige Dinge passieren – zum Beispiel die Sache in Sallys Pool. Aber nachdem ich ihn jetzt ein bisschen besser kennengelernt habe, glaube ich, dass er …

Das waren Schlüsselinformationen für meine Recherche – entscheidende. Ich wollte gerade die Seite umblättern und den restlichen Eintrag lesen, da hörte ich, wie sich knarrend die Tür öffnete.

»Ismael, deine …«

Kelly Faulkners Lächeln erstarrte, als ihr Blick auf ihr Tagebuch fiel. Ich schlug es zu. Es rutschte mir aus der Hand. Ich griff danach und fing es beim Nachfassen. Dann stand ich da und hielt es fest mit den Händen umklammert. Ein paar Seiten waren eingeknickt oder zerknittert.

»… Mutter ist … da …«

Ich stand totenstarr da. Ich hatte keine Wahl. Ich war sowieso schon tot. Ich sah, wie Kellys Gesicht sich vor lauter Verwirrung verzerrte. Sie sah mich an wie ein kleines Mädchen, das gerade von der Zahnfee beraubt worden ist.

»Du liest mein Tagebuch?« Es war eigentlich keine Frage. Mehr die Feststellung absoluter Fassungslosigkeit.

»Nein … Ich … Es ist nicht so … Ich wollte nur … Ich … Ich …«

»Du liest mein Tagebuch«, stellte Kelly noch einmal fest, diesmal ganz direkt wie ein Ankläger vor Gericht.

»Nun ... ja ... aber ... Ich wollte nicht ... Es ist nicht ... so ... wie du denkst ... Ich ... Ich ... Ich ...«

Der Blick aus Kellys eisblauen Augen drang durch mich hindurch, und er war kalt und hart und scharf. »Du liest mein Tagebuch«, sagte sie schließlich, als ob ihr jede Gefühlsregung entzogen worden wäre.

»Kelly ... Ich ... Ich habe nicht viel gelesen ... wirklich ... kaum was ... Ich ...«

Sie kam langsam herüber und nahm mir das Tagebuch aus der Hand. Mit gesenktem Kopf schlug sie es auf, strich die zerknitterten und eingeknickten Seiten glatt und schlug es wieder zu.

»Kelly ... Es tut mir leid ... Ich ... Ich ...«

Und dann kam der Augenblick, in dem meine Märchenfee-Patentante meinen Wunsch erfüllte, denn Kelly Faulkner hob den Kopf, sah mir tief in die Augen und sprach meinen Namen mit echter Leidenschaft aus.

»Verpiss dich, Ismael«, sagte sie und ging.

35
Auweia!

»Mann, ich glaub's nicht, dass du in ihrem Tagebuch gelesen hast!«

Ich sage euch, wenn nicht Mr Barker hinter dem Lehrerpult gesessen hätte und wir eigentlich ruhig hätten arbeiten sollen, hätte sich Razza in diesem Augenblick höchstwahrscheinlich mein Gemeinschaftskundebuch aus den Tiefen einer Körperöffnung ziehen müssen, die man normalerweise nicht mit Lesen in Verbindung bringt.

»Was?!«, flüsterte ich zwischen zusammengebissenen Zähnen hindurch und duckte mich hinter Bill Kingsleys breiten Rücken. »Die ganze Sache war *deine* Idee, erinnerst du dich? Lies nur ein *kleines* bisschen, hast du gesagt. Es ist nur *Recherche,* hast du gesagt. Ich würde ihr einen *Gefallen* tun, hast du gesagt. *Du* würdest es auf jeden Fall tun, hast du gesagt.«

»Ja, stimmt, *ich* würde es tun, sicher. Ich habe nur nicht gedacht, dass *du* es tun würdest, Mann, einfach Kellys private Sachen lesen. Auweia!«

Vom Lehrerpult kam ein kratzendes, schlurfendes Geräusch, und wir vergruben beide die Köpfe in unsere Lehrbücher und notierten in einer wilden Pantomime unsere Gedanken in unsere Hefte. Ich wusste, ich würde es bedauern, dass ich Razza erzählt hatte, was am Wochenende passiert war, aber er lag mir den ganzen Morgen damit in den Ohren, dass ich ihm erklärte, warum Kelley sich beim Verabschieden so merkwürdig verhalten hatte. Mein Widerstand war genau in dem Augenblick gebrochen, als Mr Barker zur ersten Stunde hereingekommen war.

Als es mir sicher erschien weiterzureden, kauerte ich mich ein bisschen tiefer an mein Pult und wandte mich an Razza. »He, Razz, apropos, könntest du mir diese Win-Win-Win-Win-Situation bitte noch einmal erklären? Ich glaube, ich habe da was nicht richtig verstanden. Zum Beispiel den Teil, in dem ich zum größten Verlierer der Welt werde.«

»Komm, mach dir keine Vorwürfe, das war einfach Pech.«

»Ich mir Vorwürfe machen? Ich mir? Ich mach *dir* Vorwürfe! Was war mit ›Ich bleibe draußen direkt vor der Tür stehen? Du bist reichlich vorgewarnt? Kein Stress. Du kannst nicht erwischt werden‹?«

»Ja, Mann, ich musste eben pinkeln. Außerdem, wer hätte gedacht, dass ausgerechnet *du* das private Tagebuch von irgendeinem Mädel lesen würdest?« Razza schnalzte mit der Zunge. »Also, Mann, ehrlich gesagt, was dich und die Kelster angeht, ist diese Geschichte ein Mega-Rückschlag.«

Ich funkelte den wippenden Kopf neben mir böse an. »Rückschlag!«, fauchte ich (ja, ich fauchte wirklich). »Rückschlag! Die *Titanic* am Eisberg, das war ein Rückschlag. Alamo – das war ein Rückschlag. General Custer am Little Bighorn – das waren alles Rückschläge. Dass ich erwischt werde, wie ich meine Nase in Kellys Tagebuch stecke, das ist eine *Katastrophe!* Und, falls du dich fragst, es gab keine Überlebenden.«

Von vorne kam ein leises, kratzendes Geräusch. Mr Barker hatte seinen Stuhl vom Pult zurückgeschoben und schaute in unsere Richtung. Razza interessierte sich auf einmal ganz schrecklich für sein Lehrbuch, während sein Finger flink an den Zeilen entlangfuhr. Dann runzelte er die Stirn, fuhr sich mit der Hand übers Kinn und schaute in die Ferne, als würde er über die größten Geheimnisse des Universums nachdenken. Schließlich leuchtete sein Gesicht auf wie eine Glühbirne, und er stieß seinen Zeigefinger in die Luft, um eine plötzliche Eingebung zu signalisieren. Dann kritzelte er aufgeregt etwas in sein Heft. Alles in allem war das die schlechteste Darstellung von Übereifer, seit Roger Rabbit für die Hauptrolle in *Hamlet* vorgesprochen hatte.

Aber es schien zu funktionieren. Mr Barker zog seinen Stuhl wieder heran und widmete sich weiter dem Zensieren der Referate. Ich versuchte, die Tagebuch-Katastrophe aus meinem Kopf zu verbannen, indem ich mich in die aufregende und faszinierende Welt des föderalen parlamentarischen Systems vertiefte. Meine Bemühungen wurden durch einen Puff gegen meinen Arm unterbrochen.

»He, Ismael, ist mir gerade eingefallen. Ich hab dir die hier wieder mitgebracht.«

Razza wühlte in der Tasche seiner Shorts und zog etwas heraus. Vorsichtig warf er einen Blick auf Mr Barker und reichte es mir. Es war die Seekühe-Kassette, die er sich ausgeliehen hatte.

»Mann, diese Typen sind schon ziemlich cool. Nicht hundertprozentig mein Ding, aber sie spielen echt gut zusammen, und bei einigen Stücken geht voll die Post ab. Egal, hoffentlich hat dein Vater nichts dagegen, dass ich mir eine Kopie gemacht habe. Ich habe sie benutzt ...«

»Mister Zorzotto!«

Der ganze Raum zuckte zusammen. Mr Barkers Stimme hatte einfach diese Wirkung.

»Hätten Sie etwas dagegen, nach vorn zu kommen und mitzubringen, wovon Sie und Mr Leseur so in Anspruch genommen sind?«

Mein Herz riss sich von seiner Verankerung in meiner Brust los und tauchte bis auf den Grund meines Magens hinab. Alle Augen in der Klasse folgten Razza, der den Gang entlangschritt und die Kassette vor Mr Barker auf das Pult legte.

»Setzen Sie sich, Mr Zorzotto.«

Als Razza neben mir auf seinen Stuhl glitt, sah ich, wie Mr Barker die Kassette hochnahm und sie langsam umdrehte. Er sah in unsere Richtung.

»Mr Zorzotto und Mr Leseur – Sie werden *beide* hierbleiben, wenn die Klasse nachher entlassen ist.«

Razza tat so, als lese er in seinem Lehrbuch, während er mir aus dem Mundwinkel zuflüsterte: »*Das* ist jetzt eine Katastrophe.«

Und zum ersten Mal an diesem Morgen waren der Razzman und ich einer Meinung.

36
Das flammende Inferno

Razza und ich arbeiteten weiter, während der Rest der Klasse aus dem Raum hinauströpfelte.

Dann rief Mr Barker uns zum Pult. »Mr Zorzotto, Mr Leseur, darf ich davon ausgehen, dass die Geräusche Ihrer Klassenkameraden, die in der Stunde ruhig und fleißig gearbeitet haben, Ihre Unterhaltung nicht allzu sehr gestört haben?«

»Nein, Mr Barker, keine Sorge«, sagte Razza, ohne nachzudenken. »Also ... nicht dass wir uns wirklich unterhalten hätten oder so. Ich habe Ismael nur gefragt ... Sie wissen schon ... nach dem Zeug, das wir gelesen haben.«

»Und was für ein ›Zeug‹ könnte das genau gewesen sein, Mr Zorzotto?«

»Also, Mr Barker, hauptsächlich ... Sie wissen schon ... all das Zeug über ... die Regierung ... und dass es eine lokale, eine staatliche und eine förderische Regierung gibt ... und wie sie ... regieren ... und so ...«

»Besten Dank, Mr Zorzotto«, sagte Mr Barker mit einem schmallippigen Lächeln. »Einen Augenblick fürchtete ich schon, dass mein Unterricht in der Welt nicht ins Gewicht fällt, aber die Gegenwart eines so bewanderten, wortgewandten jungen Mannes wie Sie lehrt mich eines Besseren.«

»Ach, danke, Mr Barker. Ich haben in Ihren Stunden eine Menge Zeug gelernt.«

»Erwähnen Sie es nicht ... niemandem gegenüber ... bitte.«

Dann hob Mr Barker die Kassette hoch. »Aber jetzt erklären Sie mir bitte, Mr Zorzotto, wie das in Ihren Besitz gelangt ist.«

»Also, Mr Barker, ich habe eigentlich gar nichts gemacht. Ich wollte die Kassette nur Ismael zurückgeben. Er hat sie mir geliehen, weil sein Vater in der Band ist und ich ...«

Mr Barkers Kopf schwenkte in meine Richtung: »Dein *Vater* war in der Band?«

Der durchdringende Blick aus Mr Barkers Augen weckte in mir den Wunsch zu leugnen, dass ich überhaupt einen Vater hatte, aber bevor ich mir eine Antwort zurechtlegen konnte, richtete er seinen Zeigefinger auf mich. »Leseur ... ja ... ja natürlich ... Leseur. Ich glaube es nicht. Du willst wirklich sagen, dass dein Vater ... das flammende Inferno ist?«

Razza und ich sahen uns an. Es war für uns beide offensichtlich, dass das stressige Leben als stellvertretender Schulleiter vom St Daniel's seinen Tribut gefordert hatte und der arme Mr Barker endgültig übergeschnappt war. Ich hoffte nur, dass es nicht ganz so schlimm kommen würde, bevor die Jungs in den weißen Kitteln auftauchten. Nervös lächelte ich die beiden Augen mit dem irren Blick vor mir an.

»Das flammende Inferno«, wiederholte Mr Barker, als sei das eine Hilfe. »So nannten sie ihn wegen seiner roten Haare ... und weil er so groß war.«

Razza und ich schauten uns an und dann wieder zurück zu Mr Barker.

»Dein Vater ... Ronnie ›Der Rote‹ Leseur ... Leadsänger der Seekühe.«

»Sie *kennen* sie, Mr Barker?«, fragte Razza.

»Ob ich sie *kenne*? Natürlich kenne ich sie. Während meiner Zeit an der Universität waren die Seekühe berühmt. Ich habe dieses Album als Schallplatte zu Hause – sie hat inzwischen mehr Kratzer als Rillen.«

Mr Barker starrte auf die Kassettenhülle und schien sich in seinen Erinnerungen zu verlieren. »Wir sind meilenweit gefahren, um die Seekühe zu sehen. Sie waren fantastisch ... ›Gesellschaftsblues vom toten Frosch‹, ›Ein schlechter Tag für Engel‹, ›Kollisionskurs‹ ... Tolle Zeiten ... Magische Zeiten ...«

Mr Barker hielt inne und sah Razza an, dessen Mund offen stand wie die Ladeklappe eines Lastenseglers. »Ja, Mr Zorzotto, auch wenn es Ihnen vielleicht unmöglich ist, sich das vorzustellen, es gab einmal eine Zeit in meinem Leben, da war ich ein Mensch.«

»*Wirklich,* Mr Barker?«, sagte Razza vielleicht eine Spur zu erstaunt.

»Ja, wirklich«, knurrte Mr Barker und verwandelte sich für einen Augenblick in sein altes Selbst.

»Nein, Mr Barker ... eigentlich meinte ich ... dass das *wirklich* gut ist ... ich finde sie nämlich auch ziemlich cool. Genau das habe ich Ismael gesagt, als Sie ... Sie wissen schon, als Sie ... Egal ... Ich finde es genial, dass sie wieder zusammen sind.«

»Die Seekühe spielen wieder zusammen?« Mr Barker feuerte die Frage auf mich ab.

»Ja, Mr Barker.«

»Wann? Und wo?«

Seit dem Tag, als er eine ganze Busladung voller Jungs zum nachmittäglichen Arrest verdonnerte, hatte ich Mr Barker nicht mehr so aufgeregt gesehen.

»In ungefähr einem Monat ... irgendwo in der Stadt. Sie treffen sich am Wochenende, um alles zu besprechen, Eintrittskarten und so.«

»Und es sind die ursprünglichen Mitglieder?«

»Ja, mit Ausnahme des Schlagzeugers.«

»Ja ... ja natürlich ... schreckliche Geschichte ...«

Mr Barker hing einen Augenblick seinen Gedanken nach, bevor er wieder in die Realität zurückkehrte: »Mr Leseur, Sie müssen mir unter Androhung der Todesstrafe versprechen, etwas für mich zu tun.«

Ich willigte ein. Das war keine große Sache. Ich nahm selbstredend an, dass alles, was man für Mr Barker tat, unter Androhung der Todesstrafe stand.

»Sie müssen mich über die Wiedervereinigung auf dem

Laufenden halten. Ich will auf die Minute genau wissen, ab wann man die Karten kaufen kann. Haben Sie mich verstanden?«

»Kein Problem, Mr Barker.«

Razza und ich standen da, während Mr Barker die Kassette in seiner Hand kreiseln ließ und hin und wieder nickte oder den Kopf schüttelte.

»Ähm ... können wir ... jetzt gehen, Mr Barker?«

»Ach ... richtig ... ja ... Ja, Mr Zorzotto ... Ja, Sie können beide gehen.«

Aber dann schien Mr Barker vor unseren Augen wieder in seine bekannte Hülle zurückzuschlüpfen: »Aber seien Sie gewarnt, ich werde mir morgen Ihre Hefte sehr genau anschauen, sorgen Sie also dafür, dass alles auf dem aktuellen Stand ist. Und wenn Sie in Zukunft während meiner Stunde Ihre Zeit mit Schwätzen vergeuden, statt zu arbeiten, müssen Sie damit rechnen, in der Mittagspause nachzusitzen. Ist das klar?«

»Ja, Mr Barker«, sagten wir wie aus einem Mund.

»Und das muss ich natürlich konfiszieren. Sie können es Ende der Woche im Sekretariat abholen, Mr Leseur. Guten Morgen, meine Herren.«

Wir verließen Mr Barker, der über seinem Pult kauerte und immer noch auf die alte Kassette starrte.

Draußen sah Razza mich erstaunt an: »Bist du auf Drogen?«

»Nein.«

»Ich auch nicht. Wenn wir also nicht genau denselben Traum träumen, dann ist das, was da drinnen passiert ist, wirklich passiert.«

Ich wusste, worauf Razza hinauswollte. Es war, wie ich bereits sagte. Man konnte sich einfach nicht mehr darauf verlassen, dass sich die Leute so verhielten, wie sie sich verhalten sollten. Und die Liste wurde länger. Zu Barry Bagsley, meinem Vater und Scobie konnte ich jetzt noch Mr Barker hinzufügen. Es war, als hätte ich eine andere Dimension betreten und lebte in der Twilight Zone.

»Mr Barker ein Fan der Seekühe«, sagte ich kopfschüttelnd.

»Tja«, sagte Razza und schüttelte den Kopf noch mehr, »und ein Mensch.«

37
Beliebt wie eine verwesende Leiche

Es bedurfte einiger Mühe, aber Razza überredete mich schließlich, mit ihm zusammen zu der Halbfinaldebatte zu gehen und das Lourdes College zu unterstützen, wie wir es den beiden Mädchen versprochen hatten. Als er dann auch noch vorschlug, ich könnte vielleicht sein Gedicht mitbringen – »als Geheimwaffe« –, setzte ich ihn mit großem Vergnügen darüber in Kenntnis, dass mein sorgsam gehütetes Exemplar von »Heiß, oder?!« auf tragische und mysteriöse Weise verschwunden war und dass ich mich nicht freiwillig als Anführer des Suchtrupps zur Verfügung stellen würde.

Bis Mrs Zorzotto uns abgesetzt und wir den richtigen Raum gefunden hatten, waren die beiden Mannschaften schon auf ihren Plätzen. Sie tuschelten nervös herum oder überprüften ein letztes Mal ihre Karteikarten. Wir schnappten uns einfach zwei freie Plätze ganz hinten in dem voll besetzten Raum. Als Sally uns sah, schenkte sie Razza ein strahlendes Lächeln und winkte ihm mit einer kleinen Bewegung zu. Dann berührte sie Kellys Hand und flüsterte ihr etwas zu. Kelly sah in unsere Richtung, lächelte verhalten und widmete sich dann wieder ihren Aufzeichnungen. Eine Kaltfront schob sich durch den Raum, und ein ausgedehntes Tiefdruckgebiet nistete sich direkt über meinem Kopf ein.

An das Thema des Abends kann ich mich gar nicht und an die Debatte selbst nur sehr verschwommen erinnern. Ich weiß nur, dass ich jede Bewegung Kellys beobachtete und jede Gefühlsregung, die sich auf ihrem Gesicht zeigte. Sie war nur eine Raumeslänge entfernt, aber immer wenn ich an ihre letzten Worte dachte, schien es mir, als wäre sie auf der anderen Seite des Universums.

An etwas erinnere ich mich jedoch: Die Mädchen verloren.

Als alles vorbei war, blieben wir noch ein bisschen im Hintergrund, bis sich das Knäuel aus Familienangehörigen und Freunden ein bisschen entwirrt hatte. Dann zog Razza mich nach vorn in den Raum, wo Sally und Kelly standen und sich mit ihren Eltern unterhielten. Mr und Mrs Nofke und Mr und Mrs Faulkner begrüßten uns, sagten dann den Mädchen, sie sollten sich nicht zu lange aufhalten, und gingen nach unten. Nur wir vier blieben in dem Raum zurück, aber nichts fühlte sich so an wie an dem Nachmittag unter der Pergola bei Kelly, als alles so einfach war. Jetzt mussten Razza und Sally sich anstrengen und die peinlichen Gesprächspausen füllen, während Kelly sich sichtlich unbehaglich fühlte und ich mir so beliebt vorkam wie eine verwesende Leiche. Razza tat wirklich sein Bestes, um die Stimmung aufzuhellen, aber es war ein bisschen so, als wäre er Kitzel-mich-Ernie bei einer Beerdigung.

»Ihr wart klasse. Mensch, diese Schiedsrichter hatten doch keine Ahnung. Ich glaube, ihnen sind einfach die Finger ausgegangen, als sie eure Punkte zusammengezählt haben. Wartet nur bis nächstes Jahr, was, Kelly?«

Kelly zwang sich zu einem Lächeln, das schon wieder erlosch, kaum dass es erschienen war.

»Ja, das stimmt schon. Ihr müsst einfach abwarten, dann werdet ihr schon sehen – nichts kann euch aufhalten. Was meinst du, Ismael?«

»Ja, klar.«

»Ja, nichts hält euch auf. Die anderen Mannschaften werden gar nicht erst antreten.« Razza musterte uns drei auf der verzweifelten Suche nach einem Funken Leben.

Sally kam ihm zu Hilfe. »Lasst uns die Sache positiv sehen. Wenigstens haben wir unser Leben wieder und müssen nicht alle Mittagspausen und Wochenenden mit Debattieren verbringen, stimmt's, Kel?«

Kelly gab ein weiteres gekünsteltes Lächeln zum Besten.

»Genau, Mann. Wahrscheinlich habt ihr die Schiedsrichter *bezahlt*, damit sie der anderen Mannschaft den Sieg zusprechen und ihr abhängen und auf Partys gehen könnt.«

Sally lachte. Kelly nicht.

»Mensch, da fällt mir was ein«, sagte Sally. »Kel, ist am Freitag nicht eine Schulparty?«

»Ja, da könntest du recht haben«, sagte Kelly mit einem merkwürdigen Gesichtsausdruck.

»Ja, ich glaube, ich habe recht ... Diesen Freitag ... und ich bin mir ziemlich sicher, das ist die letzte in diesem Schuljahr, oder?«

»Ja, bestimmt«, sagte Kelly, als würde sie Zeilen aus einem Theaterstück wiederholen.

»Na, da wir uns jetzt nicht mit der Vorbereitung auf das Finale oder so was rumschlagen müssen, könnten wir ja vielleicht hingehen. Was meint ihr?«

»Vielleicht«, meinte Kelly ohne große Begeisterung. »Mal sehen, was Brad sagt.«

Der Klang des Namens Brad durchfuhr mich wie eine Cruise Missile.

»Ach ja ... wahrscheinlich muss ich alleine gehen«, sagte Sally und schaute kurz zu Razza, der herumhüpfte und auf eine Gelegenheit wartete, sich mit einem Einzeiler wieder in das Gespräch einzuklinken.

»Ja, wahrscheinlich werde ich einfach mit dir und Brad rumziehen ... Außer ... außer ich kann jemanden *bestechen,* mit mir zusammen hinzugehen.«

Razzas Augen leuchteten auf. »Jemanden *bestechen,* mit dir zusammen hinzugehen?«

Sally lächelte ihn schüchtern an.

»Woher solltest du das viele Geld nehmen? Oder hast du im Lotto gewonnen oder so was?« Razza lachte und grinste uns der Reihe nach an.

Niemand grinste zurück.

Ich grinste nicht, weil ich die dunkle Wolke sah, die Kellys Gesicht einhüllte. Und Kelly grinste nicht, weil sie sah, wie Sallys Wangen rot anliefen und wie das Leuchten in ihren Augen erlosch.

Sally brachte ein schiefes Lächeln zustande. »Tja ... du hast vermutlich recht, was? Wie du gesagt hast ... Ich würde einen Haufen Geld brauchen. Wer würde schon, wenn er alle Tassen im Schrank hat, zu der Schulparty wollen ... mit mir ...«

Die letzten beiden Worte fielen wie Krümel aus Sallys Mund, und in ihren Augen sammelten sich schrecklich stille Tränen.

Kelly streckte die Hand aus. »Sal, nicht ...« Aber Sally hatte sich bereits umgedreht und war aus dem Zimmer gestürmt.

Kelly wirbelte herum und funkelte Razza wütend an. »Soll ich dir einen Rat geben, Orazio?«, sagte sie, als ob sie bei Mr Barker Sprechunterricht genommen hätte. »Kennst du die riesige *Lücke* zwischen deinen Ohren? Vielleicht solltest du sie vermieten. Du könntest eine Anzeige schalten: Riesiger, leerer Raum – ein paar Sägespäne, die beseitigt werden müssen – *nie benutzt.*«

Razza breitete die Arme weit aus. »Aber ... aber, was hab ich denn getan?«

»Was du *getan* hast? Ist es dir je in den Sinn gekommen, dass Sally dich wirklich *mag?*«

»Aber ich ... ich mag sie auch.«

»Dass sie dich wirklich, wirklich mag?«

Razzas Augen begannen herumzuwandern, als ob sie sich an etwas festhalten wollten, das für sie einen Sinn ergab. »Aber ich habe echt … Ich habe einfach … Ich dachte nicht …«

»Erzähl mir nichts«, sagte Kelly kühl. »Du hast es auf der Party nicht kapiert? Oder als wir dich gefragt haben, ob du uns bei der Vorbereitung auf die Debatte helfen könntest? Oder in dieser Minute, als Sally dich gerade darum *gebeten hat,* dass du sie zur Schulparty begleitest? Hallo? Erde an Orazio? Können Sie mich hören?«

Kelly schüttelte den Kopf und steuerte auf die Tür zu. Sie wollte sie gerade aufstoßen, da blieb sie stehen und richtete ein Paar müder, blasser Augen auf uns. »Wart ihr beiden früher nicht mal Superhelden oder so was?«

Die Tür schwang auf, fiel langsam zu und Kelly war verschwunden. Ich drehte mich zu Razza um und wartete darauf, dass das irre Flackern in seinen Augen wieder anging oder dass sich das Killerlächeln entzündete oder dass ein witziger Kommentar abgefeuert würde. Aber nichts dergleichen geschah. Stattdessen sackte er wie eine Stoffpuppe auf dem Stuhl neben sich zusammen und schaute zu mir auf. Sein Gesicht sah aus wie ein geplatzter Luftballon.

»Sie hat mich *wirklich* gemocht«, murmelte er, als wären es seine letzten Worte.

Orazio Zorzotto war gerade von einem Überraschungselefanten niedergetrampelt worden.

38
Es kommt!

»Ismael, um Gottes willen ... *tu* was.«

Das war Ignatius Prindabel. Er hatte mich draußen auf dem Pausenhof in eine Ecke gedrängt und umkreiste mich wie eine wütende Wespe, während ich versuchte, mein Brot zu essen. Ich saß auf einer Bank in der Nähe der Sporthalle, während er vor mir auf und ab ging und sich mit seinen langen Fingern durch das strähnige Haar fuhr.

Und alles nur wegen Razza.

»Es muss ein Ende haben. Es muss. Er war schon unerträglich, als er ›normal‹ war, aber jetzt ... das ist *Folter!*«

Ignatius hatte natürlich recht. Der Abend des Debattierhalbfinales war über eine Woche her, aber Razza lief immer noch herum wie ein zum Tode verurteilter Gefangener, dem gerade gesagt worden war, dass seine letzte Mahlzeit verkochter Broccoli sein würde.

»Und was soll ich tun?«

»Egal, aber tu was!«

Also, mal sehen. O ja, ich weiß, vielleicht könnte ich meinen guten Leumund in der Gesellschaft nutzen und eine Empfehlung für ihn schreiben.

Liebe Sally,
ich kenne Orazio Zorzotto nun schon seit über zwei Jahren und als verdächtigter Poolpisser und überführter Tagebuchschnüffler fühle ich mich berufen, auf seinen hervorragenden Charakter hinzuweisen und ein gutes Wort für ihn einzulegen ...

Ja, das wäre sicher sehr hilfreich.

Prindabel schob die Hände in die Hosentaschen und zog die Schultern hoch. »Ich versteh das nicht. Du hast uns erzählt, dass dieses Mädchen ihn tatsächlich mag, stimmt's?«

»Richtig.«

»Warum entschuldigt er sich dann nicht einfach? Er könnte ihr zur Versöhnung sogar eines seiner *irren* Gedichte schicken. Ich meine, *wir* alle wissen, dass sie Scheiße sind, aber sie denkt wahrscheinlich, dass er ein Genie ist. Wenn sie Orazio mag, dann wird sie ja nicht gerade Mitglied in einem Hochbegabtenclub sein, oder?«

»Sally hat nur glatte Einsen und ist Klassenbeste, außerdem hat sie letztes Jahr eine Urkunde für besondere Leistungen im Landeswettbewerb Mathematik erhalten.«

Prindabel sah mich an, als hätte ich ihm gerade mitgeteilt, dass Einstein ein Transvestit war. »Aber du hast doch gesagt, dass sie Orazio mag?«

»Ja, richtig.«

»Aber sie ist ... *intelligent.*«

»Jep.«

»Aber sie mag *Orazio.*«

»Richtig.«

»Aber ...«

Wir schienen in einem Teufelskreis gefangen zu sein.

»Pass auf, Ignatius. Ich glaube, genau das ist das Problem. Razza weiß einfach nicht, was er tun soll, weil er glaubt, dass er nicht schlau genug für sie ist.«

»Na, das versteht sich von selbst, aber es hilft uns nicht weiter, oder? Hör zu, du bist sein Freund. *Du* musst mit ihm reden – du kannst nicht zulassen, dass er den Rest seines

Lebens Trübsal bläst. Es ist entsetzlich ... Es ist widerlich ... Es ist ... Es ist ...«

Auf einmal hob Ignatius den Kopf und schaute an mir vorbei in die Ferne. Dann hob er den Arm und streckte einen zitternden Finger aus: »Es kommt!«, krächzte er.

Ich wirbelte herum und sah Razza von der anderen Seite des Schulhofs langsam auf uns zutreiben. Als ich mich wieder umdrehte, sah ich, wie die gebeugte Gestalt von Ignatius Prindabel in die entgegengesetzte Richtung davontrottete und wie ein Statist in einem Godzilla-Film gehetzte Blicke über die Schulter zurückwarf.

Wenige Augenblicke später plumpste Razza neben mir auf die Bank und blieb schweigend sitzen.

»Wie geht's Razz?«

Er zuckte die Achseln.

»Alles in Ordnung?«

Noch ein Achselzucken.

»Hör mal, du quälst dich doch nicht noch immer wegen Sally und dem Abend neulich, oder?«

Diese Schultern wurden heute richtig trainiert.

»Komm schon, Razz, warum rufst du sie nicht einfach an, sagst, dass es dir leidtut, und erklärst ihr, dass alles nur ein dummer Scherz war?«

»Ein super Scherz, Mann.«

»Sie wird es verstehen. Du hast gehört, was Kelly gesagt hat. Sie mag dich wirklich gern.«

»*Mochte* mich, meinst du wohl. Glaubst du, jemand mit so viel Köpfchen wie sie würde ernsthaft mit jemandem zusammen sein wollen, der so doof ist, dass er nicht mal merkt, wenn er eingeladen wird?«

Ich betrachtete die leblose Gestalt, die neben mir fläzte. Die Twilight Zone hatte ein weiteres Opfer gefordert. »Komm schon. Das ist doch blöd«, sagte ich. »Das passt nicht zu dir. Was ist aus dem Razzman geworden? Dem Big Z? Dem Sozialarbeiter der Liebe? Dem Geschöpf des Universums?«

Es dauerte eine ganze Weile, bis Razza antwortete, aber als er dann endlich antwortete, wusste ich sofort, dass nicht der Razzman oder Big Z oder sonst einer dieser Typen mit mir sprach.

»Mann, ich hab sie zum Weinen gebracht.«

»Ja ... ich weiß, Razz, aber das wolltest du nicht ...«

»Mein Alter hat meine Mum dauernd zum Weinen gebracht – bevor er sich dann endgültig verpisst hat. Er hat immer geschrien ... und andere üble Sachen gemacht ... und dann ist er gegangen, und wir haben ihn tagelang nicht gesehen. Ich habe es gehasst, wenn Mum geweint hat ... deshalb habe ich ihr Witze erzählt und herumgealbert und Grimassen geschnitten, alles nur, um ihr ein Lachen abzuluchsen. Das war meine Aufgabe, meine Mum zum Lachen zu bringen. Mit der Zeit war ich ziemlich gut darin. Aber dann kam der Alte zurück und machte alles kaputt, und Mum fing wieder an zu weinen. Mann, ich habe mir geschworen, dass ich niemals so werde wie er.« Razza schnippte einen kleinen Zweig weg. »Als ich acht war, ist er dann endgültig abgehauen. Hat uns nichts dagelassen außer seinem alten Schlagzeug ... Schlagen konnte er gut. Und weißt du was, Mann? Ich war froh. Ich war froh, dass er weg war.«

In diesem Augenblick läutete die Glocke über den Schulhof und verkündete das Ende der Pause.

Razza rappelte sich auf und schaute mit einem Gesicht, so kalt wie ein Grabstein, auf mich herab. »Ich habe sie zum Weinen gebracht, Mann«, sagte er. »Läuft das so im Leben ... wie der Vater, so der Sohn?«

Achter Song:

Die Zeit ist gekommen

Die Zeit ist gekommen
Wir stehen auf und werden gezählt
Die Zeit ist gekommen
Wir haben das Feuer der Sonne gewählt
Die Zeit ist gekommen
Das Signal zum Angriff ist erschallt
Alles ist gesagt und alles getan
Nun sind die Zeit und der Augenblick dran

Aus *Die Seekühe: Wiedervereint & Neu aufgelegt*
Musik & Text: W. Mangan und R. Leseur

39
Kronprinzessin unter den Mädchen für alles

Prindabel hatte recht. Ich musste etwas unternehmen wegen Razza. Ich hatte nie zuvor jemanden so niedergeschlagen gesehen. Nun, zumindest nicht, bis ich zwei Tage später in unseren Partykeller kam und dort mit den Seekühen konfrontiert wurde.

Offenbar war das große Treffen, von dem ich Mr Barker erzählt hatte, nicht besonders gut gelaufen. Obwohl ihr alter Manager ihnen zugesichert hatte, dass alles unter Kontrolle sei, gab es immer noch keine einzige Eintrittskarte, und die Werbebroschüren waren auch noch nicht vom Drucker gekommen. Dads Sorgen verwandelten sich im Galopp in Panik. Da bis zum großen Abend nur noch ein Monat Zeit war, berief er bei uns zu Hause eine Notsitzung ein, um sicherzustellen, dass alle Maßnahmen definitiv ergriffen worden waren. Und in dieses Treffen platzte ich hinein.

Ich sah mich in dem Raum um. Onkel Ray saß auf dem Sofa, ein bisschen kräftiger und ein bisschen kahler als früher, eine Art verwilderter Nikolaus. Neben ihm lümmelte Leo McCrae, die langen, dünnen Beine beinahe durch den halben Raum gestreckt. Nach seinen Haaren und seinen Kleidern zu urteilen, konnte man darauf wetten, dass seine

Lieblingsfarbe Schwarz war. Ihnen gegenüber neben meinem Vater saß der neue Schlagzeuger Mick Stallybrass, nicht viel größer als ich, aber mit einem Bizeps so groß wie sein rasierter Schädel.

»Dad, Mum möchte wissen, ob jemand Kaffee oder Tee möchte.« Dann fiel mir Mr Barker ein. »Ach ja, kann man eigentlich schon Karten kaufen? Unser Konrektor fragt schon dauernd danach und ...«

»Ich fürchte, du kannst das ganze Konzert vergessen.«

Vier düstere Mienen vermieden jeglichen Blickkontakt. Dads Miene übertraf alle anderen an Düsterkeit. Ich wartete kurz ab, ob das vielleicht ein Scherz gewesen war. Niemand lachte.

»Was meinst du damit?«

Dad schüttelte den Kopf, als wäre es zu anstrengend, mir das zu erklären, deshalb übernahm Onkel Ray: »Also, es sieht ganz so aus, als wäre Alex, unser geschätzter Manager, mit all dem Geld, das wir ihm gegeben haben, abgehauen und hätte uns in der Scheiße sitzen gelassen.«

»Er hat euer Geld geklaut?«

»Jawohl, Sir«, antwortete Onkel Ray mit einem Zahnpasta-Lächeln.

»Warum tut er das?«

»Ich bin mir nicht ganz sicher«, antwortete Onkel Ray, »aber ich habe das unbestimmte Gefühl, dass er einfach kein netter Mensch ist.«

Mick nickte. »Na ja, er war immer sauer auf euch Jungs, weil ihr euch getrennt habt, oder? Er hat doch immer gejammert, dass ihm das große Geld durch die Lappen gegangen ist. Vielleicht hat er diesmal gedacht, dass er sich sein

Kotelett lieber rechtzeitig schnappt, bevor der Andrang zu groß wird.«

»Scheißkerl«, meinte Leo gedehnt. Offenbar ebenso ein Mann der wenigen Worte wie ein Mann der wenigen Farben.

»Aber kann euer Konzert nicht trotzdem stattfinden?«

Onkel Ray sog an seinen Zähnen. »Tja, das könnte ein *kleines bisschen* schwierig werden. Es sieht nämlich so aus, als wäre unser Manager nicht nur ein Dieb, sondern auch ein schäbiger Lügenbeutel. Offenbar hat er weder den Veranstaltungsort gebucht, wie er gesagt hatte, noch Anzeigen in der Lokalpresse geschaltet oder Plakate in Auftrag gegeben oder Kontakte mit Werbeagenturen geknüpft. Fairerweise muss man allerdings zugeben, dass er es geschafft hat, in den letzten Tagen ein paar Hundert gefälschte Karten zu verkaufen und die Einnahmen daraus einzusacken. Und das Meisterstück dürfen wir natürlich nicht vergessen: Alle unsere Verstärker sind auf mysteriöse Weise verschwunden.« Onkel Ray strich mit Daumen und Zeigefinger die Spitzen seines buschigen Schnurrbarts nach unten und runzelte die Stirn. »Meinst du, das ist bloß Zufall?«

Ich sah meinen Vater an. Zum zweiten Mal innerhalb weniger Tage begegnete ich einem Blick, der nichts als Niedergeschlagenheit ausdrückte. Ich dachte daran, was Mum gesagt hatte. Dass Dad dieses Comeback wollte und es brauchte, auch wenn es ihm Angst machte, und ich hatte das schreckliche Gefühl, dass es niemals stattfinden würde, wenn es jetzt misslang. Ich brauchte keinen Prindabel, der mich anschrie, dass ich etwas tun sollte. Ich schrie mich selbst an.

»Na ... warum ... warum bucht ihr nicht einen anderen Veranstaltungsort ... und mietet einfach, was ihr braucht ... Macht einfach trotzdem weiter?«

»Wir haben das alles durchgekaut, Junge«, sagte Dad und rieb sich die Stirn. »Einen Saal, in den auch nur ein paar Hundert Leute passen mit dem richtigen Sound und den Beleuchtungseinrichtungen, musst du monatelang im Voraus buchen. Es ist einfach keiner frei, glaub mir, wir haben's versucht. Und selbst wenn wir den Raum hätten – wir stecken noch mitten in den Proben. Wir haben einfach nicht genug Zeit, um uns um die Werbung, den Kartenverkauf und alles andere zu kümmern. Ganz zu schweigen von der Tatsache, dass uns bereits Tausende von Dollars fehlen. Und auf später verschieben können wir es auch nicht, weil wir dann zu nahe an Weihnachten dran sind. Damit wäre dieses Jahr abgehakt. Aber wenn wir das Konzert nicht dieses Jahr machen, dann wäre es kein Comeback zum zwanzigjährigen Jubiläum, und was soll dann das Ganze?«

»Ich sage es äußerst ungern, mein kleiner Freund, aber ich fürchte, dein Dad könnte recht haben«, sagte Onkel Ray. »Knapp vier Wochen – das ist bei Weitem zu wenig, um ganz von vorn anzufangen. Wenn du nicht zufällig ein Organisationsgenie kennst, das fähig und willens ist, sich für nichts den Arsch aufzureißen, um ein Konzert auf die Beine zu stellen und zum Laufen zu bringen – und zwar mit dem Geruch eines ölgetränkten Lappens, ach ja, vorzugsweise jemanden mit einer eigenen Konzerthalle, das wäre wunderbar, dann, dann fürchte ich –, sind wir total verratzt.«

»Im Arsch«, fügte Leo hinzu.

Ich hörte gar nicht richtig zu, denn ein merkwürdiger

Gedanke kämpfte in meinem Kopf ums Überleben. »Also ... Was ihr eigentlich braucht ... ist eine Art ... eine Art Mädchen für alles, oder?«, fragte ich.

»Tja«, sagte Onkel Ray und atmete hörbar aus. »Ich würde eher sagen, die Kronprinzessin unter den Mädchen für alles.«

»Ja ... Und wäre es hilfreich ... ein bisschen wenigstens ... wenn sie außerdem noch ein großer Seekühe-Fan wäre?«

Onkel Ray beäugte mich argwöhnisch. »Schätze, das würde nicht schaden.«

Sah so aus, als käme mein merkwürdiger Gedanke tatsächlich durch. Er war noch ein bisschen wackelig, aber er schien auf die Beine zu kommen. Als ich das dachte, merkte ich, dass mich alle anschauten, als hätte ich zwei Köpfe. Wahrscheinlich lag das daran, dass ich der Einzige im Raum war, der lächelte.

»Ich kenne genau den Richtigen«, sagte ich zu ihnen.

40
Überlass das mir (zweimal)

Am Montagmorgen ging ich vor dem Unterricht zu Mr Barker in sein Büro. Letzten Endes musste ich ihn noch nicht einmal fragen, ob er bei dem Konzert mithelfen wolle. Kaum hatte ich berichtet, was den Seekühen zugestoßen war, da schossen seine Augen hin und her, stoppten und blieben auf mir ruhen. »Sie können es hier machen«, sagte er. »In der Sporthalle. Muss ich natürlich noch mit Bruder Jerome besprechen ... und drei bis vier Wochen könnten auch ein bisschen knifflig werden ... aber nicht unmöglich ... Überlass das mir.«

Am Abend rief Mr Barker an und sagte, Bruder Jerome habe seine Einwilligung gegeben. Die Sporthalle sei frei und außerdem seien die Bühne, die Licht- und die Tonanlage dann größtenteils schon aufgebaut, weil ein paar Tage nach dem Konzert der Versammlungs-Preisverleihungs-Redeabend-Veranstaltungs-Ringelpiez zum Ende des Schuljahres stattfinden würde.

Aber mein Vater war noch nicht überzeugt. »Er ist Konrektor. Ein Lehrer, verdammt noch mal, und nicht ein Bandmanager oder Konzertveranstalter. Das ist mindestens eine Nummer zu groß für ihn.«

Dad willigte schließlich unter Protest ein, nachdem Mum darauf hinwiesen hatte, dass Mr Barker im Hinblick auf das Managen der Seekühe nicht viel übertreffen müsse.

Zwei Abende später saßen wir alle in unserem Wohnzimmer – Dad, der Rest der Seekühe, Mum, Prue und ich – und sahen zu, wie Mr Barker ein getipptes Blatt Papier aus seiner Aktentasche zog und es auf den Couchtisch vor sich legte. Es war ein Bericht über den Stand der Vorbereitungen für das Konzert.

»Gut, wie ich bereits sagte: Die Sporthalle ist frei. Die Bühne, die Licht- und die Tonanlage werden größtenteils schon aufgebaut sein. Wir haben viele freiwillige Helfer aus dem Lehrkörper und der Schülerschaft – und sie sind daran gewöhnt, Musikveranstaltungen und Rockfestivals zu organisieren. In dieser Hinsicht ist also alles unter Kontrolle.«

»Was kostet es uns, die Halle zu mieten?«, fragte Onkel Ray.

»Nichts.«

»Nichts? Wie haben Sie *das* denn mit dem Boss geschaukelt?«

»Ich habe ihn davon überzeugt, dass wir keinen Verlust machen. Im Gegenteil sind wir so aufgestellt, dass wir ordentlich Gewinn machen könnten. Auf dem unteren Sportplatz darf gegen eine geringe Gebühr geparkt werden. Darum kümmern sich Mr Guthrie und ein paar Internatsschüler aus Klasse zehn. In der Sporthalle ist Alkohol verboten, aber der Elternbeirat und der Förderverein haben die Erlaubnis, auf den Tennisplätzen eine Bar zu betreiben. Zusätzlich werden die Eltern draußen auf dem Schulhof einen Stand mit Essen und Getränken aufbauen. Außerdem organisieren sie eine Tombola und verkaufen Andenken von unserem College. All das koordiniert Zoe Tarango für mich. Was den Kartenverkauf insgesamt angeht, schlage ich vor, dass zehn Prozent der Gesamteinnahmen an die Schule gehen, damit alle sonstigen Kosten abgedeckt sind.«

Dad sah die anderen Bandmitglieder an, die alle in erstauntem Schweigen nickten.

»Also ... das klingt großartig«, sagte Dad, »aber sind Sie sicher, dass Sie wissen, auf was Sie sich einlassen? Ein Rockkonzert kann ein bisschen ... wild werden. Das ist eine große Herausforderung.«

Mr Barker schaute meinen Vater mit festem Blick an: »Sie hatten noch nicht das Vergnügen, an einer unserer Schulpartys in der Sporthalle teilzunehmen, oder? Sechshundert hormongesteuerte Jugendliche, die im Halbdunkel aufeinander losgelassen werden. Vielleicht könnte ich Sie mal als elterliche Aufsichtsperson einteilen, dann könnten Sie sich ein Bild machen.«

Dad schwieg einen Augenblick, dann tippte er auf das Blatt Papier auf dem Tisch. »Was ist der nächste Punkt auf der Liste?«

»Mal sehen«, meinte Mr Barker und hakte ein paar Zeilen ab. »Öffentlichkeitsarbeit. Was das betrifft, habe ich mir die Freiheit genommen und für den Schul-Newsletter einen Artikel über die Band und das Wiedervereinigungskonzert geschrieben. Der Newsletter geht morgen an über eintausendzweihundert Familien raus. Das ist mal ein Anfang. Ich habe noch einen Flyer beigelegt, den die Leute in Geschäften, an ihrem Arbeitsplatz oder so verteilen können. Außerdem habe ich dem Vorstand der St Daniel's Old Boys Association eine Kopie des Artikels zur Verfügung gestellt. Sie kontaktieren ihre Mitglieder, die beim Funk oder in den Printmedien arbeiten, sodass wir auch von dieser Seite kostenlos eine gute Berichterstattung bekommen. Bezüglich des Fernsehens bin ich noch nicht sicher, aber ich arbeite daran. Ich habe natürlich betont, dass sich der Veranstaltungsort geändert hat, und deutlich gemacht, dass wir alle bereits verkauften Karten akzeptieren oder, wenn nötig, den entsprechenden Geldbetrag erstatten.«

Mr Barker setzte schwungvoll einen weiteren Haken auf das Blatt.

»Gut, gehen wir zum nächsten Punkt. Carla Lagilla aus dem Fachbereich Kunst möchte gern, dass auch ihre Schüler sich beteiligen. Sie werden Plakate gestalten und eine Kulisse für die Bühne. Sie wollte außerdem wissen, ob Sie damit einverstanden sind, wenn sie ein besonderes Erinnerungs-T-Shirt entwirft und drucken lässt, das am Konzertabend verkauft werden könnte, um Geld für die große Kunstexkursion im nächsten Jahr einzunehmen.«

Dad warf wieder einen Blick in die Runde. Alle starrten Mr Barker an, als hätte er gerade das Rote Meer geteilt.

»Ja ... ja, kein Problem ... Das wäre toll ... Großartig.«

Noch ein Haken.

»Also, Mr Carlson und der Fachbereich Musik stehen natürlich auch hinter uns. Er hat einen eigenen Übungsraum am College organisiert, den die Band in den nächsten drei Wochen jederzeit benutzen kann, ebenso wie eine Anlage, falls Sie eine brauchen. Außerdem kam noch der Vorschlag, dass, wenn Sie Zeit haben, ein paar Musikschüler bei den Proben dabei sein könnten und dass Sie vielleicht mit ein paar Klassen sprechen könnten – aber das ist ganz allein Ihre Entscheidung. Für den Abend des Konzerts hat Mr Carlson als Vorgruppen die Schul-Big-Band und unsere zwei besten Schüler-Rockbands organisiert. Wir dachten, sie könnten von sieben bis ungefähr acht spielen und Sie könnten dann um halb neun einsteigen. Wie hört sich das an?«

Dad sprach für alle erstaunten Gesichter und nickenden Köpfe im Raum: »Wunderbar.«

»Prima, damit bin ich wohl mit allem durch, was ich zu diesem Zeitpunkt sagen wollte. Es bleibt immer noch viel zu tun, ein paar Details müssen noch geklärt werden, aber ich glaube, ich kann sagen, dass wir auf Kurs sind.« Als Mr Barker seine Sachen zusammenpackte, verwandelten sich die erstaunten Mienen in lächelnde Gesichter.

»Ach, Mr Barker ... Phil ...«, sagte Dad. »Sie haben schon

jetzt so viel für uns getan. Es ist unglaublich. Wir hätten Sie vor zwanzig Jahren gut gebrauchen können. Wie können wir Ihnen das jemals danken?«

Mr Barker sah auf. »Tun Sie einfach zwei Dinge ... und das ist dann mehr als genug«, sagte er. »Spielen Sie das Konzert ...« – dann griff er in seine Aktentasche und zog ein altes Vinyl-Album heraus mit einem ausgebleichten Foto von den Seekühen auf dem Cover – »... und erweisen Sie mir die Ehre, hier zu signieren.«

Als alle Mitglieder der Seekühe ihre Namen und Grüße auf das Cover geschrieben hatten, ließ Mr Barker seine Aktentasche zuschnappen und verabschiedete sich. Als er gerade gehen wollte, zögerte er. »Wissen Sie, da gibt es noch etwas, das Sie für mich tun könnten, wenn Sie nichts dagegen haben.«

»Sagen Sie's«, ermunterte Dad ihn.

»Nun, es hört sich vielleicht blöd an ... aber es ist einfach ... Wenn ich mit Leuten über die Band und das Konzert spreche, kann es ein bisschen verwirrend sein, wenn ich sage, dass ich stellvertretender Schulleiter des St Daniel's bin ... Also habe ich überlegt, ob Sie vielleicht damit einverstanden wären, wenn ich ... nur jetzt und bis kurz nach dem Konzert ... offiziell als ... Manager von den Seekühen auftrete?«

Dad musste diesmal nicht die Meinung der anderen einholen. »Wir würden es nicht anders wollen«, sagte er.

Mr Barker bewegte seinen Kopf auf eine Weise hin und her, die mich eine verstörende Sekunde lang an Razza erinnerte, und dann passierte etwas ganz Außergewöhnliches mit seinem Gesicht – es lächelte.

Falls Dad oder ein anderes Bandmitglied noch die geringsten Zweifel an Mr Barker gehabt hatte, dann wurden sie in den kommenden zwei Wochen komplett ausgeräumt. Nicht nur tauchten überall Werbeplakate auf, sondern auch das Lokalradio rührte die Werbetrommel, und ein TV-Sender drehte für sein populäres Nachmittagsprogramm ein Feature über die Band. Weniger als eine Woche vor dem großen Abend waren über tausend Karten verkauft – mehr als doppelt so viele, wie die Gruppe zu hoffen gewagt hatte.

Aber Mr Barker war nicht der Einzige, der die Dinge aufs Gleis brachte. Ich war endlich Prindabels Rat gefolgt, etwas wegen Razza »zu tun«. Aus diesem Grund reichte ich eines Tages nach der Schule Ignatius einen großen Briefumschlag, auf dem vorne Sally Nofkes Name prangte. Darin waren drei Dinge: ein Flyer, der das Seekühe-Konzert ankündigte, zwei Eintrittskarten und eine Notiz von Razza, auf der einfach »Tut mir leid« stand.

Nachdem ich Ignatius alles erklärt hatte, hielt er den Umschlag in der Hand und runzelte die Stirn. »Und du glaubst wirklich, das funktioniert?«

»Ich bin nicht sicher. Ich weiß nur, dass Razza da sein wird, ebenso Bill und Scobie, aber ob Sally auftaucht … wer weiß?«

»Vielleicht hätte er ein bisschen mehr schreiben sollen als ›Tut mir leid‹?«

»Vielleicht, aber es war schwer genug, ihn dazu zu bringen. Er meinte, das Blatt würde sowieso nur im Papierkorb landen. Hör zu, Ignatius, bitte deine Schwester einfach, den Umschlag mit zur Schule zu nehmen und Sally Nofke zu geben. Und dann hoffen wir das Beste.«

»Gut ... klar«, sagte Ignatius abwesend und betrachtete den Umschlag weiterhin mit gerunzelter Stirn. »Überlass das mir.«

Und das tat ich.

Aber ich überließ Ignatius an diesem Tag noch etwas. In dem Umschlag für Sally steckte ein zweiter, kleinerer Umschlag, der an Kelly Faulkner adressiert war. Er enthielt noch einen Konzert-Flyer, noch einmal zwei Eintrittskarten und noch eine Notiz, diesmal von mir, auf der einfach stand: »Tut mir leid.«

Wir ihr seht, war mein Vater nicht der Einzige, der alles auf das Comeback der Seekühe setzte.

41
Eins und eins

Am Abend des Konzerts war es bewölkt und schwül. Razza und ich hatten fast den ganzen Tag Mr Barker bei den letzten Vorbereitungen geholfen und waren dann bei der abschließenden Bandprobe dabei gewesen. Alles klang gut, aber ich war immer noch beunruhigt wegen der stillen Panik, die ich in den Augen meines Vaters wahrnahm.

Als wir dann abends ungefähr eine halbe Stunde, bevor die erste Schulband loslegte, zur Schule zurückkehrten, strömte schon eine große Menge von Besuchern auf den Schulhof, und noch mehr kamen in einer lange Schlange vom unteren Parkplatz her. Während Mum und Prue mit Dad zusammen direkt zum Probenraum gingen, machten Razza und ich uns auf den Weg in die Sporthalle. Wir schauten uns gerade ein paar Plakate von Miss Lagilla an, als hinter uns eine vertraute Stimme ertönte. »Leseur ... Zorzotto ... da seid ihr ja.«

Wir drehten uns um. Eine schlaksige Gestalt in einer Schuluniform spähte zu uns herüber.

»Ignatius, was machst du denn hier. Ich hätte nicht gedacht, dass du auf Rockmusik stehst.«

»Tu ich auch nicht. Ich gehöre zu den Freiwilligen, die auf dem Parkplatz helfen müssen. Bin gerade mit meiner Schicht fertig. Jetzt bin ich am Verkaufsstand. Ich dachte mir, ich bringe einfach ein paar pi-Club-T-Shirts und verkaufe sie.«

Eine Pause entstand. Wahrscheinlich erwarteten Ignatius und ich an dieser Stelle einen Kommentar von Razza, irgendwas in Richtung: »Du bringst Mathematik-T-Shirts zu einem Rockkonzert? Was ist dein nächstes Marketingprojekt, Prindabel? Barbie-Puppen an die Marines verscherbeln?«

Aber es kam nichts. Seit dem Vorfall mit Sally war es, als hätte jemand Razzas Mute-Knopf gedrückt. Ich wollte gerade etwas sagen, als mich eine große Gruppe von Menschen ablenkte, die in die Sporthalle drängte.

»Razza, schau mal.«

Ich deutete zum hinteren Ende der Halle, wo Sally Nofke gerade ihre Karte vorzeigte. Hinter ihr kamen ihre Eltern und danach Kelly Faulkner. Mein Herz machte einen Riesensatz von einem Sprungbrett und schoss hoch in die Luft.

Dann erblickte ich Brad, und es landete mit einem Bauchklatscher in einem leeren Pool.

Sally trat in die Halle und wartete auf die anderen.

»Sie ist gekommen ...«, sagte Razza, als stehe er unter Schock.

Ignatius beugte sich nach vorn und flüsterte verstörend nah in mein Ohr: »*Das* ist sie?«

Ich nickte.

»Aber sie ist ... sie ist ...«

»Ich weiß.«

Er drehte sich um und schaute noch einmal hin.

»Und dann ist sie auch noch intelligent.«

»Hmmm-hmmm.«

»Und sie mag Orazio?«

Schon wieder.

In diesem Augenblick sah Sally uns direkt an und winkte kurz. Dann sagte sie etwas zu Kelly und ihren Eltern und bahnte sich ihren Weg durch die Menge zu uns.

Ignatius sah sich nervös um. »Äh, Orazio ... Ich glaube, da gibt es etwas, das ich dir *wahrscheinlich* sagen sollte.«

Er streckte die Hand aus und packte Razza am Arm.

»He, Mann, was soll das ...«

»Keine Zeit für Erklärungen, hör mir einfach zu. Sei mit allem einverstanden, was sie sagt, ja? Was immer sie sagt, stimm ihr einfach zu. Es ist von dir, klar? Es ist von dir. Es war alles deine Idee. Kapiert?«

»Prindabel, was zum Teufel laber...«

Aber es war zu spät. Ignatius verdrückte sich hastig, und Sally nahm uns ins Visier.

»Also, Razza, ich überlass das Feld dir, okay? Viel Glück!«

Ein stechender Schmerz fuhr in meinen Bizeps. Razza umklammerte meinen Arm mit einem Todesgriff. »Nein, Ismael, warte, ich brauch dich, Mann ... Bitte.«

Ich hatte keine Ahnung, was ich durch mein Bleiben bewirken könnte, aber der Ausdruck in Razzas Augen sagte mir, dass ich nirgendwohin gehen würde.

Sally trat zu uns, und wir begrüßten uns befangen. Dann wandte sie sich an Razza: »Danke für die Karten ... und ganz besonders für ... du weißt schon ... das andere Ding.« Sie lächelte verlegen und senkte die Augen zum Boden.

»Das *andere* Ding«, antwortete Razza und beugte sich ein bisschen nach vorn. »Richtig, ja ... das andere Ding ... und das wäre ... ähm ...«

Sally strich sich ihr langes dunkles Haar hinter die Ohren und warf mir einen kurzen Blick zu. Ich schob mich ein bisschen weg und tat so, als wäre ich vollkommen in die Betrachtung der Menschen um mich herum versunken.

»Hör auf, mich zu veräppeln«, sagte sie. »Du weißt genau, was ich meine ... das Gedicht.«

»Ja, klar«, sagte Razza, warf den Kopf zurück und nickte zuversichtlich. »Das *Gedicht*. Ja, natürlich ... Das Gedicht ... Richtig ... *Dieses* andere Ding.«

Sally lachte kurz auf, dann fixierte sie Razza mit ihren dunklen Augen. »Das war so ... süß«, sagte sie leise und schüttelte leicht den Kopf, »... und so clever.«

Mit einem irren Lächeln versuchte Razza die absolute Verwirrung zu vertuschen, die sich auf seinem Gesicht widerspiegelte: »Wirklich?«

Sally sah zu Boden, und ihr dunkles Haar fiel nach vorn

über ihre Wangen. »Das war das Netteste, was ich jemals bekommen habe ... Ich trage es immer bei mir.«

Razza fuhr sein irres Lächeln ein paar Stufen herunter. »Also ... was ... Du willst damit sagen ... dass du es jetzt dabei hast?«

Sie wurde rot und nickte leicht mit dem Kopf.

»Kann ich es mal sehen?«, fragte Razza eifrig.

Sally sah auf und kräuselte ihre süße Nase. »Und warum willst du es sehen?«

»Na ja, ich habe einfach ... Weißt du, ich dachte ... dass ... ähm ... dass ... ähm ...« – auf einmal durchströmte ein noch größerer Schmerz meinen Arm, und ich wurde zur Seite gerissen –, »... dass Ismael es vielleicht gern lesen würde.«

Jetzt runzelte Sally die Stirn.

»Ja, ich weiß, das ist ein bisschen ... komisch ... aber die Sache ist ... Ich habe ihm alles darüber erzählt ... Du weißt schon, über das Gedicht und alles ... aber das ist anders, als wenn man es selbst liest ... Also dachte ich, er könnte jetzt wenigstens einen kurzen Blick darauf werfen. Mehr nicht.«

Sally schien unschlüssig. »Na ja, vielleicht ... wenn es dir nichts ausmacht.«

»Kein Problem. Ismael und ich sind Freunde – wir teilen alles, stimmt's, Ismael?«

Ich konnte nicht anders als zustimmen. Razzas Hand lag auf meinem Nacken und zwang mich, mit dem Kopf zu nicken.

Sally griff in die Po-Tasche ihrer Jeans, zog ein Blatt Papier heraus und reichte es herüber. Ich faltete es auf, Razza spähte mir über die Schulter, und wir lasen es gemeinsam.

Für Sally

EINS PLUS EINS

Du bist die Summe in meiner Gleichung,
das Ergebnis jeder Rechnung und jede Zahl.
Du bist das X, das ich gesucht hab,
meine liebste, meine erste Wahl.

Du bist mein komplementärer Winkel,
mein Sinus, Kosinus und Tangens.
Doch ich bin nur eine simple Bruchzahl,
und das bleibe ich, bis du erkennst,

dass ich nur ganz bin,
wenn du mich magst,
dann bin ich der Umfang
und du die Fläche des Quadrats.

Ich bin kein großer Rechner,
drum flüster du's mir zu,
eins plus eins zusammen,
ergibt das ich und du?

Razza und ich starrten auf das Blatt, obwohl wir es längst gelesen hatten.

»Das ist ... einfach großartig, Razz«, sagte ich schließlich, als ich Sally das Gedicht zurückgab. Sie lächelte und kaute an ihrer Unterlippe. Ich dachte, nur Kelly Faulkner könnte so schön aussehen. Razza dagegen sah sehr unglücklich aus. Er murmelte etwas.

»Wie bitte?«, fragte Sally, immer noch lächelnd.

»Ich habe es nicht geschrieben.«

Ihr Lächeln verglomm, als habe es seinen Lebenswillen verloren.

»Das Gedicht ... Es ist nicht von mir ... Ich habe es nicht geschrieben. Ich wünschte, ich hätte ... aber ... Ich kann dich nicht anlügen ... Ich bin in Mathe ein totaler Versager ... und überhaupt.«

Sallys Augen fingen an zu schimmern, wie an dem Abend des Debattierhalbfinales. In meinem Kopf hörte ich Prindabels Stimme schreien. »Tu was!«

»Ach ... Nein, hör zu ... Razza tut nur so bescheiden, Sally. Eigentlich will er sagen, dass ihm jemand bei dem Gedicht geholfen hat ... bei den Mathe-Sachen. Ein Freund von uns, Ignatius ... Ignatius Prindabel ... Du weißt schon, Cynthia Prindabels Bruder ... Also der ist richtig gut in Mathe, und Razza hat mir gerade erst erzählt, dass er ihm mit den Ausdrücken und so geholfen hat ... Aber, weißt du, die *Hauptideen* ... die *Bedeutung* des Gedichts und was es aussagt ... das ist alles Razzas Werk.«

Sally und ich schauten Razza an.

Ich wartete, aber ich bekam keine Unterstützung. »So war es doch, Razza, oder? ... Die *Gedanken* in dem Gedicht ... Du weißt schon, was es aussagt und so ... Das kommt von dir, richtig? Ich meine, das sind nicht Prindabels Worte, oder? Das ist, was *du* denkst, nicht wahr?«

Razza sah mich zweifelnd an. »Ja, schon ... aber ...«

»Siehst du, Sally, wie ich gesagt habe. Er ist einfach viel zu bescheiden. Es ist immer so. In St Daniel's ist er bekannt dafür. Deshalb heißt er bei uns auch Zorzotto, der Tiefstapler.«

Sally blinzelte das feuchte Schimmern von ihren Augen weg und lächelte. »Ja, das stimmt. Es ist definitiv die Absicht dahinter, die zählt.«

Die ersten Ansätze eines Lächelns erschienen auf Razzas Gesicht. »Hör mal, Sally, neulich abends ... bei der Debatte ... Tut mir leid ... Mann, ich war ein totaler Idiot.«

»Das macht zwei ... Sieht so aus, als könnten wir wirklich gut miteinander auskommen.«

Sie waren beide vollkommen vereinnahmt von einem gemeinsamen Marathonlächeln, deshalb dachte ich mir, dass es für mich Zeit wäre, schleunigst das Feld zu räumen.

»Also, ich geh dann mal runter in den Probenraum und wünsche Dad viel Glück.«

»He, langsam, ich komme mit. Begleitest du uns, Sal?«

»Nein, nein. Geht ihr beiden nur allein, ich schau lieber mal nach, wo Kelly und Brad stecken. Aber wenn ihr wieder zurückkommt ... könnten wir vielleicht zusammen tanzen?«

Man hätte Razzas Gesicht als Eintrittskarte für Luna Park nehmen können. »Ja, coole Idee. Toll!«

Sally lächelte einen Augenblick, aber dann runzelte sie die Stirn und zog die Luft zwischen den Zähnen ein. »Es gibt nur ein Problem ... da ich nicht im Lotto gewonnen habe oder so ... weiß ich nicht genau, ob ich mir dich überhaupt *leisten* kann.«

Razzas Lächeln klappte zusammen wie ein sich schließender Regenschirm.

»Aber ich hab eine Idee«, sagte Sally, und ihre Miene hellte sich auf. »Vielleicht könnten wir einen Handel abschließen: Du tanzt mit mir, und ich gebe dir dafür umsonst Mathe-Nachhilfe. Wie hört sich das an?«

»Irre«, sagte Razza wieder im Luna-Park-Modus. »Und du wirst es nicht bereuen, Sal. Du wirst sehen, ich bin ein geiler Tänzer. Mann, ich bin der Lord of the Dance!« Und wie zum Beweis seiner Worte fing Razza an, herumzuhüpfen und seine Arme und Beine zu schlenkern, als wäre eine Horde wütender Frettchen in seine Unterhosen eingedrungen.

Sally wandte sich mit hochgezogenen Augenbrauen an mich. »Zorzotto, der Tiefstapler?«

»Na ja ... Das war nur eine *vorübergehende* Tarnung«, sagte ich.

Und so war es. Der Razzman war wieder da.

42
Die Schnauze voll von Sicherheit

Wir ließen Sally in der Sporthalle zurück und machten uns auf den Weg zum Probenraum. Als wir die Tür erreichten, war Razza wieder ganz der Alte. Dieser Zeitpunkt erschien mir so gut wie jeder andere, um etwas anzusprechen, was mich schon eine Weile umtrieb.

»He, Razza ... erinnerst du dich daran, was du über deinen Dad gesagt hast ... und deine Mum und so?«

Er warf mir einen argwöhnischen Blick zu. »Ja ...«

»Also ... du weißt schon ... dass dein Dad deine Mum zum Weinen gebracht hat?«

»Ja ...«

»Ich habe mich gefragt ... Glaubst du, dass er sich deshalb jemals so mies gefühlt hat wie du ... du weißt schon ... wegen Sally?«

Razza lächelte mich traurig an. »Er? Glaub ich nicht. Sonst hätte er es doch nicht immer wieder gemacht, oder?«

»Ja ... ja, das hab ich mir auch gedacht.«

Razzas Hand lag auf der Türklinke, während er mein Gesicht musterte.

»Worauf willst du hinaus, Ismael?«

»Es ist nur der eine Satz, den du gesagt hast, weißt du noch, ›wie der Vater, so der Sohn‹? Ich glaube nicht, dass du auch nur im Entferntesten so bist wie dein Vater. Auf keinen Fall.«

Razza lächelte. »Danke, Mann. Aber weißt du, ich muss zugeben, dass ich auch ein paar gute Eigenschaften von meinem Vater habe.«

»Und was zum Beispiel?«

»Na, zum einen ganz augenscheinlich mein umwerfend gutes, filmstarmäßiges, ans Herz gehendes Aussehen wie ein heißer Typ aus einem Teenie-Magazin.«

»Tja, *das* versteht sich von selbst.«

Razza drückte die Klinke hinunter und stieß die Tür auf. *»Und* ich habe sein *einziges* Talent geerbt.«

Ich traute mich kaum zu fragen, was das sein könnte, aber wie sich herausstellte, bekam ich auch gar nicht die Gelegenheit dazu. Als nämlich die Tür aufschwang, befanden wir uns mitten im Herzen von Kummerland.

Prue und Mum saßen dicht aneinandergeschmiegt auf einem Pult, Onkel Ray und Leo lümmelten auf Stühlen, und Dad durchmaß mit großen Schritten den Raum, während er sich unablässig mit den Fingern durch die Haare fuhr. Eine Probe fand nicht statt, stattdessen sah ich in lauter sorgenvolle Gesichter.

Es dauerte nicht lang, bis wir den Grund herausgefunden hatten. Ein Mitglied der Band fehlte.

»Wo steckt er bloß?«, fragte Dad die Decke. »Er sollte längst hier sein. Ray, zum Kuckuck, versuch noch einmal, ihn anzurufen. Es wäre schon nett, wenn wir bei unserem ersten Gig seit zwanzig Jahren einen Schlagzeuger hätten.«

Onkel Ray zog sein Handy heraus, und da erwachte es in seiner Hand zum Leben und spielte die ersten paar Akkorde von ›Kollisionskurs‹.

»Ja, Ray hier. Jen? Ich wollte gerade anrufen. Was ist mit Mick?« Pause. »Ein Autounfall?« Das Schweigen im Raum erstarrte zu Eis. Onkel Ray setzte sich auf einen Stuhl und beugte sich, das Telefon ans Ohr gepresst, nach vorn. »Nicht weinen, Jen. Was ist passiert?« Alle Augen hingen an Onkel Ray. Einmal rieb er sich die Stirn und drückte seinen Nasenrücken zusammen. Schließlich sagte er: »Hör zu, im Augenblick kann niemand etwas tun. Mach dir keine Vorwürfe. Ich informiere die anderen und ruf dich dann wieder an. Alles Gute, Jen.« Onkel Ray legte mit einem Knopfdruck auf.

Dad sprach als Erster. »Ray, was ist passiert?«

»Er ist im Krankenhaus – schlimm geprellte Hand und drei gebrochene Finger. Er ist fix und fertig. Kann nicht einmal einen Stock halten, geschweige denn ihn benutzen.«

»Aber was ist passiert?«

»Sie wollten offenbar gerade losfahren, da hat Jen die Autotür zugeschlagen, und seine Hand war noch dazwischen.«

»Sie hat *was*? Wie hat sie das denn geschafft?«

»Keine Ahnung. Sie sagte irgendwas von Auto beladen und Hektik und Dunkelheit … Sie ist ziemlich durch den Wind wegen der ganzen Sache.«

»*Sie* ist durch den Wind?«, sagte Dad und sah sich erstaunt um. »*Sie* ist durch den Wind? Und was ist mit uns? Was machen wir jetzt? Wir müssen in anderthalb Stunden auf die Bühne, und wir haben keinen Drummer.«

»Ron, kennst du vielleicht jemanden, der einspringen könnte … nur für heute Abend?«

Dad fuhr Mum an, als hätte sie vorgeschlagen, dass er im Zimmer herumfliegen soll. »Einspringen? Einspringen? Das ist unser erster Gig seit zwanzig Jahren. Wir haben zwei volle Monate geprobt, bis alles saß, und jetzt fragst du mich, ob ich jemanden kenne, der einspringen kann, einfach so? Das ist unmöglich. Sagt es ihr.«

Mum schaute Onkel Ray an und dann Leo. Beide blickten kurz auf und starrten dann wieder auf ihre Hände.

Dad sah die Enttäuschung im Gesicht meiner Mutter und fügte in sanfterem Ton hinzu: »Es ist unmöglich, Liebes. Niemand kann im letzten Moment einspringen. Es geht nicht.«

»Was wollt ihr dann tun?«

»Nun, ich fürchte, es gibt nicht viele Möglichkeiten. Wir haben keinen Drummer. Ich denke, wir müssen das Konzert einfach … absagen. Was sollen wir denn tun?«

Alle im Raum spürten, wie sich die Endgültigkeit der Worte meines Vaters schwer auf sie legte. Nun, fast alle.

»Ich mach es.«

Sechs Augenpaare richteten sich auf Razza. Sechs Ohrenpaare glaubten, sie hätten sich verhört.

Razza schaute uns der Reihe nach an. »Ich mach es. Ich spring ein«, sagte er, lächelte und warf seinen Kopf nach einem inneren Rhythmus.

Er war mein Freund. Offenbar hatte er den Verstand verloren. Es war an mir, mit ihm zu sprechen. »Razz ... kannst du überhaupt Schlagzeug spielen?«

Razza kratzte sich mit dem Zeigefinger am Kinn. »Schlagzeug spielen? Meinst du, das wäre wichtig?« Dann schaute er mich an, als hätte ich ein Gehirn, so groß wie das Hinterteil einer Mikrobe. »*Natürlich* kann ich Schlagzeug spielen. Ich spiele seit meinem dritten Lebensjahr. Mein Alter war Schlagzeuger – sein einziges Talent. Er hat mir sein Schlagzeug hinterlassen, erinnerst du dich?«

»Hör zu ... Orazio«, sagte Dad mit einem Lächeln, das eher an eine Grimasse erinnerte, »versteh mich nicht falsch, ich weiß dein Angebot zu schätzen, wirklich, aber es ist ... lächerlich. Egal, wie lange du schon spielst, du kennst weder die Songs noch die Arrangements. Sogar ein super Profidrummer hätte zu kämpfen.«

»Aber ich *kenne* die Songs.«

Dad schaute, als hätte ihm jemand einen Baseballschläger über den Kopf gezogen. »Was? Woher?«

»Ich habe vor ewigen Zeiten von Ismael Ihre Kassette ausgeborgt und habe zu Hause zu der Kassette gespielt. So übe ich. Ich besorge mir neue Songs, und dann arbeite ich am Schlagzeug-Part, bis ich ihn spielen kann. Ich kenne alle Songs auf dem Album, und ich war bei einigen Proben dabei, also weiß ich ziemlich genau, was ihr mit ihnen macht.«

Onkel Ray legte seine große Hand auf Razzas Schulter. »Mein Junge, in deinem Zimmer vor deinem Goldfisch zu einer Plattenaufnahme zu spielen ist etwas völlig anderes, als auf einer Bühne vor vielen Hundert Menschen zu stehen.«

»Ja, ja, ich weiß. Ich habe erst vergangenes Wochenende vor ein paar Hundert Leuten gespielt. Wann war *Ihr* letztes Mal?«

Onkel Rays Augen verengten sich. Ich fürchtete, seine große Hand könnte sich um Razzas Hals legen.

»Wissen Sie, ich spiel alle vierzehn Tage Schlagzeug in der Band von meinem Onkel Aldo im italienischen Kulturverein. Wir haben ziemlich viel Publikum dort. Und wenn andere Sänger und so auftreten, dann sind wir auch die Begleitband, wir müssen also alles spielen von Dean Martin und Frank Sinatra bis zu den Sechziger- und Siebzigerjahren und den ganzen modernen Kram. Manchmal ist kaum Zeit für eine Probe, da braucht man eine rasche Auffassungsgabe. Ich bin also daran gewöhnt.«

Onkel Ray musterte Razza eindringlich, trat dann einen Schritt zurück und schwenkte den Arm in Richtung Schlagzeug. »Also gut, Keith Moon, zeig uns, was du kannst.«

Razza hüpfte durch den Raum und drehte den Sitz auf die richtige Höhe. Dann zog er die kleineren Trommeln und Becken dichter zu sich heran. Er nahm die Stöcke und ließ sie durch seine Finger kreiseln, wie er es in der Schule schon tausendmal mit seinen Stiften gemacht hatte. Er entlockte der Basstrommel drei dumpfe Töne, ließ dann die Stöcke über die kleinen Toms wandern und endete mit einem scheppernden Schlag auf das Becken.

»Toll, nicht übel, dieses Schlagzeug. Was möchten Sie hören?«

»Fangen wir mit einem leichten Stück an. Spiel uns ›Immerzu‹«, sagte Onkel Ray.

Razza begann mit den Becken und ging dann zu einem langsamen, stetigen Rhythmus über. »So geht das praktisch die ganze Zeit weiter, bis auf diese kleine Passage«, sagte er und veränderte den Rhythmus ganz leicht.

Leo kam als Nächster: »Gut, wie steht's mit ›Ein schlechter Tag für Engel‹?«

Diesmal begann Razza ganz ruhig und baute dann einen immer komplizierteren Rhythmus auf. Als Dad die Hand hob, hörte er auf.

»Jetzt ›Kollisionskurs‹.«

»Cool!«, sagte Razza, knüppelte vier donnernde Schläge auf die Trommeln, hielt inne und zeigte mit einem Stock auf Dad. »Hier schreien Sie auf, Mr Leseur.« Und dann stürzte er sich in einen harten, fordernden Rhythmus, der in den Körper eindrang und die Herrschaft über die Muskeln übernahm, sodass man sich unwillkürlich nach seinen Befehlen bewegen musste.

Jetzt war wieder Onkel Ray an der Reihe. »Okay, Superstar, spiel ›Gesellschaftsblues vom toten Frosch‹.«

Sofort setzte Razza zu einem pochenden Rhythmus an, der an eine gleichmäßig ans Ufer schlagende Welle erinnerte. Als ob das nicht eindrucksvoll genug gewesen wäre, hielt er nach einer Weile inne und sagte: »So ist es auf dem Album, aber ich finde, das ist ein bisschen zu langsam. Es sollte eher so klingen ...« Und dann spielte er das Stück noch einmal. Diesmal klang es wie ein außer Kontrolle geratener Hochgeschwindigkeitszug. Razzas Hände wirbelten, und die schwere Basstrommel dröhnte so laut, dass man spürte, wie die inneren Organe zu dem Rhythmus hüpften. Alles endete mit einem tosenden Trommelwirbel, nach dem Razza den Stock in seiner rechten Hand herumwirbelte und dann in die Luft warf. Ich bin sicher, er hätte ihn auch wieder gefangen, wenn er nicht in einer Styropor-Platte an der Decke stecken geblieben wäre.

Onkel Ray betrachtete den über Razzas Kopf von der Decke baumelnden Trommelstock und sagte dabei: »Wir bleiben vielleicht beim ursprünglichen Tempo, mein Lieber ... wenn du nichts dagegen hast.«

»Klar doch«, antwortete Razza. »Ich seh das locker. Vermutlich habt ihr älteren Typen Probleme mitzukommen, was?«

Da ich ziemlich viel Erfahrung mit solchen Situationen habe, war ich mir sicher, dass sich Onkel Ray, nach seinem Gesichtsausdruck zu urteilen, gerade vorstellte, wie er eine gewisse Person mit einem kompletten Schlagzeug zwangsernährte – und zwar keineswegs nur durch den Mund.

Mum brach das Schweigen. »Na? Was meinst du, Ron? Ich bin keine Expertin, aber für mich klang das *ziemlich* gut. Orazio könnte einspringen, nicht wahr – nur heute Abend?«

Das Gesicht meines Vaters war von Angst und Sorge umwölkt.

»Pass auf, er ist gut genug – sehr gut sogar, aber es gehört mehr dazu. Wir haben nicht zusammen geprobt. Es fehlt die Chemie. Die gemeinsame Wellenlänge einer Band. Und wir spielen auch ein paar Cover-Versionen, was ist mit denen? Es steht zu viel auf dem Spiel. Es ist unser erster Auftritt seit zwanzig Jahren. Ich glaube einfach, es wäre ...

sicherer … wenn wir es heute Abend absagten. Vielleicht könnten wir es zu einem anderen Zeitpunkt noch einmal versuchen. Die Leute würden es verstehen … Sie müssen. Das ist jedenfalls meine Meinung.« Nach einer langen Pause fügte Dad hinzu. »Aber die Seekühe haben immer alles gemeinsam entschieden. Wenn ihr es also durchziehen wollt … dann tun wir das.«

Alle schauten Leo an. »Ich warte nicht noch einmal zwanzig Jahre.«

Wir nahmen das als »Ja«.

Mums Miene hellte sich ein bisschen auf. »Ray? Was meinst du?«

Onkel Ray ließ sich auf seinem Stuhl nach hinten fallen. »Dann hängt jetzt alles von mir ab, was? Die Zukunft der Seekühe liegt in meinen Händen. Packen wir unsere Sachen und gehen nach Hause, oder setzen wir unsere Hoffnung auf diesen kleinen Superman hier? Schwierig. Also … wenn ihr mich fragt … Ich bin mit Ronnie einer Meinung.«

Im ganzen Raum senkten sich die Köpfe – sogar Dad blickte auf den Boden –, und alle schienen kleiner zu werden. Mum konnte ihre Enttäuschung nicht verhehlen. »Ray … bist du sicher?«

»Ob ich sicher bin, dass ich mit Ronnie einer Meinung bin? Absolut. Ich glaube wirklich, dass es weitaus sicherer wäre, wenn wir das Konzert absagten« – Onkel Ray schaute sich langsam um und sah jeden Einzelnen im Raum an –, »… und genau aus diesem Grund sage ich, dass wir es mit dem Kerl da durchziehen sollten.«

Dads Kopf fuhr nach oben. »Was? Aber du hast doch gerade gesagt …«

»Dass es sicherer wäre, wenn wir absagten? Richtig. Aber, Ronnie, sag mir, wann ging es den Seekühen jemals um Sicherheit? Mensch, als Nächstes sagst du mir dann, ich sollte mich entspannen und es mir gemütlich machen.«

Mum schloss die Augen und legte die Finger an die Lippen, und Onkel Ray fuhr fort. »Erinnerst du dich, wie wir anfingen zusammen zu spielen? Ich weiß nicht, wie es dir ging, aber ich fühlte mich ungefähr so sicher wie Keanu Reeves in *Speed* – Augen zu und durch. Ronnie, ich habe mich zwanzig Jahre lang sicher gefühlt. Und weißt du was? Ich habe genug von Sicherheit. Die Schnauze voll davon. Jetzt bin ich bereit für etwas anderes. Ich bin bereit, mich lebendig zu fühlen, auch wenn es bedeutet, dass ich die Hosen voll habe. Geht es nicht in erster Linie genau darum, wenn die Seekühe zusammen spielen? Sich lebendig zu fühlen? Und betrachte es mal so, Ronnie: Selbst wenn wir grandios Schiffbruch erleiden, hatten wir wenigstens einen Höllentrip, oder? Und ich garantiere dir, was immer passiert, es schlägt das Verkaufen von Versicherungen um Längen.«

Dann wandte Onkel Ray sein zerklüftetes Gesicht Razza zu. »Unter einer Bedingung allerdings. Wenn die Quasselstrippe hier auch nur ein einziges Mal Mist baut, dann bin ich der Erste, der ihn in den Arsch tritt.«

»Und ich der zweite«, sagte Leo.

Wir alle warteten auf Dad.

»Na ... vermutlich muss ich mich dann mit Platz drei begnügen«, sagte er.

»Hallelujah!«, rief Mum und warf den Kopf zurück.

Razza verlieh seiner Freude mit einem maschinengewehrartigen Trommelwirbel Ausdruck. »Wisst ihr was?«, sagte er und sandte ein Leuchtturm-Lächeln durch den Raum. »Ich bin eine Seekuh!«

Prue rollte mit den Augen und grinste spöttisch. »Gab's da jemals Zweifel?«

43
Wie eine sezierte Kröte

Mum, Prue und ich überließen die Seekühe ihrer schnellen, hektischen Probe und kehrten in die Sporthalle zurück, um die neue Aufstellung der Band weiterzugeben. Als Erstes sagten wir es Mrs Zorzotto, und sie versicherte uns: »Mein Orazio lässt keinen hängen.« Dann informierten wir Mr Barker, der uns anstarrte, als hätten wir ihm gesagt, dass Ronald McDonald gerade zum Premierminister gewählt worden sei.

Als die erste Schulband loslegte, verließen Mum, Mrs Zorzotto und Mr Barker die Halle, damit sie, wie sie es ausdrückten, wenigstens ihre eigenen Gedanken hören konnten. Prue und ich hingen im hinteren Bereich der Halle herum, aber wir blieben nicht lange allein.

»Ach, hier bist du. Sieh mal, wen ich entdeckt habe.« Es war Sally und neben ihr stand, ein bisschen steif wie ein kleiner Soldat, James Scobie. »Hallo«, sagte Sally, als sie Prue bemerkte. »Ich bin Sally.« Auch Prue stellte sich vor. Sally sah sich suchend um. »Wo ist Razz?«

Zuerst schien Sally sich zu freuen, als ich ihr von Razza und der Band erzählte, aber dann verdüsterte sich ihre Miene: »Augenblick mal. Das bedeutet, dass ich schon wieder versetzt werde. Mit wem soll ich jetzt tanzen?« Dann zeigte sie mit dem Finger auf mich. »Du hast an allem Schuld, Ismael. Die Band deines Vaters hat den Jungen gekidnappt, mit dem ich verabredet war. Zur Strafe musst du an seiner Stelle mit mir tanzen.«

In puncto Strafe war das ungefähr so, als würde man mit Schokolade zwangsernährt. Die Sache hatte nur einen Haken.

»Das würde ich liebend gerne tun, Sal, wirklich, aber Razza hat mich um einen Gefallen gebeten. Ich muss ihm aus einer der Buden hier etwas besorgen und zu ihm in den Probenraum bringen. Das muss ich zuerst erledigen.«

Sally holte tief Luft. »Scobie, was ist mit dir? Du tanzt mit mir, oder?«

Scobie warf einen kurzen Blick auf Prue, während sein Mund sich in die andere Richtung verzog. »Also, ich würde ... sicherlich ...«

Weiter kam er jedoch nicht, denn Prue streckte die Hand aus und packte ihn vorn am T-Shirt. »Tut mir leid«, sagte sie mit einem mitleidigen Lächeln zu Sally, »aber er ist schon vergeben.« Dann zog sie ihn in Richtung Bühne davon.

Sally durchbohrte mich mit Blicken. »Ich warte.«

Ich suchte in der Menge nach einem vertrauten Gesicht. Als ich schon aufgeben wollte, entdeckte ich eines, das sich in den dunklen Bereichen beim Hintereingang rumdrückte. Ich rannte hin und lotste Bill herein.

»Sally Nofke – das ist Bill Kingsley aus unserer Debattiermannschaft. Bill, das ist Sally.«

Einen Augenblick lang schien Sally ein bisschen überwältigt davon, wie viel Bill tatsächlich vor ihr stand. Dann wandte sie sich an mich. »Doch nicht etwa der berühmte Bill Kingsley? Der, von dem ihr uns erzählt habt? Der Held der letzten Debatte? Der Science-Fiction-Guru?«

»Wie er leibt und lebt«, sagte ich und wünschte dann, ich hätte mich anders ausgedrückt.

Sally sah zu ihm auf und lächelte. »Bill«, sagte sie, »ich nehme nicht an, dass du mit mir tanzen möchtest?«

Das war eine dumme Frage. Bill Kingsley starrte sie an, als wenn all seine *Star Wars*-Filme auf einmal im Kino gezeigt worden wären. Ich ließ sie zusammen stehen und eilte davon. Als ich aus dem Probenraum zurückkam, spielte schon die zweite Schulband. Vom Seiteneingang aus musterte ich auf der Suche nach Bill und Sally die hüpfenden Köpfe vor mir. Schließlich fand ich sie. Sie tanzten in einer Gruppe mit Prue und Scobie ... und mit Kelly und Brad.

Ich sah ihnen eine Weile zu, aber jedes Mal, wenn Brad und Kelly lachten oder sich anlächelten oder berührten, riss etwas in mir entzwei, als wenn ich auf einer Folterbank noch ein Stückchen weiter gestreckt worden wäre. Schließlich kam ich zu dem Ergebnis, dass es keinen Sinn hatte, mich weiter selbst zu quälen, also verließ ich die Halle und suchte mir draußen ein ruhiges Plätzchen, wo ich auf den Auftritt der Seekühe warten konnte.

Ich landete hinter der Sporthalle auf einer niedrigen Stützmauer, die ein Beet einfasste, und machte es mir bequem, um der Musik zu lauschen. Als die zweite Band fertig war und eine kurze Pause angekündigt wurde, bevor die letzte Vorgruppe auf die Bühne kam, saß ich immer noch da. Ein paar Leute ließen sich aus der Halle heraus in meine Richtung treiben, aber die meisten hingen drinnen herum oder strebten zum Schulhof oder zu den Buden, um sich etwas zu essen oder zu trinken zu kaufen. Ich überlegte gerade, ob ich auch dorthin gehen sollte, als ein Schatten auf meine Füße fiel.

»Hier verkriechst du dich also. Du steckst ganz schön in der Klemme, weißt du das?« Kelly Faulkner wurde vom Schein der Sporthallenbeleuchtung hinter ihr eingerahmt. Das Licht schien durch ihre Haarspitzen und ließ die Konturen ihres Körpers scharf hervortreten. Sie sah aus wie ein Engel – aber das war ja nichts Neues.

»Klemme? Warum?«

»Sally sagt, dass du dich versteckst, nur damit du nicht mit ihr tanzen musst.« Sie lächelte halbherzig und schaute auf ihre Perlentasche. »Ich habe mich noch gar nicht dafür bedankt, dass du mir die Karten geschickt hast. Das war nett ... danke.«

»Schon okay. Ich bin ... froh, dass du gekommen bist. Ich war mir nicht sicher, ob du kommen würdest ... nachdem ... Du weißt schon ...«

Sie sah mich an und nickte, um mir zu verstehen zu geben, dass sie wusste, wovon ich sprach. Ich wusste, dass es nichts nützen würde, aber ich konnte nicht verhindern, dass die Worte meinen Mund verließen.

»Kelly ... Es tut mir leid, wirklich. Was ich getan habe ... das war ... dumm ... falsch.«

Da stellte sie mir die Frage, die ich mir selbst schon millionen Mal gestellt hatte. »Und ... warum hast du es dann getan?«

»Ich ... Ich weiß es nicht.«

Aber ich wusste es, und als ich den Schmerz in ihren Augen sah, war mir klar, dass ich ihr die Wahrheit sagen musste, egal, was passierte, und egal, wie sehr ich mich davor fürchtete. Es ging mir wie Onkel Ray. Ich hatte genug von Sicherheit. Die Schnauze voll. »Ich wollte nur ... ich wollte nur wissen ... ob du ... ob du mich ... magst oder nicht.«

Kelly legte ihren Kopf ein wenig schief, als hätte sie nicht verstanden.

»Ich habe nicht alles gelesen ... wirklich nicht ... Ich wollte nur wissen, was du über mich geschrieben hast ... Damit ich wüsste, ob du mich magst oder nicht.«

»Aber wenn du das wissen wolltest ... warum hast du mich nicht einfach gefragt?«

Auf keinen Fall konnte ich jemandem wie Kelly Faulkner erklären, wie ausgeschlossen das für jemanden wie mich war, deshalb schüttelte ich nur den Kopf.

Lange Zeit herrschte Schweigen zwischen uns. Dann hörte ich, wie sie näher trat, das Geräusch eines Reißverschlusses und raschelndes Papier.

»Hier.«

Als ich aufsah, hielt sie mir ihr Tagebuch hin. Es war aufgeschlagen.

»Nein ... Ich möchte nicht ...«

»Los. Du hast gesagt, du möchtest wissen, was ich über dich geschrieben habe. Hier steht es. Es ist schon in Ordnung. Ich will, dass du es liest.«

Ich nahm das Tagebuch. Es war auf derselben Seite aufgeschlagen, auf der ich neulich in ihrem Zimmer angefangen hatte zu lesen.

ISMAEL
Ich habe Ismael immer für einen netten Jungen gehalten, besonders nach all dem, was er für Marty getan hat. Allerdings muss ich zugeben, dass ihm offenbar manchmal recht merkwürdige Dinge passieren – zum Beispiel die Sache in Sallys Pool. Aber nachdem ich ihn jetzt ein bisschen besser kennengelernt habe, glaube ich, dass er ...

Ich sah zu Kelly auf und blätterte die Seite um.

wirklich nett und lustig ist und zu der Sorte von Jungen gehört, denen man trauen kann.

Auf einmal kam ich mir vor wie eine sezierte Kröte in einem Wissenschaftslabor: aufgeschlitzt und auf einer Unterlage fixiert. Wenn Mr Guthrie recht hatte und die Worte mich eines Tages finden würden, dann betete ich, dass der Augenblick jetzt gekommen wäre. Aber meine Worte hatten wohl ihren Kompass verloren und waren über eine Klippe ins Meer gestürzt.

Kelly sprach zuerst wieder. »Und ich habe ... dies hier ... in meinem Tagebuch gefunden.«

Sie reichte mir ein kleines Stück Papier.

Die Worte »Heiß, oder?!« sprangen mich an. Ich konnte es nicht fassen. Es war wieder da! Es sollte schon lange tot und begraben sein, aber jedes Mal, wenn ich dachte, ich hätte die letzte Schaufel Erde auf sein Grab geschippt, stieß es die Hand durch den Dreck und griff nach mir. Es war verhext! Es war nicht aufzuhalten! Vielleicht hatte Mr Guthrie wirklich recht, und es war einfach vollkommen irre.

Ja, das war es. Diese schreckliche Erkenntnis traf mich, als ich auf das Stück Papier in meiner Hand starrte und die Worte davonzukrabbeln schienen wie ein Schwarm glänzender schwarzer Käfer. Jetzt war dieses irre Gedicht hinter Kelly her.

Glücklicherweise holte mich eine sanfte Stimme endlich in die Wirklichkeit zurück. »Ist es ... Hast *du* ... es geschrieben?«

Es war, als würde ich wieder beschuldigt, meine Blase ins Schwimmbecken entleert zu haben.

»Nein ... Nie im Leben ... Du denkst doch nicht ... Nein, es ist nicht meins ... Das ist alles Razzas Werk ... Er hat es mir gegeben ... Er wollte mir nur helfen ... Ich ... ich hatte es in der Hand, als ... Wahrscheinlich ist es versehentlich hineingekommen ... aber ich habe es nicht geschrieben ... wirklich ... Ich würde niemals so etwas über dich schreiben ... Ich würde niemals ... Auf keinen Fall ... Ich würde es einfach nicht tun.«

Kelly hob eine Hand hoch, als wollte sie den Verkehr anhalten, und schnitt eine kleine Grimasse. »Schon gut. Ich glaube dir. Ich glaube dir ja.«

»Ich würde niemals so etwas über dich schreiben – niemals«, wiederholte ich noch einmal, einfach um sicherzugehen.

Kelly nickte nachdenklich, und ich war ziemlich sicher,

dass ich sie überzeugt hatte, dass Razzas Gedicht nichts mit mir zu tun hatte, aber dann flackerte Zweifel in ihrem Gesicht auf. Die Bewegung ihres Kopfes kam langsam zum Stillstand. Sie runzelte die Stirn und sah mich blinzelnd mit einem zusammengekniffenen Auge an. »Du würdest *niemals* so etwas über mich schreiben? Und ... was willst du damit sagen? Etwa, dass du ... mich nicht *scharf* findest?«

Wilde Gedanken flatterten durch meinen Kopf wie ein Schwarm aufgescheuchter Vögel. Verzweifelt versuchte ich wenigstens ein paar einzufangen. »Nun, ja ... aber ... Nein ... Also, nicht *nein* ... Ich meine, natürlich bist du ... Du weißt schon ... aber nicht *so* ... Also du *bist* schon ... aber es ist einfach ... Du bist ... Du bist ...«

Ich schaute kurz auf. Zuerst dachte ich, auf Kellys Gesicht würde sich ein Lächeln verstecken, aber wahrscheinlich hatte ich mich geirrt. Ich versuchte ein letztes Mal, etwas zu sagen, das sich nicht anhörte, als wäre ich ein Affe mit einem Amboss als Zungen-Piercing.

»Du bist ... Du bist alles, was in dem Gedicht gesagt wird ... Mehr noch ... Du bist es wirklich ... Viel mehr ... Es ist nur ... Ich weiß nicht ... Ich denke einfach ... dass dies das *wenigste* ist, was du bist.«

Was? Kam das richtig an? Ergab es überhaupt einen Sinn? Hatte ich Kelly Faulkner gerade beleidigt? Ich zwang mich dazu aufzusehen.

Sie sah mich an, als ob sie nicht glauben könnte, was sie gerade gehört hatte. Das war schlecht. Ich fragte mich, ob Kelly einen Haken schlagen konnte wie Barry Bagsley. Es sah nicht so aus, als müsste ich lange warten, um das herauszufinden.

Sie kam noch einen Schritt näher. Ich machte mich auf alles gefasst. Dann sagte sie flüsternd: »Das ist wahrscheinlich ...«

Oh nein, jetzt kommt es.

Kreuze das Zutreffendste an:

»Das ist wahrscheinlich ...«

a das Beleidigendste
b das Kindischste
c das Dümmste
d das Gruseligste

... das mir jemals jemand gesagt hat.«

Kelly hielt inne, als würde sie ihre Wahl treffen. Dann fuhr sie fort. »... das ...«

Rettung! Wo ist die Kavallerie, wenn man sie braucht? Wo ist Superman? He, dies wäre doch genau der richtige Moment für ein Erdbeben oder einen Vulkanausbruch. Oder eine Invasion von Aliens? Wenn es da draußen jemanden gibt – komm runter! Bitte, gib mir was, irgendwas! Ich brauche einen Ritter in schimmernder Rüstung!

»He, Kel. Was machst du? Ich hab die Getränke.«

Drüben beim Eingang stand Brad und hielt zwei Plastikbecher in die Höhe. Danke, Kapitän Amerika! Du hast mir gerade das Leben gerettet!

»Ach, hallo, Ismael, hab dich gar nicht gesehen. Wie geht's? Danke für die Karten! Bin echt gespannt auf die Band von deinem Dad. Kommst du rein, Kel? Es geht gleich weiter.«

Aus irgendeinem Grund war Kelly ein bisschen verwirrt. »Ach ... ja ... Tut mir leid. Nur noch eine Sekunde, okay? Bin gleich da.«

Brad zuckte die Achseln und ging wieder hinein.

Kelly wartete, bis er verschwunden war, und drehte sich dann wieder zu mir um. »Also ... Ich ... ähm ... Ich muss dann gehen ... weißt du ...«

Ich wusste, Brad wartete.

»Kommst du mit?«

»Nein ... ich bleib einfach noch ein bisschen hier, bis mein Dad dran ist.«

»Okay, aber vergiss nicht, dass du Sally immer noch einen Tanz schuldest.«

Kelly drehte sich um und ging auf die Sporthalle zu, als ob sie eigentlich gar nicht dorthin wollte. Sie hatte den Eingang fast erreicht, als ich den samtigen Einband des Buches in meiner Hand spürte.

»Kelly«, rief ich und hielt das Tagebuch hoch, »das hast du vergessen.«

Ich brachte es ihr. Sie schaute es ein paar Sekunden lang an und sagte dann: »Könntest du mir einen Gefallen tun? Weißt du ... es ist ... manchmal ein bisschen nervig ... das Buch rumtragen und gleichzeitig tanzen und so ... Wenn du sowieso hier draußen bleibst ... könntest du vielleicht ... darauf aufpassen? Nur so lange, bis du reinkommst?«

Kelly Faulkner hielt mich mit ihren Kristallaugen gefangen.

»Ja ... ja, klar ... Aber ... bist du dir *sicher*?«

»Ich bin mir sicher«, sagte sie.

Ich nahm das Tagebuch wieder an mich und hielt es mit beiden Händen fest.

»Ich passe gut darauf auf ... Ich verspreche es.«

Kelly nickte. »Ich weiß« war alles, was sie sagte.

44
Seit zwanzig Jahren in Vorbereitung

Als Kelly gegangen war, setzte ich mich wieder hin und betrachtete das Tagebuch in meinen Händen. Es enthielt all ihre geheimen Gedanken und ihre intimsten Erlebnisse, und ich wusste: Auch wenn ich den Rest meines Lebens dort säße, ich würde niemals hineinschauen.

Ich drehte das Buch um. Mit dem Finger schrieb ich meine Initialen über die von Kelly in das weiche rote Wildleder und zeichnete um beide ein Herz. Dann strich ich langsam mit der Hand über den Buchdeckel und wischte alles wieder weg.

Ich saß immer noch da, lauschte der Musik und dachte an Kelly Faulkner, als mir ein Lichtblitz hinter dem Dach der Turnhalle ins Auge fiel. Ein paar Sekunden später durchbrach ein leises Donnergrollen aus der Ferne den Himmel. Es hörte sich an, als ob wir bald ein Gewitter zu erwarten hätten. Hoffentlich nicht. Das würde den Abend ein bisschen verderben.

Ich konnte natürlich immer Kelly die Schuld zuschieben,

dachte ich, schließlich war *ihr* Vater der Wettermann. Arme Kelly. Ich fragte mich, ob ihr jemals jemand dankte, wenn das Wetter gut war. Vermutlich nicht. Die Tochter des Wettermanns zu sein war ein hartes Los.

Und darüber dachte ich nach, als mich schließlich doch noch ein paar Wörter fanden. Sie klangen zwar nicht nach Shakespeare und nicht einmal nach Zorzotto, aber es waren meine ... und sie waren wahr. Ich benutzte also den kleinen Stift, der auf dem Rücken von Kellys Tagebuch befestigt war, und den Platz auf der Rückseite von Razzas Gedicht und schrieb sie auf.

Als ich gerade fertig war, drangen Geschrei und Pfiffe aus der Sporthalle, und die Lichter verdunkelten sich. Rasch schob ich das Blatt zurück in Kellys Tagebuch und ging nach drinnen, wo die Menschenmenge schon auf die Bühne zuströmte. Dann dröhnte eine Stimme durch die Lautsprecheranlage, und alle Schüler vom St Daniel's erstarrten instinktiv vor Angst.

Es war Mr Barker, aber diesmal hatten wir nichts zu befürchten. »Meine Damen und Herren, es hat zwanzig Jahre zu lang gedauert, aber heute Abend präsentiert Ihnen das St Daniel's College in Zusammenarbeit mit 8 Triple N live auf der Bühne ... das triumphale Comeback der Seekühe!«

Dann flammten die Lichter auf, und die Menge brach in Beifallsstürme aus, als Dad, Onkel Ray und Leo Arm in Arm auf der Bühne standen, während sich hinter ihnen ein riesiges Banner mit einer Gitarre spielenden Seekuh entfaltete, das Miss Lagillas Kunstkurs entworfen hatte.

Danach stellte Dad alle Bandmitglieder vor. Als er zu

Razza kam, sagte er: »Und als Überraschungs-Special-Guest, nur heute Abend, am Schlagzeug: Orazio ›The Razzman‹ Zorzotto!« Die Zuschauer schrien und klatschten, während Razza auf seinen Hocker kletterte und die Arme in die Höhe reckte wie Rocky Balboa – nur dass ich mich nicht daran erinnere, dass Rocky jemals ein pi-Mann-T-Shirt mit abgeschnittenen Ärmeln trug.

Dann dröhnte Dads Stimme durch die Halle: »Dieses Konzert ist für Billy.«

Razza nickte dem Rest der Band zu und gab mit vier dumpfen Trommelschlägen das Signal für den Beginn von »Kollisionskurs«. Vor ihm fielen Leo und Onkel Ray mit wimmernden Gitarren ein. Dad packte das Mikrophon mit beiden Händen und ließ einen Schrei ertönen, der klang, als ob er seit zwanzig Jahren in Vorbereitung gewesen wäre.

Die Menge um mich herum hüpfte und wogte zu Razzas stampfendem Rhythmus, und obwohl ich wusste, dass irgendwo zwischen diesen taumelnden Körpern Kelly Faulkner mit einem anderen zusammen war, erschien mir das in diesem Augenblick gar nicht wichtig. Alles, was zählte, war, dass Razza das Schlagzeug attackierte, als wäre es Bruce Lee, dass Onkel Ray und Leo mit einem Lächeln, so breit wie ihre Gitarren, über die Bühne fegten und dass Dad sich die Kehle aus dem Hals sang, während er wie ein verrückter Jugendlicher herumhüpfte. Es genügte, um gleichzeitig lachen und jubeln und die Faust in die Luft recken zu wollen. Und genau das machte ich auch.

Oder wie der Razzman sagen würde: Es war Zeit für

»Paaaaar-ty«. Und warum auch nicht? Die Seekühe waren endlich wieder da, und sie hatten meinen Vater mitgebracht.

45
Die zehn Besten

Die zehn besten Dinge, an die ich mich im Zusammenhang mit dem Comeback-Konzert zum zwanzigjährigen Jubiläum der Seekühe erinnere:

1. *Mit Sally Nofke tanzen,* nachdem sie mich aufgelesen und zu den anderen geholt hatte und meinte, ich solle meine Strafe mit einem Lächeln tragen ... was ich tat.
2. *Die Seekühe vor einem Live-Publikum zu hören, bei ihrem ersten Lied nach zwanzig Jahren,* und von dem darauffolgenden Jubel fast taub zu werden.
3. *Jedes Lied danach.*
4. *Sally mit Bill tanzen zu sehen* und zu denken, dass man einen wunderschönen dunklen Mond beobachtet, der um ein gewaltiges Lächeln kreist.
5. *Prues hysterischer Lachanfall* über Scobies einzigartigen Tanzstil, der darin bestand, dass er sich bis auf ein zufälliges Hochziehen der Schulter oder ein gelegentliches Wackeln mit den Hüften nicht bewegte.
6. *Wie Mum weinte* und die Finger an die Lippen presste, als würde sie beten, während Dad mit einer Akustikgitarre

alleine auf der Bühne saß und ein neues Lied – »Erinnerungsketten« – sang, das Billy Mangan gewidmet war. Und ich wusste, an wen ich mich wenden musste, wenn ich jemals wieder Hilfe bei einem Gedicht benötigen würde.

7. *Razzas entsetzter Gesichtsausdruck, als er seine Mutter und Mr Barker miteinander tanzen sah*, und wie rasch er sich wandelte, als Razza bemerkte, wie glücklich sie aussah.
8. *Die zehnminütige Zugabe zu »Gesellschaftsblues vom toten Frosch«*, die Razza schon auf Warp-Geschwindigkeit gejagt hatte, als Onkel Ray und Leo sich zublinzelten, noch eins draufsetzten und weiter mit Volldampf spielten, während Dad sich in die Menge stürzte und Mum, Mr Barker und Mrs Zorzotto als Hintergrundsänger auf die Bühne zerrte, um den Chor zu verstärken, worauf das gesamte Publikum wie ein riesiges Tier tanzte und hüpfte, bis alles zu einem dramatischen Ende kam, als Razza mit vollem Körpereinsatz ein wahnsinniges Solo hinlegte, sich zum Abschluss noch ein letztes Mal zu einem Becken streckte, wobei sein Stock zerbrach und Razza von seinem Hocker fiel und auf die Bühne krachte.
9. *Die Abschlussverbeugungen der Band*, während alle im Publikum Luftschlangen warfen und Knicklichter schwenkten und total aufgedreht waren und Onkel Ray Razza zu sich rief und seinen Arm hochriss, als ob er gerade zum Weltmeister gekürt worden wäre, wobei hinter ihnen Mrs Zorzotto jauchzte und jubelte und auf und ab hüpfte, während sie Mr Barker mit dem Ell-

bogen in die Rippen boxte, bis er eine Grimasse schnitt, als könne er nicht glauben, was er gleich machen würde, denn er hob beide Arme über den Kopf, klatschte in die Hände und streckte Razza die hochgereckten Daumen hin.

10. *Dad, der von der Bühne allen zuwinkte* und lachte und mit der Band scherzte und Mum umarmte und sie im Kreis herumschwenkte, sodass ihre Füße über den Boden schleiften.

Ja, das waren wirklich meine absoluten Höhepunkte des Konzerts. Aber der Abend war noch nicht vorbei, und es sollten noch weitere Höhepunkte kommen.

Und einer würde der Höhepunkt des gesamten Schuljahres sein.

Neunter Song:

Das Beste von allem

Es gab Zeiten, da stürzten die Mauern ein
Zeiten, da erschallten die Glocken
Zeiten, da ging einfach alles voran
Zeiten, da gaben wir den Ton an
Es gab Zeiten, da hatten wir keine Ruh
Aber das Beste von allem warst du

Aus *Die Seekühe: Wiedervereint & Neu aufgelegt*
Musik & Text: R. Leseur

46
Die Tochter des Wettermanns

Das Comeback-Konzert der Seekühe entpuppte sich als eine der erfolgreichsten Veranstaltungen, die jemals im St Daniel's Boys College stattgefunden hatten.

Abgesehen von dem guten Kartenverkauf machte der Förderverein der Schule ein Bombengeschäft mit den Ständen, an denen es Essen und Getränke gab, der Parkplatz warf Gewinn ab, die Seekühe-Erinnerungs-T-Shirts waren komplett ausverkauft, und es lagen noch über hundert Bestellungen vor. Ich ging sogar an einer Gruppe von Mädchen vorbei, die alle pi-Men-T-Shirts trugen und über den »heißen Typen am Schlagzeug« tuschelten.

Auch die Seekühe selbst hätten sich keine bessere Resonanz wünschen können. Ein paar Clubbesitzer waren zum Konzert gekommen, um sich ein Bild von der Band zu machen, direkt nach dem Konzert lagen bereits Angebote für weitere Gigs im nächsten Jahr vor, und ein Mann von einer Plattenfirma sprach sogar von einer Neuauflage des alten Albums. Als Dad ihn fragte, ob er »unseren Manager« kennenlernen wolle, erschien auf Mr Barkers Gesicht wieder dieses Lächeln. Aber er war damit nicht allein.

Um mich herum lächelten an diesem Abend viele: Prue und Scobie, Mum und Dad, Mr Barker und Mrs Zorzotto und natürlich Sally und Razza, das heißt, bis ich mich umdrehte und feststellte, dass sie auf mysteriöse Weise verschwunden waren. Aber sie waren nicht die Einzigen. Auch Kelly und Brad waren verschütt gegangen. Darüber wollte ich eigentlich nicht nachdenken. Da Dad und die Band immer noch von einem Schwarm von Gratulanten und Autogrammjägern umringt waren, flüchtete ich hinaus auf den Schulhof.

Auch draußen waren noch viele Menschen. Sie standen herum und redeten aufgeregt oder packten ihre Sachen zusammen oder schlängelten sich durch die Menge hindurch zum Parkplatz hinunter. Drüben an einer der Buden entdeckte ich Miss Tarango. Sie trug ein Seekühe-T-Shirt, das sie seitlich zu einem Knoten gebunden hatte. Mr Guthrie war bei ihr. Sie versuchten eine lange aufgerollte Baumwollplane zu tragen, aber jedes Mal, wenn sie sie aufheben wollten, knickte sie in der Mitte ein, und Miss Tarango lachte so sehr, dass sie keine Kraft mehr hatte und ihr Ende losließ. Nach mehreren Versuchen schien sie weiche Knie zu bekommen und setzte sich einfach auf die Rolle, während sie sich Tränen aus den Augen wischte und den Bauch hielt vor Lachen. Mr Guthrie sah sie nur an und schüttelte den Kopf. Ich wusste, was er dachte. Dass es einfach nicht möglich war, ein Gedicht zu schreiben, das auf Miss Tarango passte.

Einen Augenblick lang überlegte ich, ob ich ihnen mit der Plane helfen sollte, aber dann entschied ich, dass sie mich eigentlich nicht brauchten, und machte mich auf den Weg zu meinem alten Platz bei der Stützmauer. Als ich dort ankam, musste ich jedoch feststellen, dass mir jemand zuvorgekommen war.

Zwei Augen, die wie weiche blaue Diamanten leuchteten, sahen zu mir auf.

»He, Ismael.«

»Kelly ...«

Sie lächelte. »Tut mir leid, ich hab dir wohl deinen Platz weggenommen, was?«

»Kein Problem. Er gehört dir.«

»Danke.«

Dann herrschte mal wieder dieses unbehagliche Schweigen, das mich verfolgte, wohin ich auch ging. Zum Glück rettete mich eine Frage. »Warum ...«

»Ich ganz allein hier draußen hocke? Sieht so aus, als würde ich heute Abend dauernd sitzen gelassen«, sagte Kelley und seufzte übertrieben.

»Zuerst haut meine Freundin mit diesem verrückten Schlagzeuger ab, und dann fängt mein ... dann fängt Brad an, ... mit seinen Kumpels über Fußball zu reden. Was soll ein Mädchen da machen?«

Wir lächelten uns an. Ich durchforstete mein Gehirn nach etwas, das ich noch sagen könnte, um das Gespräch am Laufen zu halten, aber der Stalker namens »unbehagliches Schweigen« bedrängte mich schon wieder. Kelly betrachtete die Tasche auf ihrem Schoß und begann, an den Perlen zu zupfen.

»Das Konzert hat mir *wirklich gut* gefallen«, sagte sie. »Dein Dad ist ganz schön cool.«

»Ja ... das hat er vermutlich von mir.«

Sie kicherte. Ich wünschte, es gäbe eine Möglichkeit, das beruflich zu machen – Kelly Faulkner zum Lachen zu bringen.

»Ja ... da hast du vielleicht recht. Schließlich hast du einen richtig coolen Spitznamen, nicht wahr ... *Paddy?*«

»Ach so ... *das* war vielleicht ein Missverständnis.«

»Im Ernst?«, sagte Kelly mit gespieltem Erstaunen.

Diesmal lachten wir beide ein bisschen. Dann rieselte das Schweigen wieder auf uns herab wie Sand in ein Loch und deckte uns beide zu.

Kelly sah wieder hinunter auf ihre Tasche und schüttelte den Kopf. »Ich komme immer noch nicht über Razza hinweg. War er nicht einfach ... unglaublich? Wie hat er das geschafft – in letzter Minute einspringen und alles?«

»Na, für ihn ist das ganz leicht. Er ist ein Geschöpf des Universums, weißt du.«

»Wirklich?«

»Ja, das hat er mir selbst gesagt.«

Kelly grinste und nickte. »Na, *das* glaub ich gern.« Dann richtete sich ihr Augenmerk auf etwas hinter mir. »Wenn man vom Teufel spricht«, sagte sie.

Ich drehte mich um. Am andern Ende des Schulhofs standen Sally und Razza und schauten sich suchend in der Menge um.

»Ich pack's dann mal lieber. Sallys Eltern warten beim Auto auf uns.«

Sie stand auf. Wir sahen uns direkt ins Gesicht.

»Dann noch einmal vielen Dank für die Karten. Ich hatte wirklich einen tollen Abend. Und sag deinem Dad, dass ich die Band klasse fand, okay?«

»Okay.«

»Also ... wahrscheinlich sehen wir uns ... beim Debattieren ... oder so ...«

Kelly wartete, als ob sie erwartete, dass ich etwas sagte. Und ich wollte auch etwas sagen. Ich wollte ihr sagen, dass sie nicht gehen soll. Ich wollte ihr sagen, dass ich es wahrscheinlich nicht aushalten würde, sie erst wieder zu sehen, wenn die Debatten im nächsten Schuljahr wieder anfingen. Ich wollte ihr sagen, dass ich nie im Leben mit meinen Freunden über Fußball reden würde, wenn ich stattdessen mit ihr reden könnte. Ich wollte ihr sagen, wie toll sie war und wie hübsch sie aussah. Ich wollte ihr etwas über ihre Augen sagen und ihr Lächeln und dass ich mich nur lebendig fühlte, wenn sie bei mir war.

Ich öffnete den Mund. »Okay«, sagte ich.

Sie lächelte kurz und ging an mir vorbei. »Gut ... Also, ich ...« Dann blieb sie stehen. »Ach so ... Warte ... Ich hab's fast vergessen.« Sie griff nach ihrer Tasche, nahm ihr Tagebuch heraus und zog ein kleines Stück Papier zwischen den Seiten heraus. »Ich dachte, vielleicht möchte Razza sein Gedicht zurückhaben. Du weißt schon, *vielleicht* gibt es jetzt jemanden, dem er es verehren könnte.«

Kelly streckte mir Razzas Gedicht hin, aber bevor ich es nehmen konnte, runzelte sie die Stirn und zog die Hand langsam wieder zurück. Ihr Kopf war gesenkt. Sie starrte auf die vier Zeilen, die mit Bleistift auf die Rückseite des Papiers geschrieben waren. »Was ist das denn?«, sagte sie. Ich sah zu, wie Kellys Augen über die Worte auf dem Papier wanderten. Als sie fertig war, sah sie einen Augenblick lang zu mir auf, dann kehrte ihr Blick wieder zu den Zeilen zurück, und sie las sie mit ihrer weichen, sanften Stimme vor:

»Der Wettermann sagt dir, wenn du ihn fragst,
wird's regnen oder wird es heiß und schön?
Er arbeitet mit Zahlen, Karten und Daten,
doch die Tochter des Wettermanns macht,
dass die Sonne immer lacht.«

Ich hielt den Atem an, als sie das Tagebuch behutsam über dem Gedicht schloss und beides in ihre Tasche legte. Dann sah sie auf und machte einen Schritt nach vorn. Ich sah nur noch ihre eisblauen Augen und roch nur noch ihr Parfüm. Es kam mir in den Sinn, dass dies ein sehr schlechter Augenblick für eine Ohnmacht wäre.

Während ich versuchte, nicht daran zu denken, legte Kelly ihre Hände leicht auf meine Schultern, lehnte sich ein bisschen vor und drückte ihre Lippen sanft auf meine. In diesem Augenblick löste sich der Rest der Welt auf, und jede einzelne Zelle in meinem Körper entlud sich in einer gewaltigen La-Ola-Welle. Es war, als ob du bei deinem Lieblingscomputerspiel auf einmal hundert neue Levels entdeckst, nur besser – *viel* besser.

Es dauerte nur eine Sekunde. Kelly trat zurück, holte Luft und atmete langsam aus. Auch ich wollte atmen, aber entweder hatte ich vergessen, wie das ging, oder es war einfach nicht mehr notwendig. Sie lächelte, und ich hatte das Gefühl, als hätte mir jemand einen Zaunpfahl durchs Herz gerammt.

»Sieh mal, wozu du mich gebracht hast«, sagte sie.

Sie hob die Hand und öffnete und schloss sie wie ein kleiner Muppet. »Tschüs, Ismael.«

Ich versuchte, auch Tschüs zu sagen, aber offenbar hatte

jemand meinen Kehlkopf entfernt und vergessen, es mir zu sagen.

Kelly war erst ein paar Schritte entfernt, als sie stehen blieb, herumwirbelte und den Zeigefinger hob. »Bei der Macht, die mir verliehen ist«, verkündete sie mit ihrer besten Debattierstimme, »erkläre ich hiermit, dass es morgen heiter und sonnig sein wird.«

Dann verbeugte sie sich leicht und lachte.

So hört es sich an, wenn sich das Universum entfaltete, wie es sollte.

47
Verrückt genug, um wahr zu sein

Ich setzte mich wie benommen wieder auf die Stützmauer, während Kelly über den Schulhof auf Razza und Sally zuging. Ich sah zu, wie sie kurz miteinander schwatzten und lachten, bis Kelly in meine Richtung zeigte und beide Mädchen Razza umarmten. Dann packte Kelly ihre Freundin am Arm, und sie rannten den Weg zum Parkplatz hinunter.

Wenige Sekunden später landete Razza neben mir. »Maaaaaaaaannnnn! Was für ein geiler Abend, was? Hammergeil!« Selbst für Razza war das Lächeln auf seinem Gesicht wirklich riesig. Einen Augenblick zog ich in Betracht nachzuschauen, ob seine Mundwinkel sich hinten am Kopf berührten.

»Tja, nur schade, dass Sally nicht so schlau ist, wie wir dachten.«

»Hä? Was meinst du damit?«

»Na, sie ist scharf auf dich, oder nicht, also kann sie nicht allzu schlau sein, stimmt's?«

»Pass auf ...« Ich fand mich im Schwitzkasten wieder, während Razza so tat, als würde er meinen Kopf mit harten Schlägen traktieren. »Hier, du Drecksack!« Auf einmal hörte er auf. »He, ich muss dir was *Gigantisches* erzählen, Mann, was richtig *Gigantisches!*«

»Ja, gut, Razza, ich habe auch gigantisch ...«

Aber Razzas ohnehin begrenztes Aufmerksamkeitsvermögen wurde anderweitig in Anspruch genommen.

»Prindabel! Mein Mega-Mann!«

Ignatius trug einen Stapel T-Shirts über den Schulhof. Er zuckte zusammen, als er Razzas Stimme hörte, und schob sich dann langsam auf uns zu, als ob er sich einem gefährlichen wilden Tier näherte.

Als Razza aufsprang, erstarrte Ignatius wie ein verschreckter Hirsch.

»Das Gedicht – ich steh echt in deiner Schuld, Alter. Aber hallo! Du hast dich wirklich ins Zeug gelegt, Junge. Tausend Dank, Mann«, sagte Razza und breitete die Arme weit aus.

Ignatius wich entsetzt zurück und hielt sein T-Shirt-Bündel vor sich, als müsse er einen Angriff abwehren.

»Zorzotto, nein! Bleib weg! Ich hab's für mich getan – für die anderen auch, aber hauptsächlich für mich. Du gehst einem noch mehr auf den Keks, wenn du nicht gut drauf bist. Du schuldest mir nichts, rein gar nichts.«

Razza ließ seine Arme langsam wieder sinken und nickte Ignatius ernsthaft zu. »Okay ... klar«, sagte er. »Keine Sorge, Mann. Ist angekommen. Du stehst einfach nicht darauf, deine Gefühle in aller Öffentlichkeit zu zeigen. Schon kapiert. Ich hab kein Problem damit.«

Das unbehagliche Gefühl eines Déjà-vu beschlich mich.

»Obwohl ...«, sagte Razza und schaute listig zu ihm auf, »wie wär's einfach damit?«

Und bevor Ignatius reagieren konnte, hatte Razza seinen Kopf gepackt, ihn herangezogen und einen langen, nassen Kuss auf Prindabels hohe Stirn gedrückt – komplett mit den entsprechenden Klangeffekten.

»*Schschschschschmmmmmmmmmmmaaaaaaaaaatttttttzzzzzz!*«

Als Ignatius wieder losgelassen wurde, wankte er nach hinten, als ob ein Schuss ihn getroffen hätte, und in der Mitte seiner Stirn bildete sich ein maulbeerfarbener Fleck wie der Einschuss einer Kugel.

»Das Gedicht, Mann ... Ich nehm alles zurück, Prindabuddy. Du bist überhaupt kein Freak, Alter. Du bist total cool. Mann, du bist so cool, dass man dich mit Wasser füllen und als Eiswürfelschale benutzen könnte.«

Ignatius hatte denselben Ausdruck auf dem Gesicht wie ein gewisser Doktor Frankenstein, als er entdeckte, dass es nicht ganz ohne Risiko ist, wenn man etwas zum Leben erweckt. Er wandte sich an mich. Die Bitte »Tu was!« schrie mir aus seinen Augen entgegen.

Ich zuckte die Achseln und lächelte ihn an.

Razza puffte ihn in die Brust. »Du und ich, Iggy. Ich sag's dir, Alter, wir sind Blutsbrüder.«

Ignatius lächelte schwach und machte sich davon, während Razza hinter ihm herrief: »Ich liebe dich, Mann!«

Dann wirbelte er herum und sagte zu mir: »Warte, bis du meine geilen Neuigkeiten gehört hast. Es geht um Kelly.«

»Also, eigentlich habe ich ...«

»Wart's ab, Alter«, unterbrach mich Razza und schlug mir mit der Hand auf die Schulter. »Bevor du wieder loslaberst, dass du keine Chance bei Kelly hast und dass zwischen euch niemals was laufen wird, weil sie perfekt ist und du ein alter Holzklotz, hör dir wenigstens an, was ich zu sagen habe, okay?«

»Aber das ist ...«

»Aaaaaaaahhhhhhh!«, sagte Razza und hielt mir mit der Hand den Mund zu. »Hör einfach zu!«

Ich schloss die Augen und nickte hilflos. Er nahm seine Hand weg.

»Alter, das wird dir echt gefallen. Sally sagt, dass sich Brad und Kelster trennen. Ja, so ist es. Alles Geschichte, Mann. Sie meint, sie hätten nicht viel gemeinsam oder so. Sie wollen wohl weiter Freunde bleiben, aber heute Abend war sozusagen das letzte Mal. Egal, ich glaube nicht, dass der alte Brad allzu fertig sein wird. Sally sagt, dass Kelly ihn mit Jess verkuppeln will. Die ist wohl schon ganz ungeduldig. Los, Kumpel, das ist nicht nur eine große Chance, das ist eine riesenhaft-gigantische Chance. Und weißt du, was noch?«

Ich schüttelte den Kopf.

»Gedichte, Alter – sie funktionieren!«

»Ja, schon, aber warte, bis ...«

Wieder wurde mir der Mund zugehalten.

»Hör mir einmal im Leben einfach nur zu, Junge. Ich

weiß, wovon ich rede. Ich hab's am eigenen Leib erfahren. Prindabels Gedicht, Alter – es hat funktioniert, es hat *wirklich* funktioniert. Die Tarango hatte recht. Die Mädels stehen auf Gedichte. Ich sag's dir, wenn du dir für Kelly das richtige Gedicht einfallen lässt, dann bist du dabei, Kumpel, dann bist du definitiv dabei!«

Zwei auf Fernlicht gestellte Augen leuchteten mich an. Ich löste Razzas Finger von meinem Mund, als wären es die Tentakel eines Oktopus.

»Damit ich das richtig verstehe. Du sagst mir ... ich muss mir nur das richtige Gedicht einfallen lassen ... und dann kann ich Kelly deiner Meinung nach rumkriegen?«

Der Kopf vor mir wackelte wie ein Presslufthammer.

»Weißt du was, Razz?«, sagte ich. »Das klingt verrückt genug, um wahr zu sein.«

Er glotzte mich völlig schockiert an. »Was ... Du meinst ... du stimmst mir tatsächlich zu ... was Kelly ... und Gedichte und so betrifft?«

»Jawohl, so ist es ... Du könntest sogar sagen, dass ich die ganze Sache völlig locker sehe.«

Zum ersten Mal in meinem Leben hatte ich Razza den Wind aus seinem Riesensegel genommen.

»Also ... wir wollen uns jetzt nicht zu sehr hinreißen lassen. Gedichte schreiben ... das ist eine verzwickte Angelegenheit, weißt du.«

»Willst du mich auf den Arm nehmen? Bist du nicht der Razzman, der berühmte Autor von ›Heiß, oder!?‹?«

»Ja, schon ...«

»Und ich, bin ich etwa nicht Ismael Leseur, der erstgeborene Sohn von Ronnie ›Der Rote‹ Leseur, dem flammenden Inferno, dem Leadsänger und Songschreiber der Seekühe?«

»Schon ...«

»Wer weiß denn, was wir alles erreichen können, wenn wir unsere Superkräfte verbinden?«

Razzas Augen wurden tellergroß. »He, das stimmt! Das stimmt absolut! Du und ich, Mann, die dynamischen Zwei! Komm schon«, sagte er und zog mich hoch. »Wir müssen los. Mir ist gerade eingefallen, dass deine Leute schon die Suchtrupps nach dir losgeschickt haben. Ich hab ihnen gesagt, dass du wahrscheinlich im Dunkeln mit einem heißen Mädel rumknutschst.«

Ich verdrehte die Augen und lachte. »Ha! So weit kommt's noch!«

»Bald, Kumpel, bald«, sagte Razza und stieß mich vor sich her in Richtung Schulhof. »Wart's ab. Wir brauchen nur ein geiles Gedicht, und ich habe schon ein paar Wahnsinnsideen. Wie findest du dieses mörderisch gereimte Somelette?«

Dann schlug er beide Hände hoch vor die Brust und bellte in die Nacht hinaus:

»Auf ein Mädel namens Kelly bin ich heiß,
sie ist süßer als das süßeste Schokoladeneis.«

Darauf gab es nur eine Antwort, und die gab ich dem Razzman, als wir wie Wahnsinnige zu den strahlenden Lichtern der Sporthalle rannten:

»Irre, Alter! Absolut irre!«

48
PS

P.S. Falls ihr es wissen wollt: Kelly Faulkner hatte sich mit dem Wetter geirrt. Als ich am nächsten Morgen aufwachte, regnete es, und es regnete ununterbrochen den ganzen Tag lang.

Aber nicht für mich.

Dank

Mein herzlicher Dank geht an meine ganze Familie und alle Freunde, vor allem aber an meine »fabelhafte« Frau Adriana und meine Kinder Meg und Joe. Selbst wenn ich ohne euch klarkäme – welchen Sinn hätte es?

Ich stehe für immer in tiefer Schuld bei den tollen Leuten von Scholastic Australia und den wunderbaren Frauen von Omnibus Books für alles, was sie für mich getan haben und immer noch tun. Ein Riesendank geht an meinen stets zuversichtlichen Verleger Dyan Blacklock, der mich unterstützt, wo er kann, und an meine fleißige und kluge Lektorin Celia Jellett.

Besonders dankbar bin ich auch diesmal wieder meinem bewundernswerten, brillanten Sohn Joe, der für die australische Originalausgabe ein weiteres wunderbares Buchcover und das Seekühe-Logo gestaltet hat und mir darüber hinaus bei den ersten Fassungen wertvolle Ratschläge gegeben hat.

Joe und ich würden gern all jene erwähnen, die uns so großzügig unterstützt haben, um das Umschlagfoto möglich zu machen. Dazu gehören Mount St Michael's College Ashgrove und Taylor Range Squash Club – wo wir den Fußboden verwüsten durften; unsere Nachbarin Darcy, die uns ausgiebig ihre Trommelstöcke benutzen ließ; meine verrückten Freunde Chief, Mozz, Gregoire und das Menschliche

Domino, weil sie der Welt die Seekuh offenbarten, die in ihnen steckte.

Schließlich geht mein besonderer und lang überfälliger Dank an alle meine Gitarrenkumpels der letzten Jahre – Rob, Steve, Greg, Bernie und Joe, die dazu beigetragen haben, dass die Musik ein so wichtiger und fröhlicher Teil meines Lebens geworden ist. Hey, vielleicht wäre hier auch mal ein Comeback-Konzert angesagt ...

Zitate im Kapitel 5 und 11 aus *Hamlet* und den *Liebessonetten* von Shakespeare in: William Shakespeare: *Sämtliche Werke*, übersetzt von August Wilhelm von Schlegel und Ludwig Tieck, Heidelberg 1984.

Gedicht-Zitat im Kapitel 6 aus *Ulysses* von Tennyson in: Alfred Lord Tennyson: *Ulysses* (1833), übersetzt von Walter A. Aue, zu finden im Internet:
http://myweb.dal.ca/waue/Trans/Tennyson-Ulysses.html

Gedicht-Zitat im Kapitel 11 aus dem *Sonett XXXV* (1850) der *Sonette aus dem Portugiesischen* von Elizabeth Barrett-Browning, 1908 übersetzt von Rilke in:
Rainer Maria Rilke: *Sämtliche Werke*, Bd. VII, Frankfurt am Main 1997.